K.T. MEERBERG

BLOOD
of
GOLD

GEFÄHRLICHE

SCHATTEN

Bibliografische Information der Deutschen Nationalbibliothek: Die Deutsche Nationalbibliothek verzeichnet diese Publikation in der Deutschen Nationalbibliografie; detaillierte bibliografische Daten sind im Internet über http://dnb.dnb.de abrufbar.

Lektorat: K. Wöllmer-Bergmann, S. Golbs, T. Bergmann, ChatGTP
Korrektorat: S. Golbs, T. Bergmann
Umschlag- und Buchgestaltung: K. Wöllmer-Bergmann

Verlag: BoD · Books on Demand GmbH, In de Tarpen 42,
22848 Norderstedt
Druck: Libri Plureos GmbH, Friedensallee 273, 22763 Hamburg

ISBN: 978-3-7693-0680-4

BLOOD OF GOLD

GEFÄHRLICHE SCHATTEN

Was, wenn dein schlimmster Albtraum plötzlich Realität ist?

Die siebzehnjährige Persia wird nachts auf dem Weg von einer Party nach Hause von einem fremden Mann angegriffen und schwer verletzt. Sie überlebt knapp, doch schon kurz darauf ist nichts mehr, wie es einmal war: Persia ist jetzt ein Goldblut, übermenschlich stark und unsterblich.

Die Goldblut-Gemeinschaft kämpft seit Jahrhunderten gegen die Träger des Schattenbluts – und Persias Fragen nach den Gründen sind absolut unwillkommen. Sie taucht immer tiefer in die Geheimnisse dieser Welt ein und macht sich dabei mächtige Feinde.

Dabei gerät ihr Freund Liam in Gefahr – oder ist er bereits verloren? Persia ist entschlossen, ihn und sich selbst zu retten, auch wenn sie sich damit gegen ihre neue Familie stellen muss.

Persia muss kämpfen. Oder sterben. Doch das ist nicht das Schlimmste, was ihr bevorsteht, denn je näher sie der Wahrheit kommt, desto klarer wird: Der Schlüssel zu ihrem Überleben könnte eine alte Prophezeiung sein, die niemand zu entschlüsseln wagt…

KAPITEL 1

Das Wochenende, an dem ich starb, startete erschreckend normal. Eine Reise meiner Eltern nach Ägypten stand an. Sie hatten schon lange davon gesprochen und jetzt endlich gebucht. Mir passte das auch hervorragend.

»Kommst du wirklich allein klar?«, fragte meine Mutter mindestens zehn Mal.

»Mama, jetzt mal im Ernst, was soll in drei Wochen Schlimmes passieren? Ich bin siebzehn und durchaus in der Lage, mir etwas zum Essen zu machen. Habt ihr nicht immer betont, wie wichtig es euch ist, dass ich selbstständig bin? Ich schwöre, ich werde weder das Haus abfackeln noch sonst was Dummes tun. Stress bitte nicht und vertrau mir einfach«, sagte ich und unterdrückte ein Augenrollen. Meine Mutter saß mir am Küchentisch gegenüber und kämpfte mit sich.

»Ihr habt die Flüge doch schon gebucht. Seit Wochen redest du nur vom Ägyptischen Museum. Mama, ernsthaft, deine Bedenken kommen zu spät.« Ich sah ihr beschwörend in die Augen.

Meine Mutter presste die Lippen zusammen. Sie war gar nicht begeistert. »Warte ab, bis du Kinder hast, dann verstehst du das *Rumstressen* endlich.« Sie sah meinen Vater an, der schweigend neben uns saß. Ich glaube, er wäre lieber bei seiner Zeitung als hier. »Die junge Dame kommt zurecht«, informierte sie ihn.

Er zuckte mit den Schultern. »Davon bin ich ausgegangen. Persia hat recht, Hana. Sie schafft das.«

Ich grinste ihn dankbar an. Papa traute mir mehr zu, das war schon immer so. Mama sah überall Gefahren, die gar nicht da waren. Es war nicht so, dass sie davon ausging, dass ich Mist baute. Dafür kannte sie mich zu gut und ich hatte meinen Eltern noch nie Grund zur Sorge gegeben. Aber meine Mutter gab eben ungern die Kontrolle ab und ich wusste, wie unerträglich der Gedanke für sie war, dass mit mir etwas sein könnte, und sie wäre nicht da.

»Vertrau mir doch einfach«, sagte ich. »Und wenn ich doch ein Problem habe, rufe ich Tante Rhahida an. Es ist doch nichts los.« Ich hatte schließlich genug Verwandtschaft in der Nähe. Ganz allein war ich nie.

Trotzdem fieberte ich dem Urlaub meiner Eltern entgegen, seitdem sie das erste Mal überlegt hatten, nach Kairo zu fliegen. Meine Mutter war Professorin für Arabistik an der Uni und hatte die Möglichkeit, an einem Kurzprojekt mitzuarbeiten. Ihre Begeisterung für alte religiöse Schriften war erschreckend. Ich war froh, dass ich nicht mitfliegen musste und dieser Urlaub, der eher eine Dienstreise war, in meine Schulzeit fiel.

Außerdem eröffnete er mir eine Möglichkeit, mit der ich nicht gerechnet hatte: Ich hatte das ganze Haus für mich, während sie weg waren. So konnte Liam endlich bei mir übernachten. Wir waren jetzt drei Monate zusammen, es wurde Zeit für den nächsten Schritt. Ich dachte schon länger darüber nach, es mit ihm zu tun, aber es fehlte immer die Gelegenheit.

Jetzt war sie da. Es war perfekt. Nur wir beide. Mein Herz klopfte aufgeregt, wenn ich darüber nachdachte. Ich war unfassbar in ihn verliebt, am liebsten wollte ich Tag und Nacht mit ihm zusammen sein. Die wenigen Nachmittage oder Wochenenden, an denen wir uns treffen konnten, reichten nicht.

Aber wenn ich allein zu Hause war, sah das noch mal anders aus. Liam war schon achtzehn und er hatte ein Auto. Wenn ich mir meine Zeit selbst einteilen konnte, hatten wir noch mal ganz andere Möglichkeiten.

Meine Eltern waren entspannt, aber ich wollte ihn einfach ganz für mich haben. Ich hatte schon Kerzen besorgt und eine Playlist angelegt. Dämlich, ich weiß, aber so fühlte ich mich irgendwie vorbereitet. Ich wollte gern, dass es für uns beide unvergesslich wurde. Und so war ich etwas weniger nervös deswegen. Ich wollte mich einfach nur darauf freuen. Der nächste Step zum Erwachsenenleben. Ich malte es mir in allen Farben und Facetten aus. Es musste einfach wunderbar werden.

»Du heckst doch was aus. Ich verlasse mich auf dich, weißt du? Papa und ich sind überzeugt, dass du die drei Wochen klarkommst und keine Risiken eingehst. Möchtest du noch über irgendetwas mit mir sprechen?«, fragte Mama mit schmalen Augen. Ich schüttelte den Kopf. Über diese spezielle Sache wollte ich mit meinen Eltern absolut nicht reden.

»Nein, ich fühle mich wirklich bestens von dir vorbereitet. Auf alles, inklusive Meteoriteneinschlägen «, erwiderte ich. Sie rümpfte die Nase, doch dann nickte sie. Sie wusste von Liam und hatte mich zum Frauenarzt geschickt, damit ich mir die Pille verschreiben ließ. Mama kam zwar gebürtig aus dem Iran, aber sie war nicht naiv. Sie ging auf Nummer sicher und hatte mich sehr intensiv aufgeklärt. Viel intensiver, als mir lieb war. Und bevor sie sich auch noch Liam vorknöpfte und ihm einen Vortrag hielt, nutzte ich lieber die Gelegenheit, mit ihm allein zu sein.

Mal abgesehen davon, wollte ich erst einmal mit Liam zusammen sein. Ich war schließlich nicht dämlich, ich wusste, wie Verhütung funktionierte. Zumindest theoretisch. Wie ich meinen Eltern schon sagte, sie hatten mich zur Selbstständigkeit erzogen. Dazu gehörte auch das. Und wenn ich eins absolut nicht für mein Leben plante, dann mit siebzehn schwanger zu werden.

Papa mied dieses Thema und fummelte an seinem Tablet herum. Wir verstanden uns gut, über Sex wollte ich trotzdem nicht mit ihm sprechen. Mama ließ es auch endlich gut sein und machte sich ans Packen.

Drei Tage später flogen sie nach Kairo. Wir verabschiedeten uns morgens, als ich zur Schule ging, und ich wünschte ihnen eine tolle Zeit.

Ich sah beiden an, wie schwer es ihnen fiel. Mir plötzlich auch, aber ich ignorierte das. Die drei Wochen vergingen sicher schneller, als mir lieb war, außerdem konnten wir ja Video-Calls machen.

»Wir melden uns, wenn wir angekommen sind«, versprach Mama dreimal, dann ließ sie mich endlich los.

Dennoch konnte ich mein Glück kaum fassen, als ich nach der Schule heimkam und wusste, dass keiner mehr herkommen würde. Ich hatte das ganze Haus für mich. Ich blieb in der Tür stehen und genoss die Ruhe.

Wahnsinn.

»Yes«, flüsterte ich und schrieb Liam: *Sie sind weg!*

Er antwortete mir mit einem grinsenden Smiley und einem Kuss. *Soll ich nachher vorbeikommen?*

Mein Herz klopfte wie wild bei dem Gedanken daran.

Heute gleich? Es war Freitag, eigentlich perfekt. Das ließ uns noch viel mehr Zeit, bis sie wieder zurückkamen. Das wäre wie zusammenleben, wenn seine Eltern keinen Stress machten. Das wäre einfach mega.

Leider hatte ich heute schon etwas anderes vor.

Am liebsten ja, aber ich begleite Linn heute zu Noahs Party, textete ich zurück und hatte gar keinen Bock mehr, heute loszuziehen.

Liam wartete mindestens so sehnsüchtig darauf wie ich, dass wir es endlich machten, aber ich konnte meine beste Freundin nicht hängenlassen. Noah, der Typ, auf den sie schon seit Monaten stand, hatte sie zu dieser Party eingeladen. Sie musste hin, um endlich mit ihm weiterzukommen, also musste ich mit und sie unterstützen.

Hoffentlich bekam sie es heute hin. Seinetwegen stresste sie schon seit Wochen herum. Ich hoffte, dass sie ihn endlich klärte und das Gejammer aufhörte. Meine beste Freundin Linnea, genannt Linn, litt immer sehr laut und wortreich.

Schade, antwortete Liam. Er wusste von der Party und dass Linn mich brauchte. Er kannte sie und ahnte, welches Drama es sonst gab.

Morgen, schrieb ich zurück und schickte ihm Küsse und eine Flamme.

Kann's kaum erwarten.

Ich auch nicht, dachte ich. Hauptsache, das Warten lohnte sich und die Party heute wurde kein totaler Reinfall. Damit musste ich immer rechnen, denn bei Linn kamen die Dinge selten so, wie sie sie geplant hatte.

Linn war total nervös, als wir uns am Abend bei mir fertigmachten. Sie redete die ganze Zeit nur von Noah: Wie er geguckt hatte, als er sie zur Party einlud, wie er gelächelt hatte und wie er ihr seine Nummer zugesteckt hatte. Die Nummer, die sie sich schon vor Wochen über eine Freundin, die mit einem Freund von Noah zusammen war, besorgt und nie benutzt hatte.

Sonst wären wir wahrscheinlich schon weiter.

Stattdessen hatte ich mir schon so oft angehört, was sie ihm schreiben könnte, dass ich bis heute nicht genau wusste, was sie tatsächlich geschrieben hatten. Ich wusste nur, dass er ihr mittlerweile folgte und ein paar ihrer Posts geliked hatte.

»Er hat sogar einen Kommentar dagelassen!«, rief sie aufgeregt und zeigte mir die Kommentare zu ihrem letzten Dance Clip. *Zeig den Move auf der Party von @freshsteve2006 heute Abend! Das wird hot!*

›*Na dann*‹, dachte ich. ›*Das klingt doch gut.*‹

Ich holte eine Flasche Sekt aus dem Kühlschrank, um die Stimmung aufzulockern. Der Korken schoss gegen die Badezimmerwand und ich musste die Flasche schnell an den Mund heben, um den Schaum aufzufangen.

»Lass mir noch was übrig!«, beschwerte sie sich. Ich reichte ihr die Flasche und sie nahm einen Schluck. »Ich pack das nicht«, jammerte sie dann. »Warum kann es bei Noah nicht so einfach sein wie bei dir und Liam?«

Ich biss mir auf die Zunge, um ihr nicht zu sagen, dass sie das auch schon geklärt haben könnte, wenn sie nicht so feige wäre. Ich liebte Linn. Sie war schon seit dem Kindergarten meine beste Freundin und wir hatten schon super viel zusammen durchgestanden, wie den Tod meiner Oma und als Linn und ihre Familie in die kleine Wohnung ziehen mussten, weil ihr Vater seinen Job verloren hatte.

Wir waren total verschieden und das war super für unsere Freundschaft. Sie dachte sich die verrückten Sachen aus und ich passte auf, dass es nicht zu verrückt wurde. Ich liebte sogar ihr Drama, weil ich bewunderte, wie sie ihre Gefühle rauslassen konnte, das würde ich auch gern können. Dass sie so unentschlossen war, killte mich aber immer ein bisschen. Und wegen Noah war es besonders schlimm.

Linn struggelte damit, dass ich einen Freund hatte und sie nicht. Sie war gern bei allem die erste: sie hatte vor mir Ohrringe, hatte das erste Mal einen Kater, das erste Mal an einer Zigarette gezogen, das erste Mal Sex. Sie hatte vor mir einen Freund, aber keine Beziehung wie Liam und ich. Das war neu für uns beide, aber ich weigerte mich, mich deswegen schlecht zu fühlen.

Ich kannte Liam schon, bevor wir zusammenkamen. Vom Sehen, davor hatten wir nicht viel miteinander zu tun. Es fing auf einer Party an, wo wir zufällig nebeneinanderstanden. Er fragte, ob er mir was zu trinken mitbringen sollte, und plötzlich quatschten wir eine halbe Stunde. Irgendwann küssten wir uns. Der Kuss war toll. Er machte meine Beine weich und ließ mein Herz rasen. Hinterher tauschten wir Nummern und schrieben ständig.

Ich bemerkte, dass ich den richtigen Eindruck von ihm hatte: Süß, nett und witzig und ich konnte mit ihm reden. Genau, was ich an einem Typen mochte. Eine Woche später waren wir zusammen.

Das war aufregend, weil ich voll verknallt war, aber es war kein bisschen kompliziert. Ich war eh nicht der Typ, der sich ständig fertigmachte. Ich nahm die Dinge, wie sie kamen, und unternahm etwas, wenn es sinnvoll war.

Linn hingegen machte sich selbst ständig fertig und verursachte damit regelmäßig Chaos und Tränen.

Sie trank noch einen Schluck Sekt und machte mit ihrem Make-up weiter. Das konnte noch dauern, sie war da akribisch. Ich fotografierte die Flasche und machte eine Story. Noch ein paar Selfies und dann war Linn endlich mit ihrem Make-up zufrieden. Es war ziemlich auffällig und glitzerte wie ein ganzer Sternenhimmel. Ihr Mund war beinahe überdimensional und ihre Augen riesig.

Ich hielt mich bedeckt, schließlich hatte ich einen Freund. Also drehte ich mein dunkelbraunes Haar zum Messy-Bun, trug eine lässige Jeans und ein Cropped-Top. Mein Make-up war eh immer dezent, so ließ ich es auch heute. Liam hätte keinen Grund, eifersüchtig zu sein, aber das war er sowieso nicht.

Alle wussten, dass wir zusammen waren.

Linn drehte immer noch an ihren blonden Locken. Sie trug noch eine Schicht Lipgloss auf und wischte es gleich wieder runter. Doch nicht fertig. Wenn sie so weitermachte, verwischte sie den Lipliner und dann ging das ganze Theater von vorne los.

»Linn, komm jetzt endlich!«, drängelte ich. »Es ist viertel nach zehn.«

Sie wedelte mit drei Lippenfarben vor meiner Nase. »Aber ich weiß nicht, welches ich nehmen soll! Ist Noah eher der Rottyp oder steht er auf pink?«

»Keins davon«, sagte ich fest. »Lipgloss schmiert beim Küssen rum, das finden Typen nervig.« Das wusste ich von Liam. Eine wertvolle Erkenntnis, die ich jetzt mit Linn teilen konnte.

Sie riss die Augen auf und warf die Dinger in ihre Tasche. »Scheiße, Mann. All die Jahre falsch gemacht«, murmelte sie.

»Jetzt wissen wir es ja.« Ich scheuchte sie aus dem Bad und schnappte mir die Flasche.

Um zur Party zu kommen, wollten wir den Bus nehmen. Er kam in drei Minuten, wir mussten uns beeilen. Ich scheuchte Linn die Treppe runter und versteckte die Flasche in meiner Handtasche. Das wurde knapp, wir mussten rennen. Hoffentlich schüttelte ich nicht gerade die ganze Kohlensäure aus dem Sekt! Ich hielt sie so, dass ich nichts verschüttete.

Der Bus kam und wir stiegen zu.

»Ist mein Outfit okay?«, fragte Linn zum vierten Mal, obwohl es eh zu spät war. Ich nickte und beugte mich hinter die Sitzlehne, um einen Schluck Sekt zu trinken. Sie tat das gleiche.

»Na klar«, beruhigte ich sie. »Entspann dich ein bisschen, sonst wirkst du so desperate.«

Sie seufzte. »Ich weiß. Das kommt nie gut an.«

»Richtig. Bleib entspannt.« Ich sah aus dem Busfenster und wünschte mir, ich wäre mit Liam bei mir zu Hause. Nur wir zwei, ohne Stress.

Er hatte keine Lust auf die Party, mochte die Leute da nicht. Mein Ding waren die auch nicht, aber für Linn ging ich mit. Hoffentlich lohnte sich das. Es waren noch ein paar andere Girls aus unserer Klasse da. Wenn Linns Plan aufging, hing ich wenigstens nicht alleine rum. Das wäre auch zu ätzend.

Wir erreichten die Location und Linn fasste sich ein Herz und schrieb Noah, dass wir da waren. Er kam tatsächlich raus, um uns zu holen. Linn drehte beinahe durch. Ich sah ihren Stresslevel steigen und hoffte, dass sie es jetzt nicht verkackte. Wenn sie so nervös war, konnte es sein, dass sie was echt Dummes sagte.

»Hey, cool, dass ihr da seid«, sagte er. Ich winkte ihm, doch er drehte sich zu Linn um und küsste sie auf die Wange. Ich sah, dass sie fast einen Blackout deswegen bekam. Ja, Noah sah ganz nice aus, war groß, sportlich und blond, aber mir war er schon fast zu schön. Ich fand seinen Account übertrieben, weil alles voller Selfies mit seinem Sixpack war, und fand Leute, die sich selbst so abfeierten, anstrengend. Meistens war das alles fake.

Linn fuhr aber voll drauf ab und hatte seinen halben Account gespeichert. Ich wusste, dass sie ihn abends vor dem Einschlafen anschmachtete. Dazu sagte ich nichts mehr, wir hatten uns deswegen schon einmal gestritten und ich musste einsehen, dass ich sie hier nicht beschützen konnte.

»Das ist nicht dein Job«, hatte sie mir damals an den Kopf geknallt. »Du bist nicht meine Mutter.«

Das hatte gesessen und ich musste mich fragen, wie sehr ich mich manchmal wie meine Mutter verhielt. Das wollte ich auf keinen Fall, deswegen sagte ich dazu nichts kritisches mehr, sondern versuchte, sie zu unterstützen. Egal, wie komisch sich das anfühlte.

Liam mochte Noah auf diese Männerart, bei der man schweigend nebeneinanderstand. Sie hatten nicht viel gemeinsam, akzeptierten einander aber. Nicht die besten Voraussetzungen für Doppeldates, aber Linn fand keinen von Liams Freunden gut genug, um mit ihm etwas anzufangen. Ich sah das anders. Liam hatte Freunde, mit denen ich viel besser klarkam als mit Noah. Vielleicht nicht so hübsch, aber sicher auch nicht so selbstverliebt. Aber das musste Linn selbst wissen.

Aus ihren Augen sprühten quasi Herzchen und ich wusste, dass ich mir jedes Wort sparen konnte.

Wir gingen ins Haus und Noah organisierte uns Drinks. Den Sekt hatten wir schon leer gemacht, ich sollte es lieber langsam angehen. Wenn was schiefging, musste ich uns nach Hause bringen. Und, wie schon gesagt, bei Linn musste man mit allem rechnen. Manchmal nervte mich das, aber dank der Erziehung meiner Mutter fiel es mir schwer, lockerzulassen.

Drinnen erspähte ich Tuğçe und Nele aus unserer Klasse. Zu meinem Glück, denn Linn klebte an Noah wie

Kaugummi und ich störte sie nur. Sie hatte einen Plan, bei dem ich ihr nicht helfen konnte. Ich tippte sie an, zeigte auf Nele und Tuğçe und ging zu den beiden rüber.

»Hab gar nicht mit dir hier gerechnet, Persia, aber jetzt machts Sinn«, sagte Tuğçe und nickte in Linns Richtung. »Sind Linnea und Noah zusammen?«

»Ich denke, spätestens ab morgen«, sagte ich loyal.

»Ich drück die Daumen. Dass sie auf ihn steht, ist ja auch mega obvious. Aber hast du Alissia schon gesehen? Ich weiß, dass sie es auch auf Noah abgesehen hat«, sagte Nele und zeigte auf Alissia aus der Parallelklasse. Sie trug ein atemberaubendes Outfit, sodass alle Typen sie angafften und alle Mädchen sie mit ihren Blicken killten. Sie hatte offenbar noch etwas vor heute.

Auch das noch. Alissia war bildhübsch und bekam vermutlich jeden, den sie wollte. Wenn sie sich Noah aussuchte, hatte Linn es schwer, es sei denn, er hatte einen Crush auf meine Freundin und ließ Alissia abblitzen. Ansonsten konnten wir uns auf einen Bitch-Fight gefasst machen. Ich musste Linn im Auge behalten, damit ich bei ihr sein konnte, falls das passierte.

»Shit«, murmelte ich und nahm doch einen Schluck von meinem Drink. Die Mische war widerlich und viel zu stark. Ich stellte sie endgültig auf einem Tisch ab. Das konnte ich nicht trinken, aber umso besser musste ich auf Linn aufpassen, bevor sie sich abschoss.

Sie hatte Alissia gerade gesehen und ihr Gesicht wurde starr, als diese auf sie zukam und nach Noah rief.

»Das gibt beef«, prophezeite Tuğçe hinter mir. Ich machte mich auf den Weg zu Linn, doch jemand stolperte in mich hinein und goss mir seinen ganzen Drink über das Oberteil. Ich fluchte und sah an mir runter. Alles klebte, verdammt!

Ich warf ihm einen bösen Blick zu und sah mich nach Linn um. Sie redete mit Noah und Alissia, aber ihr Gesicht war krass. Innerlich eskalierte sie gerade komplett, erkannte ich. Vor allem jetzt, wo Alissia Noahs Arm anfasste und ihm anscheinend ein Kompliment über seine Muskeln machte.

›Ernsthaft? Das *ist dein Killer-Move?*‹, dachte ich angewidert. Endlich erreichte ich sie. »Linn?« Es dauerte, bis sie mich ansah.

»Gott, Persia, was ist denn mit dir passiert?«, fragte Alissia entgeistert.

»Wonach sieht's denn aus?«, fragte ich genervt.

»Dass du deine Brüste mit deinem Mund verwechselt hast?« Sie zog die Augenbraue hoch. Konnte die nicht einfach die Klappe halten?

»Witzig!«, zischte ich.

»Kann schon mal vorkommen«, meinte Noah grinsend und starrte auf meinen Busen. Vollidiot.

»Ich muss mein Shirt auswaschen«, sagte ich zu Linn.

»Tu das«, sagte sie, ohne Alissia aus den Augen zu lassen. Es war sinnlos und ich wollte sie nicht bloßstellen, indem ich sie wegzerrte. Sie musste kurz ohne mich klarkommen. Ich hoffte, sie drehte nicht durch.

Allein lief ich zum Klo und schloss die Tür hinter mir ab. Ich hatte keinen Bock mehr auf diese Party.

Liam hatte mir geschrieben. *Wie läufts?*

Beschissen, schrieb ich zurück und schickte ihm ein Foto von meinem Shirt.

Schlimm, wenn ich das sexy finde?

Ich musste grinsen. *Das machts besser. Wusste nur nicht, dass das hier ein Wet-T-Shirt-Contest ist.*

Hätte ich das vorher gewusst … Soll ich dich abholen?

Kann Linn nicht alleine lassen. Leider. Es läuft nicht, wie sie dachte. Steht kurz vorm BF mit Alissia.

Enjoy the show und meld dich. Will wissen, dass du okay bist.

Ja, Mama. Ich schickte ein Emoji hinterher, das die Zunge ausstreckte und zwinkerte.

Immer schön artig sein. Aber pass auf dich auf.

Mach ich.

Ich brauchte zwar keinen Aufpasser und er musste sich keine Sorgen machen, aber ich wünschte, er wäre hier. Das würde alles erträglicher machen.

Ich schrubbte an dem Fleck herum, doch mein Shirt wurde nur noch nasser und durchsichtiger. Scheiße. Mir blieb nichts anderes übrig, als meine Jeansjacke anzubehalten und die Knöpfe zu schließen. Wie nervig. Meine Laune war im Keller und ich wollte am liebsten gehen. Kurz überlegte ich, ob ich Liam doch bitten sollte, mich abzuholen. Der Abend war gelaufen und es konnte nur schlimmer werden. Aber bevor ich das machte, musste ich erstmal Linn finden und die Lage checken.

Einfach abzuhauen kam nicht in Frage, sonst würde sie mir das Leben die nächsten Wochen zur Hölle machen. Nein danke. Ich hatte anderes vor.

Ich rief noch einmal den Chat mit Liam auf.

Kannst du mich doch abholen?, tippte ich, doch ich schickte es noch nicht ab. Das würde ich gleich machen, wenn ich wusste, was abging.

Als ich zurückkam, konnte ich Linn nirgends sehen. Von Alissia und Noah fehlte auch jede Spur. Ich fand Tuğçe und Nele, die mit ein paar Leuten abhingen.

»Sie sind zusammen weg«, berichtete Tuğçe und deutete mit dem Daumen zum Ausgang. »Raus. Ich weiß leider nicht, wohin.«

»Machen wahrscheinlich einen Dreier. Mann, Noah hat echt Schwein. Alissia ist dermaßen geil«, meinte einer der Typen und klatschte sich mit seinen Kumpeln ab.

Was für Idioten.

Ich schrieb Linn, dass ich nach ihr suchte, doch sie antwortete mir nicht, las nicht einmal meine Nachricht. Mist, jetzt musste ich also ernsthaft gucken, wo sie war? Meine Laune wurde noch schlechter.

Ich suchte das ganze Haus ab und ging schließlich nach draußen an die Straße. Auch hier waren ein paar Leute. Ich sah Alissia bei einem Typen mit einem BMW stehen. Noah war nicht dabei und Linn auch nicht.

Tja, doch nichts mit 'nem Dreier. Ich war so genervt, dass ich am liebsten direkt gegangen wäre. Konnte ich aber nicht, auch wenn ich ahnte, was ich sehen würde, wenn ich Linn und Noah fand. Ich musste trotzdem sichergehen.

»Habt ihr Noah gesehen?«, fragte ich. Alissia ignorierte mich, doch einer der Typen zeigte weiter hinten auf den Parkplatz.

Langsam wurde ich wütend. Was sollte das? Linn konnte doch nicht einfach abhauen und mir nicht mal Bescheid sagen!

Ich lief weiter und fand schließlich Noahs roten Golf. Und ich sah Linn, die heftig mit ihm auf der Rückbank knutschte. Ja, genau das hatte ich erwartet. Todesgenervt blieb ich stehen und wusste nicht, was ich machen sollte. Wenn ich sie jetzt unterbrach, stritten wir uns todsicher und im schlimmsten Fall versaute ich es ihr mit Noah.

Ich hatte keine Lust auf Streit, das hätte eh keinen Sinn. Stattdessen schickte ich die Nachricht an Liam ab. Dann schrieb ich Linn: *Sehe, du hast dein Ziel erreicht, also klär ihn bitte und lass dich von ihm nach Hause fahren. Ich bin out, lass mich von Liam abholen. Melde dich morgen, will wissen, was los ist.*

Ich rollte mit den Augen, als ich ein paar Küsse dahinter setzte, die ich absolut nicht fühlte. Ich hatte alles dabei, also konnte ich mich direkt auf den Weg machen.

Nichts wie weg hier! Hoffentlich war Noah wenigstens so nett, sie nach Hause zu bringen. Ich wollte hier nicht darauf warten, dass die beiden fertig wurden.

Liam hatte meine Nachricht noch nicht gesehen. Schlief er schon? Es war mittlerweile halb eins. Vorsichtshalber checkte ich die Busverbindung. Scheiße, der Nächste kam erst in einer halben Stunde!

Ich war sauer auf Linn. Das hätte sie doch alles auch allein geschafft. Es war überflüssig, dass ich hier war. Abgesehen von einem ruinierten Shirt hatte mir der Abend nichts gebracht. Ich fror und war endfrustriert.

Schön für sie, dass sie ihr Ziel erreicht hatte, aber dass sie mich einfach hängenließ, nahm ich ihr übel. Das hätte ich nie gemacht. Jetzt konnte ich auch noch sehen, wie ich allein nach Hause kam.

Immer noch keine Reaktion von Liam. Langsam wurde ich auch wütend auf ihn.

Es hatte keinen Sinn, noch länger hierzubleiben. Ich war mies drauf und hatte keinen Bock auf die Leute. Das konnte nur schiefgehen. Ich wollte mich auch nicht mit Linn streiten, wenn sie wieder auftauchte. Besser, ich ging nach Hause und regte mich währenddessen ab.

Ich rief in der Navi-App die kürzeste Route nach Hause auf und ging los. Vielleicht hatte ich zwischendurch

Glück und fand einen anderen Bus. Oder ich schaute, wie weit es zur nächsten U-Bahn war.

Es war ewig weit, egal, in welche Richtung ich lief, also blieb ich auf einem Weg dazwischen. Meine Laune wurde immer schlechter. Immer noch nichts von Liam gehört. Linn hatte meine Nachricht nicht mal gelesen.

Trieb sie es jetzt etwa mit Noah in seinem Auto? Die konnte morgen was erleben! Das konnte doch nicht ihr Ernst sein! So toll konnte man doch keinen Typen finden, dass man es gleich am ersten Abend mit ihm trieb, oder? Ich hätte das nie gemacht, auch mit Liam nicht. Warum meldete dieser Idiot sich nicht?

Ich wusste nicht mehr, wo ich war. Ich ging durch enge Straßen und hatte vollkommen die Orientierung verloren. Krampfhaft klammerte ich mich an meinem Smartphone fest.

Das war eine saudämliche Idee. Ich war allein und niemand wusste, wo ich war. Mit klopfendem Herzen bog ich um die nächste Ecke.

Da war eine S-Bahn-Station! Gott sei Dank. Wenn ich erstmal am Hauptbahnhof war, hatte ich es fast geschafft.

Ich legte einen Zahn zu und erreichte den Eingang.

Wegen Gleisarbeiten bis Montagmorgen um 4 Uhr wird diese Station nicht angefahren. Schienenersatzverkehr nutzen, stand auf dem Schild, das den Eingang versperrte.

Ich starrte es an und hätte am liebsten geheult. Was für ein Scheißabend! Ein Fail auf ganzer Linie. Es konnte nicht mehr schlimmer werden.

Ich lief weiter und nagte an meiner Lippe. Ich verfluchte Linn. Und Liam. Und meine Eltern, weil sie im Urlaub waren. Und mich selbst, weil ich nicht auf den Bus gewartet hatte.

Ein Mann kam auf mich zu, ich wich ihm aus. Er ging komisch, torkelte leicht. Ich machte einen Bogen um ihn, Besoffene konnte ich nicht leiden. Er blieb stehen, als ich ihn fast erreicht hatte. Ich mied den Blickkontakt und lief noch schneller. Gänsehaut kroch über meine Arme und ich bekam ein schlechtes Gefühl. Er wartete auf mich.

Ich bekam Angst. Ich hielt den Blick krampfhaft auf den Boden gerichtet und hoffte, dass ich an ihm vorbeikam. Dass ich mich irrte.

›Warum bin ich allein losgelaufen? Schnell weiter!‹

Ich hörte Schritte und atmete auf. Er ging weiter. Ich sollte zusehen, dass ich hier verschwand und irgendwo hinging, wo Menschen waren. Allein war ich eine viel zu leichte Beute für solche Typen.

Ich musste …

Greller Schmerz fuhr in meine Seite. Er kam so plötzlich, dass ich vor Schock einfach umfiel. Ich knallte mit dem Kopf auf den Asphalt und schlug mir die Stirn auf. Dann erst schoss das Adrenalin in meine Adern.

›Oh Gott, was passiert hier?‹

Ich rollte mich herum, meine Hand fuhr an meine Rippen. Alles nass. Schockiert starrte ich auf meine Hand. Sie war dunkelrot.

›Aber … ist das Blut? Ich … was?‹

Erneut Schritte. Der Mann kam heran. Ich sah seine Stiefel und seine Hosenbeine. Er holte mit dem Fuß aus und trat mir in die verletzte Seite. Der Schmerz raubte mir den Atem. Er blendete mich und ich knallte erneut mit dem Kopf auf den Boden. Der Kerl trat wieder zu, dabei hörte ich ihn lachen.

›Was passiert hier? Warum hilft mir denn keiner?‹

Dann traf mich etwas Nasses im Gesicht, meine Sicht wurde dunkelrot. Die Flüssigkeit brannte in meinen Augen. Ich konnte nicht einmal schreien, der Schmerz nahm mir alle Kraft.

›*Warum hilft mir denn niemand?*‹

Wieder ein Tritt. Wieder dieses Lachen.

Wenn ich das hier überlebte, würde mich das ewig verfolgen.

›*Ich glaube nicht, dass ich das hier überlebe. Oh bitte, lass es aufhören! Bitte!*‹

Ich krümmte mich beim nächsten Tritt zusammen. Flüssigkeit spritzte mir ins Gesicht. Blut. Mein ganzer Körper brannte vor Schmerz, ich kam nicht mehr klar. Ich hatte solche Angst. Ich wollte einfach nur weg.

›*Oh Gott, bitte, was ist hier los? Warum tut er das? Und warum bin ich ganz allein?*‹

Der Schmerz erstickte jeden Gedanken. Mein Körper bestand aus flüssigem Feuer. Ich lag einfach da und rührte mich nicht mehr.

Ich erfror.

Ich ertrank.

Ich verbrannte.

Ich hörte einen Schrei und ein dumpfes Geräusch. Dann Schritte, jemand rannte weg.

Die Stille war ohrenbetäubend, der Schmerz killte alles.

Ich konnte die Augen nicht öffnen. Eine kühle Hand legte sich auf meine Stirn. Alles wurde schwarz.

Ich starb.

Endlich.

KAPITEL 2

Grelles Licht drang durch meine geschlossenen Lider. Das musste das Licht aus dem Jenseits sein, denn ich war tot.

Die Schmerzen waren weg. Ein weiterer Beweis dafür, dass ich tot war. Wenn ich sicher sein wollte, musste ich die Augen öffnen.

Ich traute mich nicht. Ich hatte Angst davor, tot zu sein. Meine Eltern würden sich das nie verzeihen. Liam und Linn auch nicht.

Scheiße. Was war bloß passiert? Warum hatte der Mann mich angegriffen? Grundlos. Ich wollte doch nur an ihm vorbeigehen.

Sein irres Lachen fiel mir wieder ein.

Er hatte mich aus Spaß angegriffen und umgebracht. Das war so bitter. Ich war vollkommen sinnlos gestorben. Mit siebzehn. Allein. Auf offener Straße.

Noch schlimmer ging es nicht.

Wut und Frust stiegen in mir hoch. Das war so unfair! Das hatte ich nicht verdient, verdammt!

Mein Gedanke riss ab und die Wut verpuffte, als ich einsah, dass das alles nichts brachte.

Tot ist tot.

Ein Piepen drang durch den Nebel in meinem Kopf. Es klang wie ein EKG im Film. Plötzlich spürte ich einen unangenehmen Druck am linken Arm, als würde jemand fest zupacken und ihn einquetschen. Mit einem Mal spür-

te ich meinen Körper wieder. Meine Sinne kamen zurück. Und auch Schmerz.

›Was soll das? Wie kann das sein? Ich bin doch tot!
Oder nicht?‹

Wieder stieg Wut in mir hoch, weil das das einfachste
Gefühl war. Ich war dermaßen lost, ich wusste gar nichts
mehr.

Da hörte ich eine Stimme. Sie war fremd, eine Frau, die
ich nicht kannte. »Die Vitalzeichen sind stabil. Blutdruck
ist auch gut.«

»Sehr schön. Dann muss die Kleine bald aufwachen«,
sagte eine zweite Frau.

»Sie hatte Glück im Unglück. Diese Klinge ...« Die erste Frau brach ab.

»Ich weiß«, erwiderte die Zweite. »Furchtbar. Wenn sie
nicht gefunden worden wäre, hätten wir nichts mehr tun
können. Der Blutverlust war enorm.«

»Haben die Polizisten etwas gesagt?«, fragte die Erste.

»Nicht zu mir, aber es sieht aus, als wäre sie von einem
Irren überfallen worden. Die Arme. Und es war noch
keiner da. Sie können ihre Eltern nicht erreichen.«

»Versuchen sie es weiter?«, wollte die Erste wissen.

»Ja, aber wir müssen erstmal dafür sorgen, dass sie
stabil bleibt. Alles andere sehen wir dann.« Die Stimme
wurde leiser, das grelle Licht verschwand, dann schlug
eine Tür.

Mein Herz klopfte schnell. Ich war nicht tot. Ich war im
Krankenhaus und hatte überlebt. Knapp, aber ich lebte.

Ich blieb reglos liegen und verdaute diese Information.

Damit hatte ich nicht mehr gerechnet. Es dauerte, bis
die Erleichterung deswegen einsetzte. Ich hatte echt gedacht, ich wäre tot. Anscheinend war ich ja auch nah
dran, als sie mich fanden.

Jemand war mir zur Hilfe gekommen, erinnerte ich mich. Da war noch eine Stimme und etwas, das wie Kampfgeräusche klang. Jemand hatte den Irren vertrieben und mir das Leben gerettet.

Falls ich ihn jemals traf, musste ich mich bedanken.

Langsam öffnete ich die Augen und blinzelte in das gedämpfte Licht meines Krankenzimmers. Draußen schien die Sonne, aber die Vorhänge waren zugezogen. Zum Glück, denn allein das bisschen Licht brannte schon in meinen trockenen Augen.

Ich blieb liegen und starrte an die Zimmerdecke. In welchem Krankenhaus ich wohl war? Ich kannte mich nicht aus, bisher war mir noch nie etwas passiert, weswegen ich im Krankenhaus hätte bleiben müssen.

Ich wünschte, meine Eltern wären hier. Kein Wunder, dass sie niemand erreichen konnte. Sie hatten ihre Handys in Ägypten ausgeschaltet. Wir waren am Samstag zum Skypen verabredet.

Ich hatte keine Ahnung, welcher Tag heute war. Wie lange lag ich schon im Krankenhaus? Wie viele Tage war ich ohnmächtig? Ob Liam mich vermisste? Irgendwann musste er doch meine Nachrichten gelesen und meine verpassten Anrufe gesehen haben. Ich wusste nicht, wo mein Handy war. Wenn ich es hätte, könnte ich Liam und Linn Bescheid sagen, dass ich lebte.

Linn wäre ziemlich fertig deswegen, dachte ich grimmig. Das hatte sie auch ein bisschen verdient für die Scheiße auf der Party. Ein ganz kleines Bisschen.

Ich sah an mir hinunter. Meine Arme waren verbunden und ich war zugedeckt. Ich sah einen Tropf auf der rechten Seite. Das war sicher nicht nur Kochsalzlösung. Ich spürte ein Drücken im Schädel, das auf Schmerzmittel hindeutete. Ich war empfindlich bei Schmerzmitteln, Aspirin löste bei mir sogar Migräne aus.

Sie hatten gesagt, dass ich viel Blut verloren hatte. Jetzt bemerkte ich den zweiten Zugang im linken Arm. Hier hing eine frische Blutkonserve. B negativ.

Auf dem Monitor dahinter sah ich meinen Herzschlag in einer Kurve. *August, P.* stand in der Ecke. Sie hatten mich also richtig identifiziert. Dann suchten sie wenigstens nach den richtigen Eltern, aber jetzt konnte ich ihnen ja auch sagen, wo sie waren.

Ich fühlte mich müde, aber okay. Das lag wahrscheinlich auch an den Schmerzmitteln. Ich wollte wissen, was geschehen war, aber dazu musste ich erstmal jemanden rufen. Das hatte noch Zeit. ich musste erstmal richtig wachwerden.

Ich hörte Schritte auf dem Flur, dann öffnete sich die Tür einen Spalt. Ich sah hin und runzelte die Stirn. Dort stand ein Mann Anfang zwanzig mit kurzen blonden Haaren. Er war dunkel gekleidet und sein Gesicht war ernst. Ich kannte ihn nicht. Als er bemerkte, dass ich seinen Blick erwiderte, schloss er die Tür schnell wieder.

Hatte sich wohl im Zimmer geirrt.

Ich atmete noch einmal tief durch und sammelte meine Kräfte, um mich nach dem Rufknopf zu strecken, der über meinem Kopf baumelte. Ich hob den linken Arm und griff danach. Keuchend zuckte ich zusammen und zog meine Hand zurück.

Der Schmerz war ein Schock. Er schnitt messerscharf in meine linke Seite. Jetzt wusste ich, wo er mich erwischt hatte. Dagegen halfen auch die Schmerzmittel nicht.

Ich biss mir auf die Unterlippe und blinzelte die Tränen weg, dabei atmete ich gegen den Schmerz. Ich versuchte, still zu bleiben, weil ich sonst geschrien hätte. Ich wusste nicht, ob meine Kraft dafür reichte, wieder damit aufzuhören, wenn ich erstmal loslegte.

Es dauerte, bis es erträglich wurde, aber endlich ging es wieder. Die Lichtblitze vor meinen Augen verschwanden und ich wollte nicht mehr nach meiner Mama weinen.

Ich schloss die Augen und atmete tief durch. Dann hob ich langsam und konzentriert den rechten Arm und achtete darauf, mich nicht über die Seite zu strecken.

Meine Fingerspitzen erreichten den Rufknopf, dann hatte ich ihn. Mir brach Schweiß aus. Ich war nicht halb so fit wie ich dachte. Meine Hand zitterte, als ich den Knopf drückte. Draußen auf dem Flur ging der Alarm los. Er tat in meinen Ohren weh, obwohl er nicht laut war. Es dauerte ewig, bis sich die Tür erneut öffnete.

Eine Krankenpflegerin kam herein. Als sie mich begrüßte, erkannte ich ihre Stimme. Sie war vorhin bei mir gewesen. »Du bist wach, das ist gut. Wie geht es dir? Hast du Schmerzen?«, fragte sie. Sie war Mitte zwanzig und hatte langes hellbraunes Haar, das sie zu einem großen Bun gedreht hatte. Ihre Augen fielen mir gleich auf: sie waren grün, es sah aus, als wären sie mit Gold gesprenkelt. So was hatte ich noch nie gesehen und ich musste mich konzentrieren, um ihr zu antworten.

»Wenn ich mich nicht bewege, geht es«, sagte ich matt. Ich war total down von den Schmerzen. »Aber nach dem Knopf zu greifen war die Hölle.«

Sie nickte. »Das ist normal. Du musst dir Zeit lassen und dich schonen. Das ist eine üble Verletzung, die du da abbekommen hast.« Ihre Stimme war sanft und warm, sie tröstete mich. Bei ihr war ich in guten Händen.

»Wissen Sie, was passiert ist?«, fragte ich.

Sie sah mich bedauernd an. »Nein, leider nicht. Woran kannst du dich erinnern?«

»An einen Mann. Er hat mich einfach so angegriffen.«
Meine Augen füllten sich mit Tränen.

Sie legte ihre Hand auf meinen bandagierten Arm und sah mich mitleidig an. »Wie schrecklich. Du Arme. Die Welt ist voll Verrückter. Wie geht es dir abgesehen von den Schmerzen beim Strecken? Was macht dein Magen? Ist dir heiß? Oder kalt?«

Ich horchte in mich hinein. Was ich feststellte, war verwirrend. »Beides«, sagte ich langsam. »Mir ist heiß und kalt. Habe ich Fieber? Oder eine Infektion? Haben Sie mich auf alles getestet?«

Sie legte mir die Hand auf die Stirn. »Ich messe gleich noch mal, aber ich glaube nicht, dass du Fieber hast. Dein Blutbild war unauffällig. Ist da sonst noch was?«

»Ich habe Hunger«, sagte ich kläglich.

Sie lächelte. »Das ist schon mal nicht schlecht«, nickte sie. »Ich sorge dafür, dass du etwas bekommst. Beobachte bitte, wie es dir geht. Falls dir kalt wird, müssen wir etwas unternehmen.«

»Okay«, sagte ich leise. Sie lächelte aufmunternd und versprach mir, einen Arzt zu holen, damit er mich durchcheckte. »Wissen Sie, wo meine Sachen sind?«, fragte ich. »Vor allem mein Smartphone?«

»Im Schrank dort.« Sie ging hin und öffnete ihn. Dort hing ein Plastikbeutel, mit ziemlich blutigem Inhalt. Meine Sachen. Mir wurde schlecht, als ich das sah.

Die Krankenschwester griff ins obere Regal und zeigte mir mein Smartphone. Das Display war zersplittert, so schlimm, das ganze Teile fehlten. Es war aus, vermutlich für immer.

Verdammt. So konnte ich niemandem Bescheid sagen.

»Wir erreichen deine Eltern nicht«, sagte sie. »Die Polizei hat bei dir zu Hause niemanden angetroffen.«

»Sie sind verreist. Nach Ägypten«, sagte ich mit einem dicken Kloß im Hals und fummelte an dem Smartphone herum. Scheiße, das war richtig übel. Eine Katastrophe. Mein ganzes Leben war auf diesem Teil. Meine Fotos, meine Apps, meine Erinnerungen. Und die Nummern, die ich nicht im Kopf hatte. Ich wusste nicht mal Tante Rhahidas Telefonnummer auswendig. Ich konnte mich bei niemandem melden.

Wieder wollte ich am liebsten losheulen, weil ich so verdammtes Pech hatte. Die Schwester tätschelte mir tröstend den Arm. »Hey, das kommt alles wieder in Ordnung. Glaub mir.« Sie lächelte und verließ den Raum.

Ich sah ihr nach und fühlte mich mies. Bestimmt kam alles wieder in Ordnung, aber wie und wann konnte mir keiner sagen.

Ich bekam etwas zu essen, danach musste ich warten. Wo blieb denn der Arzt, den sie mir versprochen hatte?

Eine Azubi-Krankenschwester kam und nahm meine Temperatur. Sie war unauffällig, wie schon vermutet. Sonst passierte nichts. Ich hätte gedacht, dass die Polizei noch einmal kam, um mich zu sprechen, doch ich wartete stundenlang, ohne dass etwas passierte.

Immer wieder schlief ich ein und wachte ruckartig auf, weil ich von dem Überfall träumte. Zum Glück war es draußen hell, aber ich hatte Angst vor der Nacht und den Erinnerungen, die dann bestimmt hochkamen. Ich überlegte, nach stärkeren Schmerzmitteln zu fragen, damit ich schlafen konnte.

Mittlerweile wusste ich, dass es Samstag war. Der Überfall war letzte Nacht. Wenigstens hatte ich nicht tagelang im Koma gelegen.

Immer wieder fror ich, dann schwitzte ich im nächsten Moment. Ich versuche, mich so wenig wie möglich zu bewegen, doch das änderte nichts.

Endlich ging die Tür wieder auf und ein Arzt kam herein. Ihm folgte ein zweiter, jüngerer Arzt.

»Persia August, siebzehn Jahre alt. Raubüberfall letzte Nacht«, leierte der Jüngere herunter. »Stichverletzung in der Seite. Blutverlust. Keine bleibenden Schäden. Wunde ist genäht und sah bei der Visite gut aus. Therapie: Bluttransfusion und Schmerzmittel. Beides schlägt gut an, letzte Konserve ist durchgelaufen.« Ich fand es ätzend, wie gelangweilt er die Fakten herunterbetete. Als läge ich hier nicht. Als wäre mir nichts Schlimmes passiert.

Der Ältere nickte und sah von seinem Klemmbrett auf. »Wie fühlen Sie sich?«

»Einigermaßen«, antwortete ich und versuchte, nicht beleidigt zu sein. Ich fand den Assistenzarzt zum Kotzen. Jetzt untersuchte er meine Stichverletzung. Ich sah nicht hin. »Als wäre ich von einem Verrückten attackiert worden, der mich beinahe gekillt hat«, präzisierte ich meine Antwort nun doch.

Der ältere Arzt zog die Augenbrauen hoch und sah mich über seine Brille an, als sähe er mich zum ersten Mal. »Sie wirken aber stabil. Und die Therapie schlägt gut an. Wir können hier nichts mehr für Sie tun. Sie sind infektfrei und fit. Wir geben Ihnen Schmerzmittel mit, damit Sie übers Wochenende kommen. Melden Sie sich am Montag bei Ihrem Hausarzt zur Nachsorge. Sie können nach Hause gehen.«

Ich starrte ihn an und verstand die Welt nicht mehr. »Aber ich kann mich kaum bewegen und der Überfall ist nicht mal vierundzwanzig Stunden her.« Meine Stimme war dünn. Wie konnte man nur so unbeteiligt sein? Die beiden Ärzte hatten null Interesse an dem, was mir passiert war.

»Sie sollten sich ein paar Tage schonen, dann kommt das wieder in Ordnung. Machen Sie sich keine Sorgen, Sie sind jung und gesund. Das stecken Sie locker weg.« Der jüngere Arzt hängte das Klemmbrett wieder an mein Bett, als ginge ihn das alles nichts an. Fall abgeschlossen.

»Sind Sie sicher? Nach dem ganzen Blut, das ich brauchte?« Ich schüttelte den Kopf und kam mir dumm vor, weil ich dem Arzt seinen Job erklären wollte.

Die beiden Männer tauschten einen Blick und schienen gehen zu wollen. Ich verstand nicht, wie sie auf die wahnsinnige Idee kamen, mich nach Hause schicken zu wollen.

»Das haben Sie doch gut vertragen, oder? Sie haben das Schlimmste hinter sich. Den Rest können Sie zu Hause auskurieren.« Der Ältere nickte seinem Kollegen zu. »Kümmern Sie sich bitte um den Transport.«

Der Jüngere nickte eifrig und holte sein Telefon hervor.

»Gute Besserung«, sagte der ältere Arzt unverbindlich. »Wir machen Ihre Papiere fertig.«

Ich sah ihnen fassungslos nach, als sie den Raum verließen. »Aber die Schwestern haben doch gesagt ...«, flüsterte ich. »Es war doch angeblich so knapp.«

Ich verstand es einfach nicht. Hier stimmte doch etwas nicht. Ich war auch früher schon mal im Krankenhaus gewesen und so hatte man mich noch nie behandelt. Wieso hörte mir denn niemand zu?

Ich klingelte, doch es kam keiner mehr, um nach mir zu sehen. Ich wartete und wartete, Tränen liefen über meine Wangen. Aufzustehen schaffte ich nicht.

Nach einer Stunde kamen die Leute vom Krankentransport. Ich bekam eine Hose und ein Shirt und wurde trotz meines Protests aus dem Zimmer geschoben. Wieder kam ich mir total dämlich vor, weil ich so einen Terror machte, aber ich schaffte es nicht mal, aufzustehen. Wie sollte ich es allein zu Hause schaffen?

»Aber mir geht es nicht gut!«, rief ich verzweifelt. Die beiden Männer warfen sich genervte Blicke zu, als wollten sie sagen ›nicht noch so eine Gestörte, die unbedingt bleiben will‹.

Ich gab auf. Ich wollte mich nicht komplett lächerlich machen, auch wenn ich gar nichts mehr verstand. Wenn ich zu Hause war, musste ich meine Tante anrufen, damit sie zu mir kam. Eine andere Möglichkeit hatte ich nicht.

Die Männer packten mich auf eine Liege und in einen Transporter, dann fuhren sie mich heim. Mein Schlüssel war noch in meiner Handtasche, genau wie mein Portemonnaie und mein kaputtes Handy.

Sie halfen mir auf und ich wankte mit weichen Knien den Weg bis zur Haustür hinunter. Mit zitternden Fingern schloss ich auf. Mein Kreislauf protestierte und mir war schwindelig. Mein Magen rebellierte.

»Gute Besserung«, sagte der eine, dann ließen sie mich stehen, als wäre ich topfit.

Mir brach der Schweiß aus und ich schaffte es gerade noch, die Tür hinter mir zu schließen. Ich verlor den Halt und musste mich am Treppengeländer festklammern, um nicht zu fallen. Sie hatten mich wirklich nach Hause gebracht! Mir war heiß wie bei vierzig Grad Fieber. Schweiß lief über mein Gesicht, gleichzeitig hatte ich Schüttelfrost.

Irgendwie schleppte ich mich ins Wohnzimmer und fiel aufs Sofa. Ich rollte mich zusammen und weinte.

Dann kam der richtige Schmerz.

Er raste durch meinen Körper. So krass, dass ich keine Luft bekam. Meine Muskeln krampften. Ich krümmte mich zusammen. Dadurch wurde es noch schlimmer. Meine Rippen fühlten sich an, als wäre das Messer zurück.

Ich japste und versuchte weiter zu atmen. Mein Schädel fühlte sich an, als würde er platzen.

Ich kam nicht mehr klar. Sie hätten mich nie nach Hause schicken dürfen. Ich war nicht so fit, wie sie gedacht hatten. Das hatte ich jetzt davon. Ich war geliefert, ich konnte nicht einmal den Notruf wählen.

Der Schmerz war einfach alles, was ich wahrnahm. Ich konnte nicht mehr. Es ging nichts. Dann wurde es noch schlimmer. Es war wie ein Blitz, der durch meinen Körper raste, so krass, dass ich das Bewusstsein verlor.

Als ich meine Augen wieder öffnete, war es mitten in der Nacht. Es war dunkel und totenstill.

Ich versuchte, mich zu bewegen, aber keine Chance. Die Schmerzen waren noch da. Sie wüteten wie Feuer in meinem Körper. Mein Blut schien zu verdampfen. Ich wollte schreien, doch ich hatte Angst, dass ich nie wieder aufhören konnte.

Der Schmerz verschlang mich. Er höhlte mich aus. Und doch war ich nie leergebrannt. Es ging einfach immer weiter. Tausend Nadelstiche in meine Haut. Druck auf meinem Brustkorb. Dröhnen in meinem Schädel. Jeder Knochen tat mir weh.

Es war unerträglich, doch starb ich nicht, obwohl es sich so anfühlte. Ich hielt es eine Ewigkeit aus und es war, als würde ein Teil von mir dabei sterben. Etwas, das jung und hoffnungsvoll war. Es ließ jemanden zurück, der die Welt anders sah. In mir war es viel dunkler und es wurde immer schlimmer, je länger es dauerte. Es war eine Erlösung, als ich erneut das Bewusstsein verlor.

Als ich dieses Mal blinzelte, war es draußen wieder hell. Die Hitze in meinem Inneren war unerträglich; der Stoff auf meiner Haut kratzte wie Schmirgelpapier, doch der Schmerz hatte nachgelassen. Zumindest so weit, dass ich wieder denken und mich bewegen konnte.

Ich stöhnte und versuchte, mich aufzusetzen. Vielleicht half eine Dusche. Oder etwas zu essen.

Ich konnte hier nicht mehr liegen, mein ganzer Körper war wund. Ich musste irgendwas tun.

Ich stand in Zeitlupe auf, dabei vermied ich jede größere Bewegung. Trotzdem schmerzte meine Seite und die Wunde brannte wie Feuer.

Mein Blick fiel auf das Fenster. Die Sonne schien grell ins Zimmer, doch das Licht schmerzte nicht in meinen Augen. Im Gegenteil. Es fühlte sich an, als würden die Schmerzen dadurch erträglicher. Als würde die Sonne mich zu sich rufen, damit ich in ihr Licht trat.

Vorsichtig tapste ich zum Fenster und schob die Vorhänge beiseite. Als ich die Sonnenstrahlen spürte, zuckte ich zusammen.

›Was ist denn jetzt los? Das kann doch gar nicht sein! Halluziniere ich? Habe ich immer noch hohes Fieber?‹

Doch ich irrte mich nicht, stellte ich fassungslos fest. Die Sonne wärmte meine Haut und meine Zähne klapperten weniger. Der Schüttelfrost ließ nach und ich konnte etwas klarer denken. Sogar das Brennen in meinen Adern nahm ab. Es war, als würde sie mich umarmen. Als hätten wir eine Verbindung, die neu war.

›Liegt es an der Sonne? Oder bilde ich mir das ein, weil ich im Delirium bin?‹

Mit zitternden Fingern öffnete ich das Fenster und ließ noch mehr Licht herein. Zusammen mit einer frischen Brise tauchte es ins Zimmer und tanzte um mich. Ich atmete auf und schaffte es, mich aufzurichten.

Ein kleines Lächeln stahl sich auf mein Gesicht, als wäre sie eine alte Freundin, die ich lange vermisst hatte.

›*Ich muss da raus. Wenn die Sonne ist, was ich brauche, muss ich raus!*‹

Doch unser Garten war klein und die Sonne stand so, dass die meiste Fläche im Schatten lag.

›*Das reicht nicht. Ich brauche mehr!*‹

Ich schloss das Fenster und schleppte mich die Treppe hoch in den ersten Stock. Dann in den zweiten. Ich öffnete das Dachfenster und schob mich raus. Das Dach war auf der Rückseite beinahe flach, wenn ich mich festhielt, konnte mir nichts passieren.

Hier trafen mich die Sonnenstrahlen mit ganzer Kraft. Sofort fühlte ich mich besser. Der Schmerz ließ nach, mein Kopf wurde ein bisschen klarer.

Ich konnte wieder denken. Ich war doch noch da.

Und die Sonne war alles, was ich brauchte.

Ich rollte mich vorsichtig auf den Rücken und starrte in den blauen Himmel. Die Sonne brannte und erfüllte mich mit Wärme, die meine Schmerzen linderte. Wir hatten Hochsommer, ich konnte stundenlang hier oben bleiben. Ich musste, denn mir fehlte die Kraft, um aufzustehen.

Hier oben ging es. Die Schmerzen schrumpften so weit, dass ich es aushalten konnte. Das Frieren wurde weniger, die Hitze blieb.

Ich schloss die Augen, als sie stärker wurde. Noch heißer. Dieses Mal anders, nicht so aggressiv wie vorher. Es war eher, als würde sich die Wärme in mir mit den Sonnenstrahlen verbinden. Ich ließ die Augen zu und stellte mir vor, dass meine Haut golden im Sonnenlicht glänzte. Die Wärme hüllte mich ein wie ein Kokon und überzog meine Haut mit einem schützenden Mantel.

Solange ich hierblieb, war alles okay. Schlimmer konnte es nicht mehr werden. Ich musste einfach nur hier auf dem Dach bleiben.

Ich hatte keine Ahnung, welchen Tag wir hatten. Ich wusste nicht, ob meine Eltern mittlerweile informiert waren. Ob Liam oder Linn wussten, was passiert war und ob sie nach mir suchten.

Ich lauschte auf die Geräusche der Nachbarschaft und runzelte die Stirn, als ich in der Ferne die Müllabfuhr hörte. Dann konnte heute nicht Sonntag sein. Aber auch nicht mehr Samstag, der Tag meiner Entlassung, denn ich erinnerte mich an die Nacht von Samstag auf Sonntag. Also musste heute Montag sein. Ich hatte einen ganzen Tag verloren. Und niemand war hier, um mich zu suchen.

Enttäuschung brannte in meiner Kehle.

›Was sind das für Freunde? Wie kann ich Linn so egal sein? Und Liam? Wie wichtig bin ich ihm, wenn er nicht mal nach mir sucht?‹

Und meine Eltern müssten sich doch Sorgen machen, weil sie mich nicht erreichen konnten. Aber nichts.

Ich war auf mich allein gestellt. Dafür hasste ich sie alle und die Kälte in meinem Inneren kehrte zurück. Sie alle ließen mich im Stich.

Eine Wolke schob sich vor die Sonne und mir wurde wieder kalt. Aller Trost verschwand mit der Sonne und mir wurde klar, wie allein und verlassen ich war. Wie wenig ich allen bedeutete.

Ohne die Sonne war nur noch Kälte um mich herum. Die Schmerzen kamen zurück – genauso heftig wie zuvor.

Meine Zähne klapperten. Tränen liefen über meine Wangen in meine Haare. Trotzig wischte ich sie ab und hielt die Luft an, um mein Schluchzen zu unterdrücken. Ich würde diesen Idioten keine Träne nachweinen. Ich kam allein klar. Ganz allein. Wenn mir nur nicht so kalt wäre!

›*Vielleicht gehe ich einfach weg. Kommentarlos, so wie sie es bei mir gemacht haben.*‹

Ich stellte mir vor, wie sie um mich weinten, weil sie mich für tot hielten und sich Vorwürfe machten.

Diese Vorstellung ließ mich lächeln. Das war genau das, was sie verdienten. Was sie sich selbst zuzuschreiben hatten, nachdem sie mich im Stich gelassen hatten.

Der Hass loderte kalt in mir. Er flackerte wie eine Kerze aus Eis, die mich erfüllte und alle anderen Gedanken verdrängte. Die kalte Wut breitete sich in mir aus. Ich wollte jemanden verletzen, um sie herauszulassen.

Der dunkle Schatten über mir aber lichtete sich plötzlich, die Sonne kam zurück. Meine Gedanken verwirbelten, als käme ein starker Wind durch meinen Kopf, der sie wegblasen wollte. Ich konnte wieder klar denken und erschrak über mich selbst und diese schrecklichen Gedanken. Woher waren sie gekommen?

Die Sonnenstrahlen trafen mein Gesicht. Die Kälte zog sich zurück und die Hitze eroberte wieder meinen Körper. Ich war erschrocken über den Hass, den ich gespürt hatte.

So kannte ich mich nicht und so hatte ich mich noch nie gefühlt. So wollte ich mich auch auf keinen Fall fühlen. Es war hässlich, als würde ein kaltes Monster durch mich kriechen und mich dazu zwingen, diese ekligen Gedanken zu haben. Wie dunkler Schleim, der sich in meinem Körper breitmachte und versuchte, mich zu vertreiben.

Das wollte ich nicht. Ich wollte, dass dieses Schleim-monster verschwand. Sofort.

Meine Seite brannte, wo er mich verletzt hatte.

Ich erinnerte mich, dass mich etwas im Gesicht getrof-fen hatte, als mir jemand zur Hilfe kam.

Panik schoss durch mich, als mir ein schrecklicher Ge-danke kam: Was, wenn ich infiziert war? Womit auch immer? War er krank? Und ich jetzt auch? Angesteckt mit einem Virus, das niemand kannte, und mich gefähr-lich und bösartig machte?

Ich weinte laut, weil das alles Sinn machte. Woher ka-men die Gedanken sonst? Es musste doch so sein! Ich wurde jetzt wie er! Oh Gott, wäre ich doch bloß gestor-ben!

Meine Finger tasteten nach meiner Wunde. Der Ver-band fühlte sich feucht unter meinen Fingerspitzen an. Durchgeblutet. Kalt. Widerlich.

Was passierte nur mit mir? Ich sollte nicht allein hier sein! Sie hätten mich nicht nach Hause schicken dürfen. Ich war mir selbst hilflos ausgeliefert. Wie sollte ich das allein schaffen? Und wenn jemand kam und meine Theo-rie stimmte, würde ich ihn oder sie dann auch angreifen?

Aber was, wenn der Hass zurückkehrte und ich ihn nicht in den Griff bekam? Wenn keine Sonnenstrahlen kamen und die Kälte verjagten? War es überhaupt mög-lich, dass Wahnsinn und Bosheit über Blut weitergege-ben wurden? Normalerweise hätte ich sofort nein gesagt, doch jetzt war ich mir nicht sicher. Nicht, nachdem dieser Hass durch mich gekrochen war.

Mühsam setzte ich mich auf und starrte auf meine Hän-de. Fast erwartete ich, dass sie voller Blut waren, doch abgesehen von den blauen Flecken an meinen Handge-lenken von den Infusionen war nichts zu sehen.

Das feuchte Gefühl kam vom Schweiß an meinen Fingern. Von der Panik. So kam ich kein Stück weiter.

Ich legte meine Finger auf meine Wangen und versuchte, mich zu beruhigen. Es half nicht, wenn ich mich verrückt machte. Ich musste mich beruhigen und einen kühlen Kopf behalten, das sagte mir meine Intuition. Egal, wie schwer es mir gerade fiel.

›*Einen Schritt nach dem anderen machen*‹, sagte ich mir nachdrücklich. ›*Und jetzt nicht durchdrehen. Konzentrier dich auf das, was dir gerade guttut: das Sonnenlicht. Um alles andere kannst du dich kümmern, wenn du genug Kraft getankt hast, dass du aufstehen kannst.*‹

Ich klammerte mich an diesen Gedanken fest, ich weiß nicht, wie lange.

Irgendwann strömte die Wärme tröstend durch meinen ganzen Körper und es tat sich etwas.

Ich schluckte, als ich es bemerkte.

Es war, als bekämen meine Muskeln kleine Stromstöße. Die Impulse juckten ein wenig, taten aber nicht weh. Ich riss die Augen auf und starrte mitten in die Sonne.

Meine Pupillen weiteten sich, doch ich musste den Blick nicht abwenden. Ich konnte in die Sonne sehen, als wäre sie nur ein schwacher Funken. Mein Gehirn wurde von dem Licht geflutet und es blendete alles andere aus.

Mein Körper spannte sich an und mein Rücken bog sich durch, sodass ich nur noch auf Fersen, Po und Schulterblättern lag. Mein Kopf hob sich von den Dachpfannen.

Endlich öffnete sich mein Mund zu einem Schrei, doch es kam keiner heraus.

Stattdessen ein langer Ton, als würde ich singen. Er bündelte die Energie in meinem Körper, konzentrierte sie und befreite sich so aus mir.

Er war klar und kraftvoll, er vibrierte in meiner Kehle. Mein Brustkorb schien zu zerspringen. Mein ganzer Körper vibrierte, jeder Nerv wurde von einer krassen Energie erfasst, die ich nicht kontrollieren konnte.

Es klang überhaupt nicht wie meine Stimme. Es war, als wäre etwas anderes plötzlich in mir, das meine Stimme gestohlen hatte.

Der Ton schien sich mit der Sonne und dem Licht zu verbinden. Die Sonnenstrahlen drangen in meinen Körper ein, der Ton flutete mich und schoss aus mir heraus, nur um mich einzuhüllen wie eine Decke. Er war warm und tröstend, gleichzeitig spürte ich die Kraft dahinter, die mir Angst machte.

Ich hatte keine Kontrolle darüber.

Ich war dieser Ton.

Und gleichzeitig nicht.

Und offenbar wurde ich vollkommen verrückt.

›Was passiert denn bloß mit mir?‹

KAPITEL 3

Ich halluzinierte. Es gab keine andere Erklärung für das, was ich sah. Die Lichtblitze, die durch meinen Kopf zischten und krampfartige Bewegungen auslösten, sodass ich das Gefühl hatte, vom Boden abzuheben. Mein Hinterkopf schlug gegen die Dachpfannen, doch ich spürte den Schmerz nicht einmal.

Und dann dieser Ton. Dieser endlose Ton, der aus meinem Mund kam und durch die Luft schwebte.

Ich hatte keine Kontrolle über meinen Körper. Meine Muskeln zuckten und krampften, als wären sie an Strom angeschlossen oder als würde mich etwas durchschütteln, das ich nicht sehen konnte. Dabei fühlte es sich an, als würde ich rennen. Schweiß strömte über meinen Körper.

Langsam ging die Sonne unter. Ich hatte Panik davor, was dann mit mir passierte. Die Sonnenstrahlen waren das Einzige, was mich zusammenhielt. Wenn sie weg waren, drehte ich durch, das wusste ich genau.

Aber ich wusste nicht, was danach passieren würde. Lief ich dann Amok durch die Straßen und griff wehrlose Menschen an? Breitete sich der Wahnsinn in mir aus und verschluckte mich?

Meine Gedanken wurden immer abgehackter und ich konnte mich nicht mehr konzentrieren. Meine Sicht war verschwommen und in meinen Ohren rauschte es, sodass ich nur noch den Ton aus meinem Mund hörte.

Ich war verloren. Ganz allein und vollkommen etwas ausgeliefert, von dem ich nicht wusste, was es war.

Ich hatte Angst. Immer wieder kehrte die Wut mit diesem unheimlichen Hass zurück und zog mich in einen Strudel aus Kälte und negativen Gefühlen. Meine Gedanken wurden immer finsterer und feindseliger, mein Hass auf meine Familie und Freunde immer intensiver und aggressiver.

Ich wollte ihnen wehtun. Ich wollte mich dafür rächen, was mir angetan worden war. Von ihnen. Von dem Verrückten. Von den Ärzten, die mich entlassen hatten, obwohl es mir so schlecht ging. Ich wollte ihnen allen das Leben zur Hölle machen. Sie hatten das verdient.

Der Hass schrumpfte, wenn die Sonne zurückkam, doch er verschwand nicht vollständig. Mit jedem Mal blieb ein bisschen mehr von ihm zurück und versuchte, sich in meiner Brust festzukrallen, bis ich es nicht mehr loswurde. Jedes Mal wurde es schwerer, dagegen anzukommen und mich ins Licht zu kämpfen und die Kälte und den Hass abzuschütteln.

Wenn die Sonne unterging, war es vorbei, das wusste ich. Danach gab es kein Zurück mehr zu mir. Dann verlor ich mich vollkommen.

Ich fühlte mich, als würde ich verschwinden. Ich und der Teenager, der ich war. Das Ich, das von mir zurückblieb, war anders. Erwachsener. Abgeklärter und viel trauriger. Es hatte mehr Schmerz erlebt, als jemand in meinem Alter sollte. Ich verlor meine Unbeschwertheit und einen Teil meiner Hoffnung. Sie verschwanden und hinterließen einen schwarzen Fleck in meinem Herzen.

Meine Angst wurde immer größer. Wann immer es mir gelang, einen halbwegs klaren Blick auf den Horizont zu werfen, wuchs meine Panik, weil die Sonne immer weiter zum westlichen Rand wanderte.

Es dauerte nicht mehr lang, vielleicht noch eine oder zwei Stunden.

Die Bilder in meinem Kopf wurden immer schlimmer und gaben mir einen Blick in die Zukunft.

Meine Zukunft als Monster.

Die Sonne senkte sich auf den Horizont.

Ich drehte beinahe durch, als der Hass zurückkehrte und mich immer mehr verschlang. Mein Körper krampfte noch heftiger, meine Arme und Beine wurden taub. Ich biss mir auf die Unterlippe, um den Ton zu unterbrechen, doch ich schaffte es nicht. Er fand seinen Weg raus.

»Hier ist sie!«

Meine Halluzinationen wurden immer schlimmer. Jetzt kamen also die Stimmen. Ich schluckte an dem Kloß in meiner Kehle. Ich wollte das alles nicht. Ich wollte nur, dass es aufhörte.

›Bitte‹, flüsterte ich in Gedanken. ›Bitte lasst mich doch einfach.‹ Ich wusste nicht mal, wen und was ich meinte.

»Das wird aber auch Zeit. Wir sind spät dran.« Die weibliche Stimme kam mir bekannt vor. Ich blinzelte, doch meine Sicht war verschwommen. Dann konnte ich Konturen ausmachen. Über mich beugten sich ein Mann und eine Frau. Ich kannte sie, stellte ich erschrocken fest. Sie war die Krankenschwester und er der blonde Mann, der in mein Zimmer hereingeschaut hatte.

Beide sahen mich besorgt an. Zwischen den Augenbrauen der Frau war eine steile Falte und ihr freundlicher Mund war angestrengt verzogen.

»Das wird knapp«, sprach sie weiter und legte ihre Hand auf meine glühende Stirn. Ich wollte zurückzucken, doch ich konnte mich nicht bewegen. Ihre Hand war kühl. Sie linderte den Schmerz in meinem Körper. Meine verkrampften Muskeln lockerten sich und ich spürte, wie mein Rücken zurück auf das Dach sank. Meine Lippen schlossen sich und der Ton verklang endlich. *Endlich.*

Ich schloss die Augen und genoss es, dass ich nicht mehr das Gefühl hatte, in mir selbst gefangen zu sein und daran zu sterben. Mir war nicht mehr so kalt. Eine Träne rollte aus meinem Augenwinkel in mein Haar.

»Persia? Wir sind hier, um dir zu helfen«, sagte sie sanft. »Hab keine Angst, wir bekommen das hin.«

Ich hatte tausend Fragen, doch ich konnte keinen klaren Gedanken fassen. Ich wusste nicht, wer die beiden waren. Ich wusste nicht, was sie wollten und was sie *hinbekommen* mussten, ich war einfach dankbar, dass es bald vorbei war. Hoffentlich. Oh bitte, sie musste dafür sorgen, dass der Hass aus mir verschwand!

»Die Dunkelheit hat sich schon in ihr ausgebreitet, das wird ein Stück Arbeit«, sagte sie zu ihrem Begleiter.

»Bekommst du es trotzdem hin?«, fragte er. Er sah sich um. »Viel Zeit hast du nicht mehr.«

»Ja, das schaffe ich«, sagte sie beinahe trotzig. »Du solltest mir mehr zutrauen.«

»Tu ich. Es war meine Schuld, dass wir sie verloren haben«, erwiderte er gepresst. »Du musst dich meinetwegen so beeilen. Tut mir leid.«

»Lässt sich nicht mehr ändern«, meinte sie. Ihre kühlen Hände fuhren über mein Gesicht und meinen Hals. Mein Kopf wurde langsam klarer und die Panik schrumpfte. Ich bekam leichter Luft und es war einfacher, den Stimmen der beiden zuzuhören. »Pass bitte einfach auf, dass keine ungebetenen Gäste auftauchen«, sagte sie noch.

»Das mache ich. Dieses Mal passiert mir kein Fehler.« Er drehte uns den Rücken zu.

Sie summte leise vor sich hin. Ich behielt Blickkontakt mit ihr. Wieder fielen mir ihre goldbraunen Augen auf.

Die Sprenkel glänzten, als wären sie wirklich aus Metall. Ich verlor mich darin und genoss ihre kühle Berührung.

»Kannst du sprechen?«, fragte sie, ohne mit dem Streicheln aufzuhören. Mittlerweile erreichte sie meine Oberarme und vertrieb auch hier die Kälte und die Hitze. Eine angenehme Wärme breitete sich in mir aus und ich fand ein bisschen Frieden. Dank ihr.

Aber wer war sie und was wollte sie von mir? Warum waren sie und der Mann hier? Sie wussten anscheinend, was mit mir los war, auch wenn ich keinen Plan hatte, was das sein könnte.

Ich versuchte, ihre Frage zu beantworten, doch meine Kehle war staubtrocken und wie zugeschnürt. Ich hatte seit Tagen weder gegessen noch getrunken. Ich war schwach und ausgelaugt, als wäre ich leer. Der Hass hatte alle Energiereserven verbrannt. Ich schüttelte den Kopf.

»Aber du kannst mich hören, oder?« Ich nickte und sah, dass sie aufatmete. »Gut. Mein Name ist Stella, ich bin ein Goldblut. Das ist mein Kollege Kiran. Wir sind hier, um deine Verwandlung abzuschließen.« Ihre Hände legten sich auf meine Rippen. Ich verstand kein Wort.

Goldblut? Was sollte das sein? Und hatte sie gerade von einer *Verwandlung* gesprochen? Ich riss die Augen auf und sah ihr ins Gesicht. Sie war konzentriert und ihre Bewegungen sicher. Sie kam mir nicht verrückt vor, doch das musste sie sein. Sie redete wirr.

Vielleicht gehörten sie zu einer Sekte. Und der Mann, der mich angegriffen hatte, auch. Vielleicht stand ich unter Drogen. Vielleicht verabreichte sie mir gerade eine weitere Dosis, um mich zu zwingen, mit ihnen zu gehen.

Ich bekam Panik und wehrte mich gegen ihre Hände.

»Du hast sie erschreckt«, sagte Kiran über seine Schulter. »Brauchst du Hilfe?«

»Geht schon.« Sie hielt mich fest. »Du brauchst keine Angst zu haben, Persia. Dir passiert nichts. Wir sind hier, um dir zu helfen. Das Schattenblut hat dich schlimm erwischt. Er hat dich mit seinem Blut infiziert. Und Kiran hat versehentlich seines mit hineingemischt, als die beiden gekämpft haben.« Mein Blick zuckte hinüber zu Kiran, der bei ihren Worten die Fäuste ballte. Ich sah einen Verband an seiner linken Hand. Ich verstand nicht, was sie mir damit sagen wollte. Waren beide krank? Womit hatten sie mich infiziert? Hepatitis? HIV?

Tränen stiegen in meine Augen. Das durfte doch nicht wahr sein! Ich war siebzehn und hatte noch nicht einmal mit meinem Freund geschlafen und jetzt hatte ich HIV? Das war so unfair! Nach allem, was ich die letzten Tage durchgemacht hatte! Aber es gab keine andere Möglichkeit. Im Krankenhaus hatten sie die Infektion anscheinend übersehen und mich einfach weggeschickt.

Mein Blick zuckte zurück auf Stellas Gesicht und in ihre goldgesprenkelten Augen. *Goldblut*, war das ein Code für eine besonders gemeine Blutkrankheit? Meine Finger verkrampften sich und ich wehrte mich wieder gegen ihre Hände, doch sie hielt mich eisern und mit überraschend viel Kraft fest. Ich war ihr ausgeliefert.

Kiran sah mich mit schmalen Augen an. »Hör auf, dich zu wehren. Sie will dir doch nur helfen!«

Ich fragte mich, warum er so frustriert war. Immerhin war es doch seine Schuld, dass es mir so schlecht ging. Vielleicht war genau das das Problem.

»Wir mussten dich im Krankenhaus beobachten, um herauszufinden, welches Blut die Oberhand gewinnt«, sagte Stella, deren Hände wie eiserne Fesseln um meine Oberarme lagen. Ich gab auf. Meine Kraft reichte nicht, um mich gegen sie zu wehren. Tränen liefen über meine Wangen und ich wandte den Blick ab.

Ich wollte ihre Erklärungen nicht hören, sie waren komplett verrückt. Ich verstand kein Wort und es interessierte mich auch nicht. Ich musste zurück ins Krankenhaus und herausfinden, was mit mir los war. Diese beiden halfen mir nicht, sie machten alles nur noch schlimmer.

»Sie glaubt dir nicht«, sagte Kiran angespannt. »Hör lieber mit den Erklärungen auf und mach weiter, bevor die Sonne untergeht. Du meinst es nett, aber du hältst dich selbst auf. Sieh sie dir doch an. Sie hat Panik.«

»Das kann ich sogar verstehen. Es ist lange her, dass wir jemanden zu uns geholt haben. Das Mischungsverhältnis muss beinahe ausgeglichen sein.« Stella strich mir eine Haarsträhne aus der Stirn. »Du kommst wieder in Ordnung, Persia, und dann können wir dir alles erklären, sodass du es verstehst.«

Ich schüttelte den Kopf und weinte. Meine Panik ebbte zwar mit ihren Berührungen ab, aber die Angst und der Frust blieben. Ich war mir sicher, dass das kein gutes Ende nahm. Egal, was sie mit mir vorhatten, es *konnte* nicht gut sein. Nicht nach der Folter der letzten Tage.

Stellas Hände glitten über meine Beine und Füße, dann kniete sie sich hinter mich und bettete meinen Kopf auf ihren Schoß. Ihre Hände legten sich auf meine Augen.

Ich sank dankbar in die Dunkelheit. Sie war tröstend. Trotz allem. Mir wurde endlich wieder warm und es fühlte sich an, als würde die Kälte meinen Körper endgültig verlassen. Ich seufzte, als mir das klar wurde. Das war gut.

»War es das?«, fragte Kiran. Er sah sich um, als wolle er schnell weg hier.

»Fast. Ich habe das Dunkle Blut aus ihr gezogen, aber sie braucht jetzt noch ein bisschen, bis sich das Goldene Blut ausbreitet und ihren Körper abschließend verändert. Du wirst abwarten müssen«, antwortete Stella.

»Ich hoffe, dass sie nicht nach ihr suchen«, knurrte er.

»Vielleicht hat er gemerkt, dass sie sein Blut abbekommen hat. Er könnte seinen Abkömmling suchen.«

»Dann solltest du die Augen offenhalten, oder? Ich kann uns nicht gegen sie beschützen.« Eine leichte Schärfe mischte sich in Stellas Stimme. Kiran schnaubte, ich stellte mir vor, wie er sich wieder umdrehte und in die Dämmerung hinausblickte.

Wärme floss stärker durch meinen Körper. Ich beobachtete sie genau. Mein Herz pochte.

»Das Goldene Blut muss sich ausbreiten«, hatte Stella gesagt. Also hatten sie mich doch unter Drogen gesetzt. Ich zitterte, obwohl mir warm war. Ich fror, obwohl die Wärme zu Glut wurde.

Goldblut. Keine Ahnung, was sie damit meinte.

Ich wollte es auch gar nicht wissen. Ich ahnte, dass ich das nicht sein wollte. Und dass es mein Leben ruinierte.

Die Hitze breitete sich erbarmungslos in meinem Körper aus. Ich spürte, wie ich mich veränderte. Meine malträtierten Muskeln zogen sich zusammen und pulsierten. Die Krämpfe waren zurück. Schmerzhafter als zuvor und noch intensiver.

Ich war ihnen hilflos ausgeliefert. Aufstehen konnte ich nicht, Stella hielt mich mit ihren Händen auf meinen Augen fest. Mir fehlte die Kraft, um mich gegen sie zu wehren und aufzusetzen.

Stattdessen spürte ich, wie die Sonne unterging. Mir fehlte die Wärme der Strahlen. Mir fehlte der Glanz. Das verwirrte mich. Ich mochte die Sonne, aber ich *vermisste* sie nicht, wenn sie unterging.

›*Das haben sie mir angetan*‹, dachte ich wuterfüllt. Der kalte Hass war weg, doch das änderte nichts an der heißen Wut in meinen Eingeweiden.

Dann war es plötzlich vorbei. Mein Körper entspannte sich und die Wärme hüllte mich ein wie eine weiche Decke. Meine Beine legten sich auf den Boden und ich konnte endlich meine Arme wieder bewegen.

Stella nahm ihre Hände von meinen Augen und ich blickte in ihr ruhiges Gesicht. Sie sah gar nicht irre aus. Auch nicht, als hätte sie mir Drogen verabreicht.

»Fertig?«, fragte Kiran. Ich mochte ihn nicht. Er sprach immer, als ginge ihn das alles nichts an.

Halt, da lag etwas in dem Blick, den er Stella zuwarf. Anscheinend war *sie* ihm nicht egal, er stand offenbar auf sie, vielleicht hatten sie etwas miteinander. Sollten sie. Ich brauchte seine Aufmerksamkeit nicht.

»Fertig«, bestätigte Stella. Kiran griff nach meinem Handgelenk und zog mich auf die Füße. Es war kein Problem, aufzustehen. Die Schmerzen waren weg, stellte ich verwundert fest. Vorsichtig betastete ich meine verwundete Seite und zog mein schmutziges Shirt hoch. Der Verband hing schief an meiner Haut.

Meine Haut! Ich riss die Augen auf, als ich den sanften Schimmer sah, als wäre ich mit Goldpuder bestäubt.

»Das wird weniger im Laufe der Zeit«, sagte Stella.

»Was?«, fragte ich defensiv.

»Der Glanz. Er wird weniger auffällig, wenn sich dein Körper an den neuen Zustand gewöhnt hat.«

»Und welcher *Zustand* ist das?«, fragte ich bissig.

»Du bist jetzt ein Goldblut«, sagte Kiran kratzig. »Meinetwegen.« Es war mehr als deutlich, dass ihm das gar nicht passte.

»Und was ist ein Goldblut?«, wollte ich wissen. Meine Stimme wurde immer schärfer und ich ballte die Hände. Die Wut lauerte dicht unter der Oberfläche. Bereit, zu explodieren, wenn es nötig wurde. Was auch immer *nötig* bedeutete.

Stella stellte sich zwischen uns, bevor ich ihm für sein herablassendes Lächeln die Augen auskratzen konnte.

»Wir sind eine Gruppe mit besonderen Fähigkeiten«, sagte sie. »Angeblich stammt unser Blut von der Göttin des Lichts ab und stattet uns mit diesen Gaben aus. Wir sind stark und schnell. Und unsterblich, wenn wir eine gewisse magische Hürde überwinden.«

Ich schüttelte den Kopf und grinste verächtlich. »Ja, genau! Das glaubt ihr doch selbst nicht!«

Doch, taten sie, erkannte ich gleich darauf. Sie verzogen keine Miene und Kiran sah angepisst aus. Beleidigt, weil ich sie Spinner genannt hatte.

Stella blieb gelassen. »Ich verstehe, dass sich diese Erklärung nicht von allein findet, aber da du nun eine von uns bist, verdienst du die Wahrheit.«

»Und der Mann, der mich angegriffen hat?«, fragte ich. »War er auch einer von *uns*?«

Kiran schauderte und seine Hand fuhr an seinen Gürtel. Dort trug er eine Pistole. Daneben sah ich ein Messer.

In der Nacht, als er mich rettete, hatte ich keinen Schuss gehört. Er musste den Mann mit dem Messer vertrieben haben. Was für ein Wahnsinn, den Kerl mit einem Messer anzugreifen! Kiran musste sich entweder selbst ziemlich abfeiern, oder er wusste wirklich, was er tat.

»Nein«, antwortete Stella. Ihre Augenbraue hob sich angeekelt. »Ganz im Gegenteil. Das war ja das Problem. Du hast sowohl sein Blut als auch Kirans im Kampf abbekommen. Beide Linien haben sich mit deinem Blut vermischt und deinen Körper verändert. Es war ein Kampf in deinen Adern, deswegen hattest du diese Schmerzen. Sicher hast du Hitze und Kälte gespürt, oder?« Ich nickte zögerlich, also fuhr sie fort: »Ich habe dafür gesorgt, dass das Goldblut gewinnt. Das ist mein Job als Heilerin und Systemadministratorin. Wir haben lange gebraucht, um dich zu finden. Als wir festgestellt haben, dass beides in dir kämpft, haben wir uns darum gekümmert, dass du aus dem Krankenhaus entlassen wirst, aber das haben sie schneller umgesetzt als gedacht. Es hat gedauert, bis wir dich hier gefunden haben.«

»Ich wohne hier«, sagte ich achselzuckend. »Das liegt doch nahe.«

»Aber nicht, dass du auf dem Dach liegst«, brummte Kiran. »Wir waren vorher schon dreimal hier und haben nach dir gesucht.«

»Bitte entschuldige, dass ich keinen Kuchen dahatte!«, fauchte ich. »Ich bin gefühlt mehrfach gestorben!«

»Schon gut«, wehrte Stella ab und hob die Hände. Dabei bemerkte ich die Tattoos an ihren Handgelenken. Sie sahen aus wie keltische Runen oder so. Ich erkannte Knoten und eckige Formen, aber auch verschlungene Linien. Sie sahen magisch aus.

Was die beiden auch im Schilde führten, sie glaubten ihre Geschichte. Das fand ich mega beunruhigend.

»Komm mit«, sagte Kiran kratzig und wandte sich zum Fenster. »Wir haben nicht die ganze Nacht Zeit.«

»Und wohin?«, wollte ich wissen.

»In unsere Zentrale«, erwiderte Stella. »Wir müssen dich registrieren und den Ältesten vorstellen. Nur so können wir dich schützen. Vor dem Angreifer. Und vor dir selbst. Du kannst nicht ohne Registrierung bleiben, das dulden unsere Vorgesetzten nicht.«

Kiran kletterte ins Haus und Stella legte ihre Hand an den Fensterrahmen, dabei sah sie mich auffordernd an. Ich rührte mich keinen Zentimeter. »Persia, komm mit.«

»Ich will nicht.« Ich presste die Lippen zusammen. Das war alles total verrückt! Die ganze Sache stank zum Himmel! Langsam hatte ich das Gefühl, dass ich auf einem Drogentrip gewesen war und mir alles nur eingebildet hatte. Aber jetzt sah ich wieder klarer. Mein Verstand war wieder da und ich würde nicht einfach jede hingeworfene Erklärung schlucken. Dafür war ich zu klug.

»Aber du willst doch verstehen, was mit dir passiert, oder? Das war noch nicht alles. Wir müssen dich in die Organisation aufnehmen und dir ein paar Dinge beibringen, damit du dich und andere nicht in Gefahr bringst«, drängte Stella.

»Okay, Leute, hört mal«, begann ich und hob die Hände. Ich musste versuchen, die beiden loszuwerden, bevor es noch verrückter wurde. Vielleicht ging es ja im Guten. Ich musste erstmal mit mir selbst klarkommen. Verstehen, was mit mir los war. Die Wut brodelte und ich wollte sie allein in den Griff bekommen.

»Danke, dass ihr hergekommen seid, um nach mir zu sehen. Danke, Kiran, dass du mich vor dem Irren gerettet hast. Es geht mir schon viel besser. Aber ich möchte kein Teil einer Gruppe von Erleuchteten sein. Ich bin mit meinem Leben zufrieden. Also, wenn ihr irgendwas in Rechnung stellen wollt, regle ich das mit meinen Eltern, das kriegen wir hin. Aber ansonsten bleibe ich lieber hier und verzichte auf meine *Registrierung*.«

Die beiden verharrten und sahen mich an. Dann tauschten sie einen Blick. Kiran schien mir am liebsten eine reinhauen zu wollen, trat dann aber einen Schritt zurück. Anscheinend gingen sie davon aus, dass Stella mehr Chancen bei mir hatte.

Sie zog die Augenbrauen zusammen, ich sah, dass ich ihr auch auf den Nerven ging. »Ich glaube, wir haben einen falschen Eindruck auf dich gemacht, Persia. Es ist nicht so, dass du eine Wahl hast. Du bist hier aus Versehen hineingeschlittert und ich verstehe, dass das für dich unverständlich ist. Wir erklären es dir gerne, damit du weißt, was mit dir passiert ist. Es ist schon eine Veränderung in deinem Körper abgelaufen, die sich nicht rückgängig machen lässt. Wir werden versuchen, es dir so leicht wie möglich zu machen und ich verspreche dir, dass wir dich nicht wieder allein lassen. Aber es ist wichtig, dass du mit unseren Ältesten redest.«

»Und was sollen mir ein paar alte Leute sagen?«, fragte ich feindselig. Kiran schnaubte belustigt und tarnte es als Husten.

»So alt sehen sie gar nicht aus«, meinte Stella.

Ich schüttelte den Kopf. »Ehrlich, das bringt nichts. Ich bleibe hier. So einfach ist das.«

Kiran rollte mit den Augen und zog das Messer aus seinem Gürtel. Der Griff war lang und weiß, doch es war die Klinge, die mich zurückweichen ließ. Sie war gezackt wie die eines Brotmessers. Größtmöglicher Schaden, wo immer sie die Haut traf. »Es reicht jetzt, Mädchen. Wir haben alle keine Wahl, verstanden? Und wir haben nicht die ganze Nacht Zeit, denn wie du bemerkt hast, lauern hier draußen Gefahren. Also hör auf zu nerven und komm mit«, sagte er herrisch.

»Kiran … «, sagte Stella unbehaglich, doch ich merkte, dass ich zu weit gegangen war. Er war richtig sauer. Wenn ich mich weiterhin weigerte, tat er mir weh. Er fand es dermaßen zum Kotzen, dass er das hier tun musste, dass wir so schnell keine Freunde wurden. Das wollte ich nicht. Noch mehr Schmerzen ertrug ich nicht, ohne verrückt zu werden. Ich schluckte, als ich einsehen musste, dass sie recht hatten: Mir blieb keine andere Wahl. Ich musste mitgehen. Langsam wurde ich auch müde und mich zu wehren wurde immer schwerer. Ich schöpfte Kraft aus der Wut, doch die ganze Sache hatte mich ausgezehrt.

Und wenn ich mitging, verstand ich vielleicht auch besser, was hier passierte. Auch wenn das ganze vollkommen verrückt klang.

»Schon gut.« Ich hob die Hände. »Ich komme ja mit. Steck das Messer weg.« Ich schaffte es sogar, dass meine Stimme nicht zitterte. Kiran schob die Klinge zurück in seinen Gürtel und sah mich finster an. Trotzdem merkte ich seine Erleichterung, weil ich endlich mitmachte.

»Wohin gehen wir?«, fragte ich und folgte Stella durch das Dachfenster.

»Unsere Zentrale ist in Eilbek«, sagte sie lächelnd. Wenigstens eine fühlte sich halbwegs wohl in der Situation. Ich hingegen folgte den beiden mit einem dummen Gefühl die Treppen hinunter ins Erdgeschoss.

»Darf ich mich noch kurz umziehen?«, fragte ich und deutete auf die schrecklichen Sachen aus dem Krankenhaus. Meine Haare waren filzig und ich fühlte mich schmutzig und stinkig. So wollte ich niemandem begegnen. Kiran verzog das Gesicht, doch Stella nickte.

»Wenn du schnell machst, klar.«

Ich lief die Treppe in den ersten Stock wieder hoch, riss eine Jeans, Wäsche und ein Shirt aus meinem Schrank und schloss mich im Badezimmer ein. So schnell ich konnte, duschte ich und zog mich an. Dabei stellte ich fest, dass meine Wunde verheilt war.

Ich verharrte ein paar Sekunden vor dem Badezimmerspiegel. Ich hatte die Wunde nie gesehen, doch die feine weiße Narbe war so lang wie mein Zeigefinger. Es war unmöglich, dass sie kaum noch zu sehen war.

Es sei denn ... Die beiden waren nicht halb so verrückt, wie es mir lieb wäre.

»Persia?«, rief Stella durch die Tür.

Ich zog mein Shirt über und öffnete. »Bin schon da.«

»Gut, wir sollten jetzt losgehen. Zwar ist deine Verwandlung jetzt abgeschlossen, aber wir haben schon viel Zeit verloren. Die Richtlinien schreiben vor, dass Neue so schnell wie möglich angemeldet werden müssen.«

»Was ist ein Goldblut?«, fragte ich.

»Wir sind Menschen, die die Essenz des Lichts in sich tragen, so lautet zumindest die Legende«, erwiderte Stella. »Wie und wann genau es das erste Goldblut gab, weiß ich nicht, aber wir wurden mehr im Laufe der Zeit. Wir sind stärker und ausdauernder als normale Menschen und wir leben länger. Unter Umständen können wir sogar unsterblich werden. Einige von uns können Magie benutzen, dazu gehöre ich auch.« Sie lächelte mich an. »Es hat auch viele Vorteile, ein Goldblut zu sein.«

»Und warum muss ich angemeldet werden?«

»Weil das die Regel ist!«, fuhr Kiran mich an.

Ich funkelte ihn an. »Die Erklärung habe ich noch nie akzeptiert. Frag meine Eltern.«

»Die sagen mir dann sicher auch, wie nervig sie dich finden«, knurrte er.

»Es gibt nicht so viele von uns. Es ist wichtig, dass wir zusammenhalten. Daher die Registrierung«, sagte Stella. »So können wir sicherstellen, dass wir alle auf dem Schirm haben und schützen können, wenn es solche Vorkommnisse wie mit dir gibt. Eben weil wir nicht viele sind, müssen wir umso besser aufpassen.«

›Kontrolle‹, schoss mir durch den Kopf. ›Darum geht es hier. Deswegen werde ich registriert: Damit sie immer auf mich zugreifen können. Systemadministration, pah! Das klingt alles sehr nach Sekte und Drogen. Scheiße, was mache ich denn jetzt? Wenn ich mich weigere, zieht Kiran das Messer. Ich will das alles nicht! Ich will zu Liam. Scheiße, ich will zu meiner Mama! Durchatmen, würde Mama sagen. Durchatmen und Informationen sammeln. Keine Panik mehr. Sie sind nicht direkt gefährlich. Ich gehe mit und versuche, mir einen Überblick zu verschaffe. Informationen sind wichtig. Überlebenswichtig.‹

»Und was macht ihr so?«, fragte ich und folgte ihr die Treppe hinunter. Ich zog meine Sneaker an, griff nach meinen Schlüsseln und trat vor die Haustür.

»Wir sind eine Organisation wie eine Firma«, erklärte Stella. »Ich sagte ja, dass wir die Essenz des Lichts in uns tragen, also machen wir genau das: Licht. Wir sind in der Solarindustrie tätig und stellen alles her, was leuchtet: Scheinwerfer, Glühbirnen und einiges mehr. Für uns verantwortlich sind die Ältesten. Sie sind alte und mächtige Goldblute und agieren wie ein Vorstand für uns. Sie treffen alle wichtigen Entscheidungen, unter anderem auch, wer zu uns kommt, denn eigentlich erschaffen sie neue Goldblute. Heidi ist unser Oberhaupt.«

»Heidi.« Ich zog die Augenbraue hoch. »Klingt nicht sehr bossy.« Eher nach blonden Haaren und einer viel zu hohen Stimme.

»Dann warte, bis du sie kennenlernst. Sie bringt es dir schon bei«, knurrte Kiran. Er konnte mich nicht leiden und bereute es offenbar, mich gerettet zu haben. Ich mochte ihn auch nicht.

»Kiran ist ein Krieger. Ein altmodischer Ausdruck«, sagte Stella und tauschte mit ihm einen Blick. Er zuckte mit den Schultern. »*Security* trifft es besser. Du kannst dir sicher vorstellen, dass wir mit unseren Kräften nicht hausieren gehen. Das würde Begehrlichkeiten wecken, vor allem bei reichen und/oder kriminellen Leuten. Das müssen wir vermeiden. Aber es gibt auch noch andere Gefahren, wie du leider bemerkt hast.«

»Ich habe im Auge, was auf den Straßen passiert, um genau das zu vermeiden, was dir passiert ist.« Er ließ mit wichtiger Miene seinen Blick schweifen und ich fand ihn einfach zum Kotzen.

»Und du?«, fragte ich Stella.

»Ich kümmere mich um alle, die da sind«, sagte sie. »Ich berate und habe die Gabe der Heilung. Deswegen konnte ich deine Verwandlung begleiten. Dazu habe ich ein gewisses magisches Talent, aber da gibt es andere, die begabter sind als ich. Ich helfe einfach, wo ich kann. Wenn da nichts ansteht, programmiere ich.«

Ich nickte und dachte darüber nach. »Okay, klingt wie eine normale Firma. Und was muss ich tun?«

Stella nickte. »Vorläufig gar nichts. Nicht jeder kann sich gleich voll in die Organisation einbringen und du warst nicht geplant. Das bedeutet, dass wir uns darum kümmern müssen, was wir mit dir machen, und das kann einige Zeit dauern. Solange wir in dieser Phase sind, bleibst du in deinem alten Leben. Alles andere wäre ein zu großer Aufwand für uns. Wichtig ist nur, dass du Stillschweigen bewahrst. Aber einen Schritt nach dem anderen. Als erstes musst du registriert werden.«

Das klang beinahe wie ein Mantra und es nervte mich übel. Es klang, als müsste ich beim Einwohnermeldeamt eine Nummer ziehen, um einen Perso zu beantragen, den ich nicht wollte. Darauf hatte ich überhaupt keine Lust. Nicht nur Kiran, sondern die ganze Situation fuckte mich dermaßen ab, dass ich schreien könnte.

Jetzt lief ich mit zwei Wildfremden in irgendeine Zentrale von irgendeiner Organisation, der ich nicht angehören wollte. Sie hatten irgendwas mit mir gemacht und ich konnte mich nicht dagegen wehren, sonst tat er mir weh.

Ich nagte an meiner Unterlippe und war sauer. Das alles war so unfair. Ich wollte das nicht. Ich wollte nicht bei ihnen sein. Und ganz bestimmt wollte ich kein *Goldblut* werden. Was auch immer das bedeutete, denn Stellas Erklärungen waren alles andere als befriedigend. Sie warf mir einen Knochen hin, mehr nicht. Ich fragte mich, wie sie reagierten, wenn sie merkten, dass ich immer noch nicht into it war.

Ich warf Kiran einen schnellen Blick zu. Ich musste vorsichtig sein und erstmal mitspielen. Eine andere Wahl hatte ich sowieso nicht.

Vielleicht fand ich ja doch noch eine Möglichkeit, aus der Sache herauszukommen.

Ich wünschte, meine Eltern wären hier. Ohne sie wäre das alles nicht passiert und ich säße nicht in dieser Scheiße. Verdammt, sie wussten immer noch nicht, was los war. Ich musste unbedingt Kontakt mit ihnen aufnehmen.

Wenn mich jemand aus dieser Scheiße herausholen konnte, dann meine Mutter.

Ich würde sie anrufen, sobald ich wieder zu Hause war. Ich hoffte, dass sie mich nach meiner Registrierung endlich in Ruhe ließen.

Wir legten die Strecke zurück und hielten vor einem großen Gebäude mitten in Eilbek. Ich hatte es schon vorher mal im Vorbeifahren gesehen, ihm aber nie viel Aufmerksamkeit geschenkt. Das änderte sich jetzt, denn meine beiden Begleiter gingen zum Haupteingang.

Stella hielt ein Badge, das wie eine goldene Münze aussah, vor ein Feld neben der Tür und ein Klacken ertönte.

Das hier war kein Spaß.

Ich schluckte und folgte ihnen hinein.

KAPITEL 4

»Was passiert jetzt?«, fragte ich. Wir durchquerten die Eingangshalle. Alles war wenig beleuchtet und wir waren die Einzigen. Trotzdem fiel auf, wie monumental und edel hier alles war. Wie die Zentrale von einer richtig protzigen Firma oder einer Bank. Der ganze Marmor machte den Raum kalt. Ich fühlte mich unwohl und fehl am Platz. Über dem leeren Empfangstresen war ein Emblem, das wie ein Goldenes Auge aussah. Ich betrachtete es, doch es fühlte sich an, als würde mich sein Blick verfolgen und durchleuchten. Ich schauderte und blickte lieber woanders hin.

Stella und Kiran liefen zu einem Fahrstuhl an der Seite der Halle. Er war aus Glas und fuhr außen am Gebäude hoch. Ich blieb mit einem mulmigen Gefühl stehen. Nicht nur, weil ich Fahrstühle nicht mochte. Jetzt einzusteigen, machte alles noch schlimmer. Es war, als würde es mir den letzten Fluchtweg nehmen. Irgendwie hatte ich gehofft, dass doch alles nur Fake war.

Sah leider nicht danach aus.

Kiran warf mir einen unmissverständlichen Blick zu, als sich die Türen öffneten: ›Stress jetzt nicht rum.‹ Ich ahnte, dass er sonst das Messer wieder rausholte. Er wollte es auch hinter sich bringen.

Ich atmete durch und betrat den Fahrstuhl. Stella lächelte mich beruhigend an, doch das half nicht. Nervös beobachtete ich das Display, als wir immer höher fuhren.

»Ist hier überhaupt noch jemand?«, fragte ich.

»Würden wir dich sonst herbringen?«, raunzte Kiran.

»Dir traue ich alles zu«, sagte ich schneller, als ich denken konnte. Kiran rollte mit den Augen. Ich sah ihm an, dass er sich weit wegwünschte.

›*I feel you, dude*‹, dachte ich genervt.

»Die Ältesten sind hier«, erwiderte Stella. »Und sie sind informiert, dass wir dich herbringen.«

»Könnt ihr telepathisch kommunizieren?«, fragte ich. Kiran schnaubte, doch Stella zeigte mir ein Smartphone. Aha. Nicht halb so beeindruckend wie Telepathie.

Ich sah aus dem gläsernen Fahrstuhl hinaus in den Abend. Die Sonne war untergegangen, es war nach zehn Uhr. Sie fehlte mir. Ich sehnte mich nach Licht, aber das war nicht mein Hauptproblem.

Ich musste mich zusammenreißen, damit wir alle ein bisschen runterkamen. Das war echt schwer, denn diese Wut in mir machte mich frech und vorlaut. Ich biss mir auf die Lippe und kämpfte dagegen. Das war schwierig, denn die Enge des Fahrstuhls reizte mich zusätzlich. Schnell sah ich hinaus. Der Blick nach draußen half ein bisschen.

Entspannt zu bleiben, brachte mich weiter als Ärger. Wenn alle sauer auf mich waren, bekam ich im Worstcase noch größere Schwierigkeiten. Linn war das personifizierte Rumstressen und ich wusste, wie oft ihr das mehr schadete als nützte. Manchmal war es besser, einfach unter dem Radar zu fliegen und nicht allzu viel Aufmerksamkeit zu erregen. Das sollte ich jetzt versuchen.

»Diese Ältesten, was machen sie genau?«, fragte ich.

»Sie sind für alle Goldblute verantwortlich und fällen die Entscheidungen«, antwortete Stella. »Sie sind zu viert: Heidi, Kristanna, Eric und Mara.«

»Drei Frauen«, stellte ich verblüfft fest.

»Im Gegensatz zu manchen Männern leben sie noch.« Stellas Mundwinkel zuckten. Ich nickte langsam. Mir fehlte jede Vorstellungskraft, wer diese *Ältesten* waren und was mich erwartete, wenn ich sie traf. Was konnten die von mir wollen? Ich würde es wohl herausfinden.

Wir erreichten das oberste Stockwerk. Natürlich saßen die Bosse hier. Wir verließen den Aufzug und ich sah mich um. Alles war aus hellem Marmor, der aussah, als liefen Goldadern durch den Stein. Das war hübsch, aber genauso abweisend und kalt wie die Eingangshalle. Staunend ging ich mit meinen Begleitern den Flur hinunter zu einer Doppeltür aus bronzenem Metall. Sie sah strange aus, bizarr schwer und voll verschlungener Gravuren.

»Schutzbanne«, erklärte Stella und fuhr mit dem Zeigefinger über eine der Linien. »Mara hat sie installiert. Sie ist für die Magie verantwortlich. Spürst du das Summen in der Luft? Das ist die Magie.«

Bann. Das klang so komisch, aber jetzt, wo sie es sagte, hörte ich dieses Summen auch. Ich zog die Augenbrauen hoch, doch bevor ich etwas fragen konnte, stieß Kiran die Tür auf.

Im Raum dahinter standen ein Mann und eine Frau, die uns erwartungsvoll ansahen. Sofort spürte ich, wie sich die Luft veränderte, als wäre sie hier dichter und als würde sich dieser Raum in einer anderen Welt befinden.

Der Mann hatte langes weißblondes Haar und war groß und hager. Sein Gesicht war spitz und blass, doch seine Augen fielen mir sofort auf: Sie waren hellblau mit goldenen Sprenkeln und ihr Blick so durchdringend, dass ich lieber schnell seine Begleiterin ansah.

Die Frau wiederum war beinahe so groß wie er, hatte blonde Locken und ein energisches Gesicht. Sie sah wie eine Kriegerin aus, trug Lederhosen und eine Lederjacke zu schweren Boots. Als sie mich sah, verschränkte sie die Hände vor der Brust. An jedem Finger war mindestens ein schwerer Ring.

Unwillkürlich versteifte ich mich. Mit diesen Leuten wollte ich noch weniger zu tun haben als mit meinen Begleitern. Gegen den Mann wirkte Kiran fast sympathisch.

»Da seid ihr ja endlich.« Ihre Stimme war laut wie von einem Drill Sergeant, sie reckte beim Sprechen das Kinn vor. Eine klare Warnung, mich nicht mit ihr anzulegen. Hatte ich auch nicht vor, ich fühlte mich total eingeschüchtert. Kiran und Stella senkten die Köpfe, als würden sie sich verbeugen.

›Das sind also die Ältesten, zumindest zwei von ihnen‹, dachte ich verblüfft. Bis eben hatte ich es nicht geglaubt, denn keiner von ihnen sah älter als dreißig aus. Ich bekam eine Ahnung, dass die Bezeichnung nichts mit dem Aussehen zu tun hatte. Und das Aussehen wahrscheinlich nichts mit dem Alter.

»Es hat etwas gedauert, Persia August zu finden«, sagte Kiran demütig. Ich fand es affig, Vor- und Nachnamen zu sagen, als wären wir in einem Mittelalterfilm, doch ich biss mir auf die Zunge.

›Unter dem Radar‹, erinnerte ich mich selbst.

Beide Ältesten sahen mich forschend an. Er legte den Kopf etwas schief und zog die Augenbraue hoch. Unter seinem Blick fühlte ich mich unwohl, durchleuchtet und irgendwie nackt. Ihn umgab eine Aura, die mich total verunsicherte. Angst prickelte in meinem Nacken.

»Persia.« Seine Stimme war leise, trotzdem erreichte sie auch den hintersten Teil des Raumes.

Ich schluckte und spürte Respekt vor den beiden. Sie waren nicht wie Kiran und Stella, die harmlos wirkten, trotz seines hässlichen Messers. Diese beiden strahlten

Autorität aus. In Gegenwart solcher Leute fühlte ich mich unwohl und hatte den Wunsch, mich ganz klein zu machen und zu verstecken. Hoffentlich konnte ich schnell wieder gehen! Sie mussten gar nichts sagen, ich spürte, dass sie mächtig waren.

»Hallo«, sagte ich leise.

Die Frau wandte sich Kiran zu, so wie er deswegen Haltung annahm, war sie wahrscheinlich sein Boss. Ich sah seine Anspannung und erinnerte mich, dass ich wegen seines Patzers hier war.

»Ist alles gut verlaufen?«, fragte die laute Frau.

»Ja, Kristanna, keine Zwischenfälle. Die Patrouillen sind unterwegs und sichern die Gebiete«, antwortete er zackig wie ein Soldat. Auch total affig.

»Mehr können wir aktuell nicht tun«, sagte Kristanna in den Raum. Wieder zuckte ich zusammen, weil ihre Stimme so laut war, aber ich musste sie anstarren, obwohl das so unangenehm war. Sie war auf eine erschreckende Art und Weise schön und zog meinen Blick auf sich, ohne dass ich das wollte. »Persia, deine Verwandlung war nicht geplant, aber du gehörst jetzt zu uns. Das ist ein Umstand, auf den wir alle uns einstellen müssen«, wandte sie sich an mich. »Zuerst musst du verstehen, was es für dich bedeutet, ein Goldblut zu sein. Und wir müssen schauen, was wir mit dir anfangen.«

Ich sammelte meinen Mut, um sie anzusprechen. »Stella sagte, die *Verwandlung*« ich kämpfte mit dem Wort, »lässt sich nicht rückgängig machen«, sagte ich und hoffte, sie würde mir etwas anderes sagen.

»Eric, das weißt du besser als ich«, sagte Kristanna zu dem blonden Mann.

Er nickte. »Das stimmt. Durch den Blutaustausch ist das Goldblut untrennbar mit deinem Körper verbunden. Wir hängen aneinander, ob es uns gefällt oder nicht.« Und es gefiel ihnen nicht, schwang in seiner Stimme deutlich mit.

Ich presste die Lippen zusammen und versuchte, seinem Blick standzuhalten. Unmöglich, er durchbohrte mich dermaßen, dass ich wegsehen musste. Wieder fühlte ich mich klein und schwach. Seine Stimme kribbelte auf meiner Haut. War das Magie?

›Das ist doch Blödsinn! Es gibt keine Magie‹, redete ich mir ein, doch ich wusste selbst, dass die Beweise eindeutig waren – ob es mir gefiel, oder nicht. Eric strahlte Macht und Magie aus, das ließ sich nicht abstreiten und auch nicht anders erklären. Es fühlte sich beinahe wie ein Zwang an. Eine unsichtbare Bedrohung, die ihn wie eine Aura umgab. Ich wäre am liebsten weggelaufen, doch ich ahnte, dass ich nicht weit käme.

»Du darfst mit niemandem darüber sprechen, das ist dir klar, oder?«, fragte Kristanna.

Ich zuckte zusammen, weil ihre Stimme wie ein Peitschenknall war. »Und was soll ich sagen?«, fragte ich. Meine Stimme zitterte, doch sie konnte ich ansehen. Sie war als Person gefährlich, doch ich spürte keine Magie. Sie würde mir einfach die Knochen brechen, wenn es ihr in den Sinn kam.

Sie zuckte mit den Schultern. »Denk dir was aus. Lüg, du bist schließlich ein Teenager.«

Ich ballte die Hände zu Fäusten. Nett, wie sie über mich dachte, aber ich log nie. Ich versuchte, mich so zu verhalten, dass das nicht nötig war, denn ich fand, dass lügen die Seele und den Charakter vergiftete. »Vielen Dank für den Tipp. Und wie geht es weiter?«

»Da draußen treibt jemand sein Unwesen, der nach dir suchen könnte. Zum Glück wird er das nur nachts tun«, sagte Eric. »Du wirst also in der Dunkelheit entweder zu Hause sein oder Kiran kümmert sich um dich.« Neben mir riss Kiran die Augen auf, als wäre sein schlimmster Albtraum wahr geworden. Eric lächelte schmal. »Da du an ihrer Erschaffung beteiligt warst, ist es sinnvoll, wenn du dich um deinen Abkömmling kümmerst, oder?«

So, wie er *Abkömmling* sagte, war klar, dass Kiran überhaupt kein Recht hatte, neue Goldblute zu erschaffen. Hatte Stella nicht auch etwas in die Richtung gesagt, dass das eigentlich nur die Ältesten machten?

Dann verstand ich, dass das eine Strafe für meinen unfreiwilligen Erschaffer war. Und für mich auch, denn mit ihm Zeit zu verbringen war wirklich das Letzte, worauf ich Bock hatte.

Es hätte mich gewundert, wenn Kiran widersprochen hätte. Tatsächlich hielt er die Klappe und nickte, obwohl er sein Entsetzen nicht ganz verstecken konnte. Sein Blick war unruhig und seine Hände fuhren über den Griff seines Messers, als könnte er sich an ihm festhalten.

Er und Stella wurden vor Ehrfurcht vor Eric und Kristanna beinahe ohnmächtig. So was hasste ich, aber es war nicht meine Aufgabe, das infrage zu stellen. Außerdem hatte ich Angst vor den beiden und wollte sie nicht provozieren.

»Stella, du kannst Persia registrieren und dich um alles Weitere kümmern«, wies Kristanna sie an.

Damit waren wir fertig, denn die beiden drehten uns den Rücken zu und gingen zu einer Sitzgruppe weiter hinten im Raum. Stella nickte mir zu und wir folgten Kiran aus dem Raum.

Als die Tür hinter uns ins Schloss fiel, bekam ich eine Gänsehaut. »Warum sollte ich herkommen?«, fragte ich. »Das alles hättet ihr mir doch auch sagen können.«

»Sie mussten dich wenigstens einmal sehen«, sagte Stella. »Sie wollen wissen, wer zu uns gehört.«

Da war es wieder: dass Kiran mich verwandelt hatte, und nicht sie, schien echt ein großes Ding zu sein. Hoffentlich wurde das nicht zum Problem.

»Kriegst du Ärger deswegen?«, fragte ich ihn.

Er presste die Lippen zusammen und mied meinen Blick. Ich seufzte leise und ließ es gut sein.

»Wie viele Goldblute gibt es überhaupt?«, fragte ich Stella, um die unangenehme Stille zu durchbrechen.

»Wir sind dreihundert in Hamburg«, erwiderte sie. Wir gingen zurück zum Aufzug.

Kiran schwieg beharrlich. Er war sauer, mich am Hals zu haben, und wahrscheinlich dachte er über meine Frage nach. Ich fragte mich auch, ob er für seinen Fehler bestraft wurde. Also noch mehr als mich betreuen zu müssen, obwohl er mich kein Stück mochte. Dieses Gefühl beruhte auf Gegenseitigkeit, mich nervte trotzdem, dass er es so raushängen ließ. Ich war gar nicht übel, wenn man mich normal behandelte.

»Unsere Ältesten sind für ein großes Gebiet zuständig, das auch Skandinavien, UK und Westeuropa umfasst, aber wir versuchen, alle zusammen zu sein, damit wir kein leichtes Ziel abgeben«, fuhr Stella fort.

»Leichtes Ziel für wen?«, hakte ich nach.

»Muss dich nicht interessieren«, sagte Kiran ruppig. Er konnte also doch noch sprechen. »Du musst erstmal die Basics lernen, bevor du dich mit so was befasst.«

»Und bist du derjenige, der sie mir beibringt«, sagte ich zuckersüß. Dass er so ätzend zu mir war, ärgerte mich schon wieder und ich vergaß meinen guten Vorsatz, mich zurückzuhalten und keinen Ärger zu machen.

Er warf mir einen genervten Blick zu. »Ich Glückspilz.«

Wir erreichten den siebten Stock und Stella führte mich zu einem Schreibtisch. Die Räume hier waren nicht so hochherrschaftlich und kühl, wohl fühlte ich mich dennoch nicht. So viele Schreibtische, ein paar Topfpflanzen. Wie in einer Büro-Sitcom, in der ich nie landen wollte. Und gleichzeitig spürte ich, dass hier nichts normal war. Überall war das gleiche goldene Symbol wie in der Eingangshalle: das Goldene Auge, von dem ich mich beobachtet fühlte. Es sah ein bisschen aus wie Erics. Das machte es noch schlimmer.

Außer uns war niemand hier.

Stella startete den Computer und rief eine Oberfläche auf, die wie ein Steckbrief aussah. Oder wie die Anmeldung zu einem völlig veralteten sozialen Netzwerk. Ich verzog den Mund. Nichts von dem, was hier mit mir gemacht wurde, gefiel mir. Und doch gab ich Stella jetzt alle Informationen, die sie haben wollte, und ließ mich sogar für die Registrierung fotografieren. Das Foto konnte nur scheußlich werden, so, wie sie die Kamera hielt.

Ich hatte keine Wahl und das ärgerte mich am meisten an der Sache. Ich sah zu Kiran, der am Fenster stand und mit finsterer Miene hinunter auf die Straße blickte.

Wahrscheinlich bereute er seit Freitagnacht, dass er mich gerettet hatte. Wahrscheinlich wäre es ihm lieber, ich wäre gestorben und er hätte den ganzen Ärger meinetwegen nicht am Hals. Ich hatte bemerkt, dass er mich manchmal, wenn er dachte, ich bemerkte es nicht, so ansah. Bereuend. Und ein bisschen bedauernd. Das konnte er sich schenken.

»Was war das für ein Typ, der mich angegriffen hat?«, fragte ich. Stella zuckte zusammen. »Ihr habt gesagt, dass ich mit Kirans Goldblut in Kontakt gekommen bin und auch mit seinem. Was war er?«

»Etwas Böses, das hast du doch auch mitbekommen, oder?«, fragte Kiran rau, ohne mich anzusehen.

»Ja und ich wüsste gern, was genau dieses *Böse* ist. Das ist für mich ein zu generischer Begriff«, sagte ich.

»*Generisch*, was für ein tolles Fremdwort«, spottete er und lehnte sich ans Fenster.

»Mach dich nicht lustig«, sagte ich finster. »Du wirst wohl auch ein paar Fremdwörter kennen, oder?«

»Natürlich. Jetzt, da ich weiß, dass du eine Professorentochter bist, macht das Ganze auch Sinn«, zickte er. Die Info hatte ich Stella für meinen Steckbrief gegeben.

»Erstens: ProfessorINNENtochter und zweitens: selbst wenn meine Mutter am Hafen Fische verkaufen würde, wäre ja nicht ausgeschlossen, dass ich halbwegs gebildet bin, oder?«, erwiderte ich bissig. Ich hatte die Zeiten schon hinter mir, in denen Mama und ich wegen unserer dunklen Haare und Augen behandelt worden waren, als könnten wir uns nicht verständlich machen. Mama regte das auf. Mich auch. Weder unser Aussehen noch unsere Herkunft sagten etwas darüber aus, ob wir klug oder dumm, nett oder unfreundlich waren. Wenn Kiran jetzt so anfing, wurde das eine harte Zeit für uns beide.

Er jedoch zuckte mit den Schultern. »Interessiert mich nicht. Es kommt nur komisch rüber, wenn du dich plötzlich so gewählt ausdrückst. Nicht gerade so, wie ihr Kids so redet, oder?«

»Na ja, wir *Kids* sind immer noch individuell und jeder redet, wie er oder sie will«, meinte ich eingeschnappt.

»So wie du auch. Du redest, als wärst du uralt.«

Er lächelte schmal. Das sah richtig strange in seinem Gesicht aus. »Bin ich ja vielleicht auch.«

»Persia, wir sind fast fertig«, unterbrach Stella uns. Ich sah ihr an, dass sie von den Sticheleien genervt war. Das tat mir fast wieder leid, denn sie hatte mir nichts getan.

»Heißt das, ich kann gleich gehen?«, fragte ich hoffnungsvoll. Die Uhr auf Stellas Monitor zeigte 1:15 Uhr. Ich war erschöpft und wollte meine Ruhe, um über alles nachzudenken. Und ich wollte Liam sehen.

»Er macht sich bestimmt Sorgen«, murmelte ich.

»Dein Freund?«, fragte Stella. Ich nickte, doch sie schüttelte den Kopf. »Nein, dafür haben wir gesorgt. Die Schule und deine Freunde denken, du wärst krank.«

Ich starrte sie mit einem richtig miesen Gefühl im Magen an. »Habt ihr das mit Magie gemacht?«, fragte ich dünn.

Stella nickte. »Ja, auch. Und mithilfe deines Messengers und einer KI, die für dich geantwortet hat, wenn nötig.«

›Oh scheiße, euer Ernst?‹

Meine Unterlippe zitterte vor Stress. Sogar das nahmen sie mir weg. Einfach so. Sie ließen mich verschwinden und eine künstliche Intelligenz meine Nachrichten beantworten. Und Stella lächelte mich auch noch an, als hätte sie mir einen Gefallen getan. Die Wut loderte in meiner Brust auf und presste sich an die Oberfläche.

›Ich muss ruhig bleiben. Jetzt nicht ausrasten. Nicht heulen. Hörst du? NICHT HEULEN!‹

»Warum macht ihr euch die Mühe?«, fragte ich. Meine Stimme klang in meinen Ohren fremd, als hätten sie sie mir auch weggenommen. Mir gehörte gar nichts mehr. Sie nahmen mir alles weg, bis ich mich total fremd und allein fühlte.

»Damit dich keiner sucht«, erwiderte sie locker, als wäre das ganz normal. »Weder im Krankenhaus noch zu Hause. War gar nicht so einfach, deine Freundin und deinen Freund abzuhalten. Sie kamen mehrmals, als wir noch nach dir gesucht haben. Der Bann hielt aber gut.«

»Und wenn sie bemerkt haben, dass etwas nicht stimmt?« Ich schluckte, um nicht zu heulen, weil das einfach nur scheiße war.

>Aber sie haben trotz des Bannes und der KI-Nachrichten nach mir gesucht. Ich bin ihnen nicht egal. Im Gegenteil. Und das fühlt sich gut an<

Stella schüttelte den Kopf. »Nein, keine Angst. Der Bann hält sie davon ab, zu viel über dich nachzudenken, bis sie dich das nächste Mal sehen. Wenn du morgen in die Schule gehst, fragen sie dich maximal, ob es dir besser geht.«

Ich nickte, auch wenn ich das nicht glaubte. Diese ganze Magie-Geschichte war nicht meins, dafür war die *Professorinnentochter* zu skeptisch. Meine Eltern hatten mir beigebracht, Dinge zu hinterfragen. Magie gehörte definitiv dazu. Nicht mal als Kind konnte ich mich für fantastische Geschichten begeistern. Wenn man mir jetzt sagte, dass ich Teil von einer war, glaubte ich das nicht. Trotz der ganzen Beweise, die sie mir schon serviert hatten.

Ich biss mir auf die Lippe und versuchte, mich zu beruhigen. Irgendwie musste ich wieder klarkommen. Mir ein bisschen Kontrolle zurückholen. Ich hasste es, dass ich einfach herumgeschubst wurde und nichts selbst in der Hand hatte. Das ertrug ich nicht mehr lange.

»War es das jetzt?«, fragte ich, als Stella zum Drucker ging und mit einer ID-Card zurückkam. Ich nahm sie in die Hand und wurde bestätigt: Das Foto sah scheiße aus.

»Darauf kommt es nicht an«, winkte sie ab, als sie mein Gesicht sah. »Man muss dich nur erkennen, das ist keine Sedcard.«

»Wäre mir lieber, wenn sie wie eine aussähe«, knurrte ich und drehte die Karte um. »Kann ich jetzt gehen?«

»Ja, kannst du, der Weg ist gesichert. Ich hol dich morgen Abend ab, damit wir mit deiner Ausbildung anfangen können«, sagte Kiran schlecht gelaunt.

»Wenn ihr nicht wisst, was ihr mit mir anfangen sollt, warum bildest du mich dann aus?«, fragte ich.

»Weil Kristanna es angeordnet hat, wie du gehört hast. Und das *Böse* läuft schließlich draußen herum«, erwiderte Kiran süffisant. Es machte ihm Spaß, mich zu ärgern. Der würde sich noch wundern, wie ärgerlich es mit mir werden konnte, wenn er mich weiter reizte. Ich hielt mich zurück, aber ich merkte, dass es schwer wurde. Diese Wut war immer noch da. Sie nagte an mir und wartete nur auf eine Gelegenheit, um auszubrechen.

»Das erinnert mich daran, dass du meine Frage nicht beantwortet hast«, versetzte ich. Die Sticheleien entspannten mich ein bisschen.

»Stimmt und das bleibt auch so. Was du wissen musst, werden Stella und ich erklären. Dieses Detail gehört nicht dazu.« *Touché*. Warum nur hatte ich das Gefühl, dass es mit uns noch echt anstrengend wurde und ich nichts tun konnte, um das zu verhindern?

»Geh nach Hause, Persia«, sagte Stella ruhig und kam mir zuvor. »Die letzten Tage waren schlimm für dich, gönn dir noch ein paar Stunden Ruhe. Wir haben keinen Zeitdruck und du kannst dich an dieses neue Leben gewöhnen, Stück für Stück. Du kannst mit niemandem darüber reden, dafür haben wir magisch gesorgt. Es wäre besser, wenn du es gar nicht erst versuchst.«

»Und wenn mich jemand fragt?«

»Dann gibt es sicher Erklärungen, die plausibler klingen als die Wahrheit. Vertrau mir, das ist die beste Lösung. Was alles Weitere angeht: Kiran und ich bringen es dir bei. Sei ein bisschen vorsichtig. Dein Körper ist jetzt schneller und ausdauernder als vorher, außerdem bist du stärker. Das äußert sich nicht immer, aber du wirst es merken. Denk daran, damit du niemandem wehtust.«

»Das hatte ich nicht vor«, sagte ich kratzig.

»Dachte ich mir, deswegen sage ich es.« Sie lächelte schmal und beugte sich ein wenig vor, damit Kiran sie nicht hörte. »Ich weiß, das hier ist nicht, was du dir gewünscht hast, aber es hätte schlimmer sein können. Das Dunkle Blut wäre übel für dich ausgegangen, glaube mir. Gib dem Ganzen ein bisschen Zeit, gewöhn dich dran. Es ist nicht so schlimm, wie du denkst.«

»Es ruiniert mein ganzes Leben«, widersprach ich und verhinderte nur mit Mühe, trotzig zu klingen.

»So sieht es vielleicht momentan aus, aber so dramatisch ist es nicht«, wiederholte sie sanft. »Sieh es so, dass dir deine Entscheidung über deinen späteren Beruf abgenommen wurde. In Teilen. Du gehörst jetzt zu uns, das heißt nicht, dass dein Leben ruiniert und ätzend sein muss. Es kann auch bedeuten, dass du andere Möglichkeiten hast, als du vermutetest. Jetzt geh nach Hause und ruh dich aus. Morgen wird es besser, versprochen.«

Ich wusste nicht, wie sie sich so sicher sein konnte, aber ich wollte nicht weiter diskutieren. Dafür war sie zu nett zu mir und ich wollte nicht trotzig sein.

›Nett? Nach allem, was sie mit mir gemacht haben? Denke ich das wirklich, oder hat sie mich auch verhext?‹

Sie sah zu Kiran hinüber. »Kann sie wirklich problemlos gehen? Bist du dir sicher?«

»Die Jäger sind draußen und haben ein Auge drauf. Ihr passiert nichts«, meinte er wegwerfend. »Komm jetzt, Persia.« Er lief zum Fahrstuhl und obwohl ich es hasste, herumkommandiert zu werden, folgte ich ihm erleichtert.

Auf dem Weg nach unten schwiegen wir und als wir in die Eingangshalle traten, fiel mein Blick noch einmal auf das Goldene Auge.

Irrte ich mich, oder sah es aus wie Erics Auge? Jetzt fühlte ich mich von ihm noch verfolgter. Ich musste hier schnellstmöglich raus, sonst drehte ich doch noch durch.

Kiran brachte mich bis vor die Tür, wo er sich kurzangebunden von mir verabschiedete. »Bis morgen Abend. Sei zu Hause. Ich habe keine Lust, nach dir zu suchen.« Seine ganze Körperhaltung zeigte seine Ablehnung und wie sehr er die Situation hasste. Wieder dieser Millisekunden-Blick, der tiefe Reue zeigte.

›Wenn es dir leidtut, sei doch einfach ein bisschen netter zu mir‹, dachte ich. ›Das würde es uns beiden leichter machen. Aber nein, du musst ja den knallharten Krieger spielen. Und ich muss deswegen leider der zickige Teenager sein.‹

»Ich werde da sein«, sagte ich, doch ich konnte leider nicht behaupten, dass ich mich darauf freute. Vor allem nicht, weil ich auch auf der Straße noch das Gefühl hatte, dass mich das Goldene Auge beobachtete.

Ich kam ohne Zwischenfälle um halb drei nachts zu Hause an. Dort legte ich mich ins Bett und schlief sofort ein. Mein Kopf war eh so voll, dass ich nicht mehr nachdenken konnte, und ich war froh, mich einfach auszuklinken. Umso nerviger war es, als am nächsten Morgen mein Wecker klingelte.

Ich musste mich unbedingt um ein neues Smartphone kümmern. Im Wohnzimmer war noch das alte meiner Mutter. Damit musste es gehen, bis die beiden zurück waren. Ich wusste, dass es eine Versicherung gab, doch ich hatte keine Ahnung, wie das funktionierte. Ich lud den Akku auf und schob die SIM-Karte in den Slot. Es dauerte, bis ich es halbwegs brauchbar eingerichtet hatte, nebenbei musste ich mich für die Schule fertigmachen.

Ich hatte drei Tage verpasst, heute war schon Donnerstag. Oh. Mein. Gott. Das war fast eine ganze Woche meines Lebens, die ich anscheinend entweder ohnmächtig oder gekrümmt vor Schmerzen zugebracht hatte.

Das erklärte auch meinen Riesenhunger. Innerhalb einer Viertelstunde futterte ich den halben Kühlschrank leer.

»Gott, was für ein Fail«, murmelte ich, als ich die ganzen leeren Verpackungen sah. Dann biss ich in eine Salatgurke. Endlich fühlte ich mich wieder mehr wie ich selbst und nicht mehr wie jemand, der eine Rolle in einem bizarren Film spielte.

Wieder sah ich auf die Datumsanzeige meines Handys.

Egal wie nett Stella war, ich glaubte nicht daran, dass sie mich umfassend aus dem Verkehr gezogen hatten. Wahrscheinlich hatte ich unentschuldigt gefehlt und jetzt ein Riesenproblem auf meinem nächsten Zeugnis.

Vielleicht bekam meine Mutter das hin, wenn sie zurück war. Sie war mega darin, solche Sachen zu regeln. Wenn sie mir überhaupt glaubte, was alles passiert war.

Und ich es ihr irgendwie erklären konnte.

»Du bist ein Teenager. Lüg«, hatte Kristanna gesagt.

Blöde Bitch.

Mein Handy piepte und blinkte wie verrückt, als unendlich viele Nachrichten eingingen. Die meisten waren von Linn, aber auch Liam hatte sich ein paar Mal bei mir gemeldet. Er schrieb mir, dass er mich vermisste und hoffte, dass es mir schnell wieder besser ging. Dass es ihm leidtat, dass er mich am Freitag nicht abgeholt hatte, er war eingeschlafen.

Ich freue mich, wenn wir uns endlich sehen. So habe ich mir den Urlaub deiner Eltern nicht vorgestellt. Kuss, war seine letzte Nachricht von gestern Abend.

Ich war erleichtert, dass er nicht sauer war. Irgendwas hatte Stella also doch hinbekommen. Ich wollte nur wahrscheinlich lieber nicht wissen, was, denn es las sich so, als hätte er Antworten bekommen, die ich nicht sehen konnte.

Allein bei dem Gedanken, dass Stella - oder noch schlimmer, Kiran - mit meinen Freunden gechattet hatten, wurde mir kotzübel. Ich musste mit ihr darüber sprechen, wenn ich sie das nächste Mal sah und bis dahin hoffen, dass es ein Chatbot gewesen war.

Meine Mutter hatte mir auch geschrieben, ihre Nachrichten lasen sich ähnlich entspannt wie Liams. Sie gab mir einen Haufen Tipps, wie ich mich auskurieren sollte und schickte ansonsten Fotos aus dem Museum und von Essen, Sehenswürdigkeiten und tausend anderen Dingen.

Unglaublich, dass weder mein Freund noch meine Eltern eine Idee hatten, was ich durchmachen musste. Eigentlich hätte ich all mein Erspartes auf Linn gesetzt, doch nicht mal meine bestie hatte das gecheckt. Ich schrieb eine neue Nachricht an meine Mutter, korrigierte sie dann aber, weil sie zu ehrlich war, was die Schmerzen anging. Zu detailliert, was mir passiert war. Ich wollte nicht, dass sie sich Sorgen machte. Und ich wollte von der Sache nicht über einen Messenger erzählen. Das konnte ich immer noch tun, wenn sie wieder da waren.

Bei Linn sah die Lage anders aus. Ihre Nachrichten wechselten von reumütig am Freitag zu todesgenervt im Laufe der folgenden Tage. Gestern war sie dann richtig pissed. Ihr machte es wenig aus, dass ich krank war und anscheinend hatte Stella ihr nicht so oft geantwortet wie Mama und Liam.

Du bist ja wahrscheinlich nicht gelähmt und könntest zumindest mal schreiben, lautete eine ihrer unfreundlicheren Nachrichten. *Weißt du, mir geht es auch nicht so gut. Die Sache mit Noah am Freitag war scheiße, ja, aber das ist doch kein Grund, so zu stressen! Interessiert dich zwar nicht, aber mir gehts gerade richtig mies.*

»Wenn du wüsstest«, seufzte ich und griff nach meinem Rucksack. Aus ihren Nachrichten (und dem seeeehr detaillieren Bericht von Samstagmorgen, was alles passiert war, wie er ausgesehen, sich angefühlt, geschmeckt, gerochen und wer weiß was sonst noch hatte) wusste ich jetzt, dass sie es am Freitag nicht mit Noah in seinem Auto getrieben hatte (immerhin etwas), es aber trotzdem ziemlich heiß geworden war. Und dass er sich seitdem nicht wieder bei ihr gemeldet hatte. Das war der wahre Grund, warum ihre Nachrichten so ätzend waren.

So leid es mir tat, ich hatte dafür kein Mitleid übrig.

Im Gegenteil. Wenn sie sich nicht so bescheuert verhalten hätte - für nichts! - dann wäre mir dieser ganze Mist nicht passiert. Davon ahnte sie nichts und mir war klar, dass ich ihr die Geschichte nicht erzählen konnte, aber es ärgerte mich trotzdem, dass sie mich jetzt anmaulte.

Ihr Noah-Masterplan war Mist, von Anfang an. Jetzt hatte sie sich dem Typen an den Hals geworfen und trotzdem klappte es nicht. Das war ärgerlich, keine Frage, weil ich ja auch wusste, wie groß ihr Crush auf ihn war, aber was sollte ich machen? Ich konnte schließlich nicht beeinflussen, was Noah machte.

Ich verließ das Haus und lief zum Bus, dabei hatte ich weder Lust auf Schule noch Linn zu sehen. Liam war in der Abi-Klasse, hatte aber viele Kurse an der Partnerschule. Ich hatte seinen Stundenplan nicht im Kopf, aber wenn ich Pech hatte, sah ich ihn heute gar nicht.

Linn und ich hatten hingegen alle Kurse zusammen.

Das nervte mich heute kolossal, weil ich keine Lust auf Stress hatte. Der würde aber auf jeden Fall kommen, sobald wir uns sahen, das spürte ich, wenn ich ihre Nachrichten las.

Ich schrieb ihr, dass ich heute zur Schule kam, so konnte sie sich schon mal auf Temperatur bringen. Vielleicht fiel mir noch etwas Gutes ein, bis wir uns trafen.

Nice, antwortete sie nur. Das konnte ja heiter werden.

Im Bus traf ich Nele. »Hey, schön, dass du wieder gesund bist.« Sie betrachtete mich. »Hast du Kontaktlinsen drin? Und Bronzer drauf? Du siehst frisch aus.«

»Ähm, ja«, stammelte ich. Mist, an meine Haut hatte ich heute Morgen gar nicht mehr gedacht und trug ein Shirt mit kurzen Ärmeln. Ich sah hinunter auf meine Arme. Ja, sie schimmerten, als hätte ich Bronzer aufgelegt. Ich hoffte, dass das bald verschwand. Es sah zwar schön aus, aber wer bitte puderte seine Arme?

Was meine Augen anging, konnte ich nichts machen. Anscheinend war das eine Nebenwirkung meiner Verwandlung: In das Braun meiner Iris mischten sich goldene Sprenkel, ähnlich wie bei Kiran und Stella.

Das ließ sich ebenso wenig leugnen wie der goldene Schimmer meiner Haut. Und bedeutete leider, dass zumindest ein Teil der Geschichte stimmte.

Es kotzte mich an.

»Sieht schön aus«, sagte Nele freundlich, aber sie war auch kein Problem.

»Habe ich am Freitag noch was verpasst?«, fragte ich.

Sie wiegte den Kopf. »Von Linns Mega-Fail weißt du ja wahrscheinlich schon. Muss der Horror gewesen sein, als die Leute sie im Auto gefilmt haben. Ach, davon weißt du nichts?«, fragte sie erstaunt, als ich die Augen aufriss.

»Ich war ziemlich krank und mir ist das Handy runtergefallen. Totalschaden. Hab viele Nachrichten anscheinend nicht bekommen und bin erst seit heute Morgen halbwegs online«, sagte ich.

Sie schauderte. »Horror, wie hast du das ausgehalten?«

»Ich habe seit Freitagnacht fast nur geschlafen«, sagte ich. »Linn hat mir zwar geschrieben, aber einem Film hat sie nicht erwähnt.« Oder hatte ich das überlesen? Das konnte bei knapp fünfzig Nachrichten ja passieren.

Nele verzog das Gesicht. »Das war ziemlich heftig. Ein paar Typen haben sie geprankt und Wasser ins Auto geschüttet, während sie und Noah voll dabei waren. Dann haben sie gefilmt, wie die beiden rausgekommen sind. Sie war zum Glück nicht nackt, aber ihr Shirt war komplett durchsichtig. Noah hatte ihr den BH ausgezogen. Man sieht echt alles.« Nele zog die Brauen hoch. »Das Video hat zwar eine mega Reichweite, aber ich glaube nicht, dass ihr das gefällt.«

Ich schüttelte stumm den Kopf. Jetzt tat Linn mir doch leid. Das hatte sie nicht verdient. Was für Idioten. So ein ätzendes Video wurde man so schnell nicht los.

Wir erreichten die Schule. Linn war schon da und stand in unserer üblichen Ecke, die Arme wie einen Schutzschild vor der Brust verschränkt und mit einer riesigen Sonnenbrille auf der Nase. Ich winkte ihr und war erleichtert, dass sie zumindest zu mir kam.

»Du lebst also noch«, sagte sie spitz.

»Ich hab's von Nele gerade gehört«, sagte ich. »Tut mir echt leid für dich.«

»Weißt du, es wäre einfacher gewesen, wenn meine beste Freundin nicht einfach wortlos abgehauen wäre.«

»Gleichfalls, du hast mir auch nicht Bescheid gesagt, sondern mich einfach stehen lassen«, konterte ich. Sie wollte sich also unbedingt streiten. Ihre Wangen röteten sich, doch dann sackten ihre Schultern hinab.

»Die ganze Welt hat jetzt meine Brüste gesehen«, flüsterte sie. »Du solltest mal die Kommentare unter diesem Scheiß-Video lesen. Nein, tu's lieber nicht, es sei denn, du willst kotzen.«

Ich konnte mir vorstellen, was für widerliche Nachrichten gekommen waren. Stumm nahm ich Linn in den Arm und drückte sie. Sie schluchzte leise in mein T-Shirt.

»Das tut mir so leid«, sagte ich. »Auch, dass ich nicht für dich da war, aber ich war komplett hin. Ich bin erst seit gestern Abend wieder so fit, dass ich mich an Sachen erinnern kann. Ich hatte tagelang hohes Fieber und konnte mich kaum bewegen.«

»Dafür siehst du heute echt fit aus«, murmelte sie.

»Das ist Bronzer, damit ich nicht so scheiße aussehe«, meinte ich und hoffte, dass sie es gut sein ließ. »Komm, wir gehen rein. Das stehen wir gemeinsam durch, ja?«

Linn nickte und schluchzte noch mal. Dann holte sie ihren Spiegel aus der Tasche und kontrollierte ihr Make-up. Ich reichte ihr ein Taschentuch und wartete, während sie ein paar Korrekturen vornahm.

Jemand kam auf uns zu. Mein Herz hüpfte, als ich Liam erkannte. Ich lief ihm entgegen und schlang meine Arme um ihn. Ich musste mich hart zusammenreißen, um nicht sofort loszuheulen, weil ich ihn so vermisst hatte und so froh war, ihn zu sehen. Endlich ein bisschen Halt nach all dem Irrsinn. Endlich jemand, der mir keinen Stress machte. Ich hielt ihn fest und fühlte mich wenigstens einen Moment wieder wie ich selbst. Ich hatte doch nicht alles verloren. Liam war noch da und er

»Endlich geht es dir besser«, sagte er und küsste mich. »Ich habe mir echt Sorgen um dich gemacht und hätte dich gern besucht.«

»Du hättest mir leider nicht helfen können«, sagte ich und war froh, dass er mich so nicht gesehen hatte. Ich musste schlimm ausgesehen haben, als Kiran und Stella mich fanden. Vorsichtig sah ich ihm ins Gesicht. »Es war aber eine ziemlich beschissene Zeit.«

Er nickte. »Gut, dass du es am Freitag noch nach Hause geschafft hast. Ich hätte es nicht ertragen, wenn dir etwas passiert wäre. Die Ecke war nicht die beste.«

»Sie ist ja ein großes Mädchen«, sagte Linn zickig.

Liam warf ihr einen Blick zu, der nichts Gutes bedeutete. Für ihn war sie untendurch. Mit Sicherheit hatte er von ihrem Erlebnis gehört, das Video vielleicht sogar gesehen. Er hatte nie etwas gesagt, aber ich ahnte, dass Linn keine war, mit der er gerne seine Zeit verbrachte. Er machte es, weil sie meine beste Freundin war, konnte aber sonst nichts mit ihr anfangen. Und dass ich ihretwegen allein durch Hamburg geirrt war, machte die Sache sicher nicht besser. Wenn er wüsste, was passiert war, würde er kein Wort mehr mit ihr reden.

Aber sie hatten wirklich keinen Plan, was passiert war, keiner von beiden, denn sie verhielten sich ganz normal. Sogar Linn für ihre Verhältnisse.

Ich sah von einer zum anderen und wunderte mich über sie. Dann wurde mir klar, wie das sein konnte: Kiran und Stella hatten die Wahrheit gesagt. Das bedeutete, dass sie echt so was wie Magie anwenden konnten. Das gefiel mir nicht, es warf Fragen auf, die ich nicht mit Logik beantworten konnte. Ätzend. Angsteinflößend. Ich fühlte mich, als wären wir voneinander getrennt worden und als wäre ich plötzlich in einer Welt, die ich nicht verstand und über die ich mit niemandem reden konnte.

Ich war ganz allein, obwohl die beiden bei mir waren. Ich bekam Angst, dass dieses Gefühl für immer anhalten könnte.

Und das Schlimmste war: Mir blieb nichts anderes übrig, als auf mein Treffen mit Kiran heute Abend zu warten. Vielleicht konnten wir miteinander sprechen und ich bekam Antworten, die mich etwas beruhigten.

Ich bezweifelte das.

KAPITEL 5

»Sehen wir uns heute Abend?«, fragte Linn nach unserer letzten Stunde. Der Tag hatte sich endlos gezogen und ich merkte, dass ich Konzentrationsprobleme hatte. Das kannte ich so nicht von mir. Normalerweise konnte ich dem Unterricht leicht folgen, doch mein Kopf war voll.

Jetzt zögerte ich. Ich hatte keine Ahnung, wann Kiran kam, um mich abzuholen. Und wenn ich auf eins keinen Bock hatte, dann dass sie das mitbekam und deswegen rumstresste. Ich sah es schon vor mir, wie sie mir vorwarf, hinter ihrem Rücken einen zweiten Freund zu haben, während sie Stress wegen Noah hatte, und wie ich bitte drauf wäre, so eine Nummer zu fahren. Ob mir Liam nicht reichen würde, und so weiter. Jeder Erklärungsversuch wäre umsonst. Wenn Linn erstmal im Rage-Tunnel war, hörte sie nur noch sich selbst.

Wenn überhaupt.

»Ich muss erstmal nach Hause und mich hinlegen, ich bin ziemlich platt vom Tag«, sagte ich. Linn zog die Augenbrauen hoch. Ich hatte mir schon gedacht, dass ihr das nicht passte. »Ich kann mich ja nachher noch mal melden«, bot ich an. Mehr konnte ich gerade nicht tun.

Linn verzog den Mund und zuckte mit den Schultern. »Wenn du meinst.«

»Du kannst auch jetzt mitkommen«, meinte ich.

»Geht nicht, heute ist Mathenachhilfe«, schnappte sie.

Ich verkniff mir ein Augenrollen. Ihr war echt nicht zu helfen, aber das wollte sie ja auch gar nicht. Sie wollte gerade einfach stressen und darauf hatte ich keinen Bock.

»Triff dich doch mit Liam«, schob sie zickig hinterher. »Wenn du das nicht heute Abend eh machst.« Dabei warf sie ihre blonden Locken zurück. Sie hatte diese Attitude, als ließe ich sie total hängen.

»Linn, echt, das ist unnötig«, sagte ich. Langsam reichte es mir. Dieses Rumgezicke musste ich mir bei aller Liebe nicht antun. Sie musste auch mal akzeptieren, dass es nicht nur nach ihr ging.

Linn kniff die Lippen zusammen. »Wie du meinst«, sagte sie und ließ mich stehen. Ich sah ihr nach und fühlte mich hilflos. Ich konnte doch nichts für die Scheißsituation, in die sie sich gebracht hatte. Aber sie tat so, als wäre ich die Einzige, die es für sie hinbiegen konnte. Es ging nicht, so leid es mir tat. Und dass ich eigene Sorgen hatte, ignorierte sie so gekonnt, dass ich mich nur noch über sie ärgerte.

Ich schnaubte und machte mich auf den Weg zum Bus.

Ich fuhr nach Hause und legte mich aufs Sofa. Mein Körper war nicht müde, mein Kopf dafür umso mehr. Der Stress mit Linn machte es nicht besser, aber ich war zu sauer, um sie anzurufen und die Sache zu klären.

Es war auch ihr verdammter Job als Freundin, sich einen Kopf darum zu machen, wie es mir ging, nachdem ich vier Tage flachgelegen hatte! Und dabei versagte sie gerade auf ganzer Linie.

Ich ballte die Hände zu Fäusten und stand wieder auf. Es war wohl besser, mich schon einmal fertigzumachen, damit ich gleich loskonnte, wenn Kiran kam. Ich hatte keine Lust auf noch mehr Zoff. Ich brauchte mehr Infos von ihm, also musste ich mich zusammenreißen.

Ich zog meine Sportsachen an und band meine Haare zum Bun, dann aß ich etwas und wartete.

Ich schrieb Liam, doch er war den ganzen Nachmittag beim Training und abends verabredet.

Ich hätte dich gern gesehen. Es tut mir leid. Sehen wir uns morgen Abend?, schrieb er zurück.

Auf jeden Fall, antwortete ich. Linn konnte warten. Wer sich so aufführte, legte eh keinen Wert darauf, dass wir uns trafen, und ich wollte mich nicht erpressen lassen. Wenn wir uns ein bisschen beruhigt hatten, konnte ich das am Samstag mit ihr hinkriegen.

Es war halb sieben, als ich durchs Fenster eine Gestalt kommen sah. Kiran. Ich erkannte ihn sofort am Gang. Er sah immer aus, als würde er in den Krieg ziehen. Noch so ein Poser, der sich selbst furchtbar wichtig nahm.

Ich öffnete die Tür, bevor er klopfen konnte. »Hab dich schon gesehen. Brauche ich irgendwas?«

Er sah kurz an mir hinunter und nickte dann. »Das sollte so okay sein. Nimm dir was zu trinken mit.«

Ich schnappte mir eine Wasserflasche aus der Küche und zog den Schlüssel von der Tür. »Kann losgehen.«

Ich folgte ihm zurück zur Straße und lief neben ihm.

»Wie geht es dir?«, wollte er wissen. Wurden wir jetzt plötzlich höflich, oder was? Schnell fuhr ich mich wieder runter und erinnerte mich daran, dass ich nett sein wollte.

»Ganz okay. Ihr hattet recht: Es hat sich niemand gewundert, dass ich so lange weg war«, antwortete ich neutral. »Nicht mal die Lehrer.«

»Hat Stella doch gesagt«, meinte er.

»Für mich ist die Existenz von Magie etwas Neues«, sagte ich. »Deswegen konnte ich nicht glauben, dass sie es einfach alle so hinnehmen.«

»Wir können nicht alles mit Magie regeln«, sagte er spröde. »Davon solltest du dir nicht zu viel versprechen.«

»Ich gehe momentan von gar nichts aus«, erwiderte ich.

»Ich weiß ja nicht einmal, was von mir erwartet wird. Und was ich erwarten soll.«

Kiran fummelte an seinem Gürtel herum. »Mach dir darüber keine Gedanken. Fürs Erste musst du nur lernen, wie sich dein Körper jetzt verhält, und wie du unauffällig bleibst. Alles andere erfährst du, wenn es so weit ist.«

»Warum nicht jetzt?«, fragte ich. »Es ist doch besser, wenn ich gleich weiß, was los ist. Warum macht ihr so ein Geheimnis daraus? Kann ich noch rausfliegen?«

»Nein, kannst du nicht«, schnaubte Kiran. »Aber du bist neu und solange du nicht in die Organisation integriert bist, hast du nicht das volle Vertrauen der Ältesten.«

»Ich habe eher das Gefühl, dass niemand das volle Vertrauen hat«, sagte ich leise. Kiran sah mich gereizt an.

»Was soll das heißen? Stellst du diese ganzen Fragen wirklich, weil du die Antworten wissen willst, oder willst du nur Ärger machen, damit keiner merkt, wie unsicher du bist?«

Ich funkelte ihn an. Wieder brodelte die Wut in mir. Sie schlug mir vor, Kiran einfach anzugreifen und so herauszufinden, wie stark ich war.

Zum Glück setzte mein Verstand sich durch und ich schaffte es, den Ärger herunterzuschlucken.

»Ich will es wirklich wissen, aber passt schon«, winkte ich ab, um Streit zu vermeiden.

Den ganzen Tag hatte ich über die wenigen Informationen, die ich hatte, nachgedacht. Ein paar Sachen hatte ich dabei für mich geklärt: Ich hatte den Eindruck, dass die Ältesten viele Dinge für sich behielten - auch solche, die für mich und andere wie Kiran und Stella wichtig wären. Warum sonst beantworteten sie keine Fragen? Das fand ich strange, weil ich doch unwiderruflich dazugehörte. Angeblich. Wäre ich an ihrer Stelle, würde ich versuchen, neue Leute schnellstmöglich ins Boot zu holen und ihnen klarzumachen, wie glücklich sie sein konnten, dazuzugehören. Mir gegenüber taten sie aber so, als müsste ich mich erst als *würdig* erweisen - obwohl ich gar nicht rausfliegen konnte. Ich hatte aber nicht den Eindruck, dass Kiran der richtige Gesprächspartner für meine Gedanken war - leider.

Ich war nicht scharf darauf, Zeit mit ihm zu verbringen, es wäre leichter für mich, wenn wir klarkämen. Ich kam einfach nicht weiter, also musste ich abwarten.

Wir erreichten eine Schule für Kampfsport, deren Tür Kiran aufschloss. Ich folgte ihm hinein. »Mit Training ist also wirklich *Training* gemeint?«, fragte ich. »Üben wir jetzt schlagen und treten?«

Er schüttelte den Kopf. »Unsinn, ich werde keine Karatekämpferin aus dir machen. Aber du musst ein Gefühl für deinen neuen Körper bekommen und lernen, was du tun kannst. Das geht am besten durch Bewegung. Was ist?«, fragte er, als ich den Mund verzog.

»Ich bin gespannt«, meinte ich schulterzuckend. Ich wollte ihm nicht sagen, dass ich alles andere lieber täte. Er nahm sich immerhin die Zeit und ich sollte alles annehmen, was ich bekommen konnte. Vielleicht kitzelte ich ja doch noch ein paar Informationen aus ihm heraus.

Kiran führte mich in einen großen Raum mit gepolstertem Boden und sagte, ich solle stehenbleiben und auf ihn zu warten. Hier war gar nichts übernatürlich. Die Beleuchtung war kühl und schlicht und man roch, dass hier trainiert wurde, alter Schweiß und Talkum lagen in der Luft. Ich sah mich im Spiegel an der Längsseite des Raumes an. Hatte ich mich verändert?

Ja, meine Haut schimmerte golden und die Sprenkel in meinen Augen hatte ich bereits bemerkt, aber sonst?

Ich ließ meinen Blick über meine Schultern und Arme gleiten. Vielleicht wirkten sie etwas definierter als noch letzte Woche. Als würde ich regelmäßig Sport machen.

Ich spannte die Muskeln probeweise an und ging in einen Squat, um dann abzuspringen. Mein Körper fühlte sich anders an, bemerkte ich. Die Bewegungen waren intuitiver, flüssiger. Meine Muskeln waren schon nach dieser kurzen Bewegung warm und bereit für mehr.

Ich ging tiefer in die Knie und sprang erneut ab, dieses Mal mit nach oben gestreckten Händen.

Ich erreichte die Decke mühelos mit den Fingerspitzen und kam geschmeidig wie eine Katze wieder auf.

Nachdenklich sah ich auf meine Hände. Das neue Körpergefühl war angenehm, als hätte ich mehr Kontrolle über meine Muskeln erhalten. Als könnte ich Potenzial, das vorher schon in mir steckte, jetzt ausnutzen.

Ich sah mich im Raum um. Wahrscheinlich konnte ich jetzt auch schneller rennen als zuvor. Nicht nur höher springen, sondern auch weiter. Ich konnte fester zupacken - deswegen hatten sie mich ja auch gewarnt.

Wenn ich es darauf anlegte, könnte ich jemandem wehtun. Daran musste ich denken.

Doch abgesehen davon ... Ich betrachtete mich wieder im Spiegel. Was nützte es, schnell und stark zu sein? Das waren keine Eigenschaften, die mein tägliches Leben erleichterten, sondern nur eine angenehme Randerscheinung, nicht mehr. Außerdem wollte ich diese Kräfte gar nicht. Ich wollte einfach nur normal sein und nichts hiermit zu tun haben. Die Wahl hatte ich ja leider nicht, also brauchte ich dringend Antworten auf die Fragen, die mich seit gestern quälten.

Was ist ein Goldblut?

Welches Ziel steht hinter dieser Organisation?

Welche Rolle werde ich einnehmen?
Was bedeutet das für mein Leben?
Was passiert als Nächstes?
Ich wurde von klein auf dazu erzogen, Fragen zu stellen. Momentan sah es so aus, als bekäme ich auf keine der Wichtigen eine zufriedenstellende Antwort.

Ich hörte Schritte hinter mir und sah mich nach Kiran um. Er brachte Gymnastikbänder und eine lange Stange mit. Ich hoffte nur, er hatte nicht vor, mich im Schwertkampf zu unterrichten. Ich wusste, dass er meinen Angreifer mit seinem Dolch abgewehrt hatte, aber das war nichts für mich.

Das brachte mich zu den nächsten Fragen:
Wer hatte mich angegriffen?
Warum hatte er das getan?
Was wäre passiert, wenn Stella und Kiran mich nicht rechtzeitig gefunden hätten?
Es schien so, als wäre der Angreifer ein bekannter Feind. Gerade darüber wollte ich mehr wissen. Wenn ich mich vor jemandem schützen musste, konnte ich das am besten tun, wenn ich mehr über ihn wusste.

Ich wollte mich nicht dumm halten lassen, aber ich wusste momentan auch nicht, wie ich das ändern konnte.

Eins war sicher: Mein *Trainer* wollte mich nicht mit Wissen versorgen.

Ich seufzte innerlich und ging auf ihn zu. »Dann zeig mal deine Gummitwist-Skills.«

Kiran scheuchte mich bis Mitternacht durch den Trainingsraum und ließ mich meine Kräfte an den Bändern und der Stange ausprobieren. Ich bekam ein neues Gefühl für meinen Körper. Zum ersten Mal, seitdem das alles losgegangen war, war das ein positiver Aspekt. Ich fühlte mich gut bei den Übungen und es war krass, wie stark und beweglich ich jetzt war. Ich musste mich zusammen-reißen, um mein eigentliches Ziel – Informationen – nicht aus den Augen zu verlieren. Leider klappte es dann mit den Übungen nicht mehr so gut.

»Persia, was soll das?«, motzte er, als mir die Stange zum dritten Mal aus der Hand fiel, weil ich dabei geredet hatte. »Ich habe dir gesagt, dass ich dir keine Informationen geben kann, Herrgott!«

»Hattest du keine Fragen, als du dazugekommen bist?«, fragte ich und riss mich zusammen, um die Scheißstange nicht einfach wegzutreten. Am liebsten in den Spiegel. Oder in Kirans Magen. Der Idiot ließ mich am ausge-streckten Arm verhungern.

Er zuckte mit den Schultern. »Ich habe schnell akzep-tiert, dass ich nicht alles wissen kann und dass mich auch nicht alles etwas angeht, nur weil es mich interessiert. Und was soll ich dir sagen? Damit bin ich den Leuten viel weniger auf den Sack gegangen als du.«

Ich rollte mit den Augen. »Aber wie kannst du es denn einfach *akzeptieren*, ohne zu wissen, *was* du da eigentlich akzeptierst?«, bohrte ich. »Willst du denn nicht wissen, warum du etwas tust? Erzähl mir nicht, dass du wie ein Lemming machst, was man dir sagt. Und wenn du über eine Klippe springen sollst, machst du das, oder was?«

»Nein, manchmal ist es besser, auf die Leute zu ver-trauen, die die Verantwortung tragen. Stange aufheben.«

Ich bückte mich danach und biss mir auf die Lippe. Das hatte keinen Zweck. Kiran war so in seine Loyalität ver-tieft, dass ihm kritische Fragen nicht einmal in den Sinn kamen. Ich mochte ihn immer weniger. Ein blöder Arsch zu sein war eine Sache, aber ein dummer Arsch zu sein, eine ganz andere. Und keine Fragen zu stellen war für mich das Dümmste, was jemand tun konnte.

Aber hatte ich eigentlich etwas anderes erwartet?

Dann musste ich es eben nächstes Mal bei Stella versuchen. Ich streckte den Arm mit der Stange auf Brusthöhe aus und machte weiter mit den bescheuerten Übungen, bis Kiran endlich halbwegs zufrieden mit mir war.

Als ich endlich in meinem Bett lag, war nicht nur mein Geist, sondern endlich auch mein Körper erschöpft. Ich warf meine Sportsachen auf den Fußboden und fiel wie ein nasser Sack auf meine Matratze. Innerhalb weniger Minuten schlief ich ein und wachte erst wieder auf, als mein Wecker klingelte.

Freitag. Heute traf ich mich endlich mit Liam. Ich vermisste ihn, es war eine Woche her, dass wir gemeinsam Zeit verbracht hatten. Die Tage, die mir fehlten, machten es nicht leichter.

Freitags hatten wir beide früh Schluss und trafen uns nach der letzten Stunde. So war der Plan. Jetzt durfte mir nur Linn nicht in die Quere kommen.

Ich machte mich fertig und fuhr mit dem Bus zur Schule. Dort hielt ich vergeblich Ausschau nach ihr und schrieb ihr schließlich: *Wo bist du?*

Zu Hause. Krank.

Ich glaubte ihr keins der zwei Worte, doch es klingelte bereits zur ersten Stunde und ich musste mich beeilen. *Gute Besserung*, textete ich ihr beim Hinsetzen und schob das Telefon in meine Jackentasche. Es vibrierte noch dreimal, aber unser Physiklehrer kannte keine Gnade bei Handys. Wenn ich es behalten wollte, ließ ich es besser in der Tasche.

Ich kam erst in der großen Pause dazu, nachzuschauen, denn Andresen (besagter Physiklehrer) ließ die Pause in der Doppelstunde ausfallen und überzog dann auch noch um zehn Minuten. Entsprechend schlecht war die Laune des ganzen Kurses, als wir uns direkt auf den Weg zur nächsten Stunde machen konnten.

»Er ist so ein Schinder«, schimpfte Tuğçe hinter mir.

Ich sah Liam auf dem Schulhof stehen und winkte, doch meine Zeit reichte nicht, um zu ihm zu gehen. Immerhin konnte ich jetzt Linns Nachrichten lesen:

8:02: Was ist jetzt mit heute Abend?

8:03: Kannst ja vorbeikommen.

8:07: Vergiss es einfach, hat sich erledigt.

Ich rollte mit den Augen. Was denn nun? Sie wusste, dass ich ihr bei Andresen nicht schreiben konnte. Aber wahrscheinlich erwartete sie das von einer aufopfernden Freundin. Manchmal war sie echt voll drüber.

Ich denk, du bist krank, also ruh dich besser heute aus. Ich komme dich morgen abholen. Frühstück und shoppen. Bin um neun da, antwortete ich ihr und schickte ein zweites *gute Besserung* hinterher.

Sie las es, antwortete aber nicht. Ich schrieb Liam, dass ich mich auf unser Treffen freute, und steckte das Handy weg. Linn nervte. Am liebsten wollte ich ihr sagen, was wirklich mit mir passiert war, einfach nur, damit sie mal checkte, dass es Leute mit echten Problemen gab.

Diese ganze Scheiße mit ihrem Video war Mist, ja, aber wenigstens war sie nicht fast daran gestorben. Gemeinsam überstanden wir auch das. Und ich an ihrer Stelle hätte mir längst Noah geschnappt und zur Rede gestellt.

Gut, dann bis morgen, kam schließlich in der letzten Stunde zurück. Ich rollte mit den Augen und konzentriere mich wieder auf mein Aquarell. Die letzte Doppelstunde am Freitag war Kunst. Nervig, aber erträglich.

Gleich traf ich endlich Liam.

Er wartete schon auf mich, als ich aus dem Gebäude kam. Ich rannte ihm entgegen und musste mich stoppen. Ich war viel zu schnell, er hatte die Augenbrauen schon gehoben. Wenn ich ihn jetzt ansprang und umriss, stellte er Fragen, deren Antworten ich ihm nicht geben durfte.

Kiran holte mich heute Abend wieder ab, ich hatte also eine Chance, Stella zu sehen. Ich hatte extra nach ihr gefragt. Aber bis dahin ... ich lief langsamer und umarmte Liam. Er drückte mich an sich und küsste mich auf den Mund. Das fühlte sich so gut an, dass ich meine Augen schloss und meine Arme um seinen Nacken legte.

»Endlich«, flüsterte ich.

»Kommt mir wie eine Ewigkeit vor, aber jetzt ist es so weit«, sagte er. »Wo wollen wir hin?«

Ich wusste, was ihm im Kopf herumging. Normalerweise hätte ich an nichts Anderes gedacht, als dass jetzt unsere Chance gekommen war. Stattdessen fühlte ich mich, als hätte er mich gepackt und geschüttelt.

An unseren gemeinsamen Abend hatte ich gar nicht mehr gedacht. Das Ganze war so in den Hintergrund gerückt, dass ich jetzt rot wurde.

Wie konnte mir das passieren? Klar war alles total neu und aufregend, aber wie konnte ich denn vergessen, was wir geplant hatten - und das schon für letzte Woche? Stattdessen dachte ich nur an die Goldblutsache. Ich konnte ihm davon nicht erzählen. Was würde er wohl denken, wenn er davon wüsste? Von meinen Kräften und all dem Zeug? Würde er es cool finden? Oder würde es ihn so abfucken, dass er mit mir Schluss machte, weil er keine Freundin wollte, die so ein Freak war?

»Alles okay?« Er zog die Augenbrauen hoch und nahm meine Hand, als wir zu seinem Auto gingen. »Sorry, so war das nicht gemeint. Du warst ja auch krank und ...«

»Ich muss heute Abend noch bei meiner Tante vorbeizuschauen«, log ich und wurde noch roter. Ich hasste es, zu lügen und konnte mich dann selbst nicht leiden. »Ich will, dass wir dafür viel Zeit haben. Du ... du weißt ja ...«

»Ja, das weiß ich«, sagte er und küsste mich. »Gerade deswegen sollten wir ruhig machen. Kein Problem. Deine Tante hat sich bestimmt Sorgen um dich gemacht, oder?«

»Ja.« Ich senkte den Blick und schämte mich, während ich in sein Auto einstieg. Tatsächlich hatte ich sie gestern noch angerufen, bevor Kiran mich abgeholt hatte. Sie war genauso benebelt wie Liam und Linn und hatte nur gefragt, ob ich wieder fit war und sie etwas zum Essen vorbeibringen sollte.

»Wollen wir trotzdem zu dir?«, fragte Liam und startete den Motor. »Wir können ja auch zusammen sein, ohne es zu tun. Ich hab dich vermisst, wäre schön, wenn wir ein bisschen Zeit zusammen hätten.«

»Klar«, sagte ich, aber sofort ratterte mein Gehirn wieder los. Ich musste vermeiden, dass Liam Kiran sah. Scheiße, ich hatte nicht mal Kirans oder Stellas Nummer! Das musste ich heute Abend unbedingt ändern.

Liam bremste und betrachtete mich. Seine Augenbrauen zogen sich besorgt zusammen. »Ganz fit siehst du nicht aus. Sollen wir zur Apotheke? Brauchst du irgendwas?«

»Bin ich auch nicht«, sagte ich. »Leider. Noch ein Grund, warum wir es verschieben müssen. Aber ich habe alles, was ich brauche, zu Hause. Mach dir keinen Kopf, okay? Lass uns einfach einen ruhigen Nachmittag zusammen haben. Morgen geht's mir sicher schon besser.«

»Klar, das machen wir.« Er fuhr los. »Ich habe Linn heute gar nicht gesehen.«

»Sie ist krank«, erwiderte ich.

»Ihr hattet gestern Stress, oder?«, mutmaßte er.

»Ja. Sie ist sauer wegen des Videos und weil ich nicht für sie da sein konnte«, erzählte ich.

»Nice. Und mal wieder typisch für sie. Sie ist so eine Dramaqueen. Ich find's krass, dass du das immer so über dich ergehen lässt. Mir würde jedes Mal der Kragen platzen, wenn sie so eine Aktion fährt. Ich verstehe, dass sie das fertigmacht, aber was sollst du machen? Was erwartet sie von dir?«

»Ich könnte die Typen ja suchen und verprügeln«, schlug ich im Scherz vor. Dann fiel mir auf, dass ich das mit meinen neuen Kräften wahrscheinlich sogar hinbekäme. Ich streckte die Finger und ballte sie zur Faust. Sofort waren meine Muskeln warm. Irrte ich mich, oder glänzte meine Haut stärker, wenn ich das machte?

»Ich wusste gar nicht, dass ich mit einer Schlägerin zusammen bin«, meinte Liam schmunzelnd.

»Ach, weißt du, ich war nicht krank, sondern wurde von einer Straßengang rekrutiert und zur Kampfmaschine ausgebildet«, meinte ich schulterzuckend.

»Klingt total plausibel«, meinte er trocken.

Ich sah schnell aus dem Beifahrerfenster, weil sich meine Eingeweide verknoteten. Ich durfte nichts sagen. Meine Schläfen pochten als untrügliches Warnsignal. ›Bau jetzt keinen Scheiß!‹, ermahnte mich dieses Pochen. ›Er soll davon nichts wissen. Punkt. Du musst Kiran und den anderen noch beweisen, dass du es wert bist, dazu-

zugehören. Wenn du dabei versagst, wird es ungemütlich. Versprochen.‹

Und ich wollte mir lieber keine Gedanken darüber machen, *wie* ungemütlich das werden würde.

Das Training mit Kiran war genauso ätzend wie das am Abend zuvor. Wir waren wieder in der stinkenden Kampfsportschule und ich musste auch dieses Mal die albernen Übungen machen. Und wieder konnte ich nichts aus ihm herausbekommen und die Stimmung zwischen uns war angespannt. Er hatte keine Lust darauf, mich zu trainieren, machte es aber, weil es ihm befohlen wurde. Ich wollte dieses Training nicht, machte es aber, weil ich keine andere Wahl hatte. Und leider war er allein, Stella ließ sich nicht blicken.

»Und wie lange müssen wir uns treffen?«, fragte ich, als er mir eine Pause gönnte. Meine Haut glänzte stark, sowohl vom Schweiß als auch wegen des Goldbluts. Ich wusste, dass er es auch sah, sein Blick verharrte auf meinen nackten Armen. Das war mir unangenehm. Ich kannte ihn kaum und wusste viel zu wenig über die Leute, zu denen ich jetzt angeblich gehörte. Außerdem, wenn es nach mir ginge, würde mich jetzt mein Freund so ansehen, nicht er. Ich mochte Kiran immer weniger.

»Ein paar Mal noch. Ich orientiere mich am Trainingsplan der neuen Rekruten für die Sicherheitsabteilung«, meinte er und riss sich endlich von meiner Haut los.

»Ich denke, ich soll nicht in die Sicherheitsabteilung«, sagte ich stirnrunzelnd.

»Nein, aber an irgendwas muss ich mich ja halten. Wird dir schon nicht schaden«, sagte er wegwerfend.

»Warum fragst du Kristanna nicht?«, hakte ich nach.

Er warf mir einen giftigen Blick zu. »Sie hat Wichtigeres zu tun.«

»Schon klar, aber gibt es niemanden dazwischen, der so was koordiniert?«, fragte ich weiter.

»Persia, ich habe dir schon gesagt, dass dich das alles nicht zu interessieren braucht«, sagte er gereizt.

Ich schnaubte frustriert. »Ja, hast du. Das bedeutet immer noch nicht, dass ich mich damit abfinde oder es auch nur im Ansatz akzeptiere. Ich hänge in der Luft, weil ihr mich dort hängen lasst. Ihr sagt, ich bin im Club - für immer - und schließt mich dann aus allem aus. Sorry, wenn ich da nicht voll begeistert bin.«

»Du bist initiiert, mehr nicht«, korrigierte er mich. »Und verschone mich bitte mit diesem Gejammer.«

»Nö, das musst du dir jetzt anhören!«, zickte ich. »Ich bin gegen meinen Willen *initiiert*, was für ein bescheuertes Wort! Ich wollte nicht mit euch abhängen. Ich wollte gar nichts von dem ganzen Mist, um genau zu sein. Und trotzdem stehe ich jetzt hier und du glotzt mich an, weil ich so schön glänze.«

Kiran riss die Augen auf und machte einen Schritt zurück. »Wir sind fertig für heute«, sagte er rau.

Ich war zu weit gegangen. Scheiße, ich hatte es doch gewusst. Manchmal war meine Klappe einfach schneller als mein Gehirn. Schon tat mir leid, was ich gesagt hatte. Ich trampelte eigentlich nicht so auf Leuten herum, nicht mal auf Kiran. Aber er machte mich so wütend, dass ich es nicht schaffte, mich zu entschuldigen. Darüber ärgerte ich mich noch zusätzlich, weil ich mein eigenes Verhalten zum Kotzen fand. Diese Sache brachte echt meine schlimmsten Seiten zum Vorschein. Ich biss mir auf die Unterlippe und nickte. »Schön. Und wie geht es weiter?«

»Ich melde mich bei dir.«

»Gut, ich wollte dich eh noch nach deiner und Stellas Nummer fragen, damit ich euch erreichen kann.«

»Kein Problem.« Kiran hielt mir einen kleinen Zettel hin. Ich schüttelte innerlich den Kopf. Warum kein ledernes Adressbüchlein? Wie alt war Kiran bitte, dass er Telefonnummern auf Zetteln notierte?

Scheißegal, das bedeutete, dass ich loskonnte. »Dann melde dich einfach, wenn es weitergeht«, meinte ich und zog meine Jacke im Rausgehen an.

Mein Nacken prickelte und ich hatte das Gefühl, zu früh zu gehen, als würde etwas fehlen. Ich sah noch einmal über meine Schulter, doch da wandte er sich gerade ab und drehte mir nachdrücklich den Rücken zu.

Dann eben nicht.

Draußen sah ich mich um. Bis nach Hause brauchte ich etwa zwanzig Minuten zu Fuß. Es war schon spät und die Straßen einigermaßen leer.

Ich rieb mir die Oberarme und redete mir ein, dass mir nichts passieren konnte. Die Attacke von letzter Woche war Pech. So was wiederholte sich doch nicht, oder?

Außerdem würde Kiran mich nicht allein wegschicken, wenn er davon ausgehen müsste, dass ich angegriffen wurde. Oder würde er es gerade deswegen tun? So, wie ich ihn provoziert hatte, war das nicht ausgeschlossen. Und dann wäre er mich und alle Probleme, die mit mir zusammenhingen, los.

Nein, es war wahrscheinlicher, dass die Gegend wieder abgesichert wurde.

Ich hatte echt Mist gebaut und ein schlechtes Gewissen wegen meines dummen Spruchs. Ich mochte ihn nicht, okay. Er ging mir auf die Nerven, auch okay. Aber jemandem solche Frechheiten an den Kopf zu knallen war nicht okay. So mochte ich mich selbst nicht. So war ich auch nicht und so wollte ich nicht werden.

Abgesehen davon hatte ich es nicht nötig, mich wie ein Arschloch zu verhalten.

Ich sah zurück. Ich könnte einfach noch mal reingehen und mich entschuldigen. Reinen Tisch machen. Vielleicht kamen wir danach besser klar.

Allein bei dem Gedanken an eine Entschuldigung kam es mir hoch. Okay, ich konnte ihn wirklich kein Stück leiden.

»Dann eben nicht«, knurrte ich und ging los. Das schlechte Gefühl blieb, also verfiel ich ins Joggen. Normalerweise konnte ich joggen nicht leiden, aber heute, vor allem nach der Trainingseinheit, fiel es mir leicht. Meine Muskeln waren warm und meine Sinne geschärft. Ich bemerkte Fußgänger und Radfahrer lange, bevor sie mich sahen, und konnte einen Bogen um sie machen. Ich sprang aus Spaß über ein paar Bänke, dann über größere Hindernisse wie eine Parcoursläuferin.

Ich war so schnell und beweglich wie nie zuvor. Ich kam nicht einmal außer Atem. Meine Bewegungen wurden immer schneller, immer kontrollierter. Ich lief eine drei Meter hohe Wand hinauf und stand plötzlich oben.

Erstaunt sah ich auf den Fußweg und sprang dann ohne einen weiteren Gedanken wieder hinunter. Ich landete geschmeidig wie eine Katze auf meinen Füßen und musste nur leicht in die Knie gehen, um den Sturz abzufedern.

Ich lehnte mich gegen die Wand und schloss die Augen.

Es wäre zu leicht, immer weiterzumachen. Ich hatte den Verdacht, dass genau das der Zweck des Trainings war: Sie wollten wir zeigen, wie toll das Dasein als Goldblut war und meinen Widerstand so brechen. *Schlau.*

Ich schlug mit der flachen Hand gegen die Mauer. Der Schmerz half mir, meinen glückshormonvernebelten Kopf wieder freizubekommen.

Wirklich sehr schlau. Kiran und seine Freunde konnten stolz auf sich sein. Wahrscheinlich hoffte er, dass ich mich bei ihm meldete und um weiteren Unterricht bettelte. Dass ich mich für die Sicherheitsabteilung anbot.

Darauf konnte er lange warten.

Ich zog den Zettel mit den Telefonnummern aus meiner Hosentasche. Jetzt konnte ich ihn und auch Stella erreichen. Sie machte auf mich einen offeneren Eindruck. Sie wusste mehr als er, das spürte ich. Und, wenn ich es richtig anstellte, teilte sie dieses Wissen mit mir.

Ich hielt kurz inne und fragte mich, wie sie das ganze sah. Auf mich hatte sie nicht so lemmingmäßig wie Kiran gewirkt, sondern wie jemand mit eigenen Gedanken. Darauf musste ich hoffen, wenn ich Antworten wollte. Ich musste es nur richtig anfangen.

Morgen wäre eine gute Chance. Kiran hatte nichts von einem Treffen gesagt und Liam hatte keine Zeit. Ich konnte Stella kontaktieren und mich mit ihr treffen.

Und dann hoffentlich endlich schlauer werden.

KAPITEL 6

Ich holte Linn am nächsten Vormittag wie versprochen ab. Es dauerte, bis sich die Stimmung zwischen uns entspannte. Sie war sauer, aber ich war nicht bereit, mich für etwas zu entschuldigen, das ich nicht verursacht hatte.

Als sie das einsah und endlich klarkam, hatten wir einen schönen Vormittag zusammen. Trotzdem hatte ich das Gefühl, dass etwas mit ihr nicht stimmte und sie immer noch sauer war. Ich bekam es aber nicht aus ihr heraus, egal, wie oft ich fragte. Irgendwann gab ich auf. Entweder redete sie mit mir oder es war nicht wichtig.

Ich musste noch einen Plan machen. Stella hatte ich schon angerufen. Sie war heute Abend im Hauptquartier, wo ich zur Anmeldung gewesen war.

»Ich habe ein paar Fragen und würde mich gern ein bisschen umsehen«, sagte ich ihr. »Kiran sagt, er kann mir da nicht helfen und ich soll mich an dich wenden.«

Sie zögerte. »Du möchtest wissen, wo du hineingeraten bist«, sagte sie dann.

»Ja. Es lässt mir keine Ruhe. Du hast mir doch schon ein bisschen erzählt, vielleicht kannst du mir noch mehr sagen, ohne dass wir beide in Schwierigkeiten kommen. Aber verstehst du, dass die Situation für mich ziemlich strange ist? Wenn ich mich einbringen soll, brauche ich mehr als ein paar Übungsstunden im Trainingsraum.«

Sie atmete durch. »Das verstehe ich, Persia. Komm heute Abend vorbei, dann sehe ich, was ich tun kann.«

»Danke, Stella.« Und ich meinte es ehrlich.

Innerlich feierte ich mich für meinen Einfall. Ich hätte mich gleich an sie wenden sollen. Wenn ich heute alles richtig machte, kam ich ein Stück weiter. Ich wusste nur noch nicht, wohin mich der Weg eigentlich führte.

Ich war froh, als Linn und ich uns am Nachmittag verabschiedeten. Es hatte gedauert, aber ich konnte sie überreden, Noah noch mal anzusprechen. Ich war dabei, als sie ihn anrief (ausnahmsweise sah sie ein, dass ein Anruf hier schneller ans Ziel führte als der Messenger) und mit ihm redete. Er sagte sofort zu, sich mit ihr zu treffen.

Linns Augen glänzten, als sie auflegte, und ab diesem Moment war alles gut. Leider standen wir da schon an der Bushaltestelle und warteten auf ihren Bus.

Wenigstens musste ich mir ihretwegen keinen Kopf mehr machen, das Drama war wohl abgehakt.

Stattdessen konnte ich mich jetzt auf mein Treffen mit Stella konzentrieren. Als Vorbereitung verbrachte ich die restliche Zeit damit, im Internet nach Informationen zu suchen. Ich brauchte irgendwas, das die Story ein bisschen glaubwürdiger machte. Wenigstens einen Anhaltspunkt, irgendeine Quelle. Eine zweite Meinung. Einen Informationsfitzel, auf dem ich aufbauen konnte.

Ich fand nichts außer Infos zu der seltenen Blutgruppe »Rh-Null«, die mir nicht weiterhalfen. Ich kannte meine Blutgruppe und Rh-Null war sie bestimmt nicht.

Schließlich landete ich auf einer Seite über Okkultismus. ›Besser als nichts‹, dachte ich und klickte mich durch das Glossar.

Goldblut und Schattenblut, lautete die Überschrift.

Ich runzelte die Stirn. Was zum Teufel war ein Schattenblut? In meinem Hinterkopf klingelte etwas. Ich hatte das Wort schon einmal gehört. Aber wo?

Ich las weiter. Anscheinend handelte es sich dabei um den dunklen Gegenpart des Goldbluts. Warum musste es immer mehrere Gruppen geben? Als wäre es nicht herausfordernd genug, mich mit einer zu befassen.

Goldblute stammen vom Licht ab, das die ersten Goldmenschen gebar. Sie sind stark und altern kaum, dabei haben sie ein wildes Herz, lautete die wenig aufschlussreiche Erklärung. Von der Lichtgöttin hatte auch Stella gesprochen. Das stimmte so weit überein, aber von *Goldmenschen* hatte ich noch nie gehört. Das klang nach etwas anderem als Goldblut.

Goldblute, was für ein schrecklicher Plural.

*Schattenblute sind die Nachfahren der Schattenmenschen und stammen von der Dunkelheit ab. Seit jeher leiden sie unter dem **Dunklen Fluch der Zonia**. Sie sind ihren niederen Instinkten unterworfen und gieren nach Goldenem Blut.*

Ich starrte auf den Monitor meines Laptops und versuchte, die Story zu verstehen. Die Worte ergaben wenig bis gar keinen Sinn. Ich konnte im Impressum der Website nicht herausfinden, wer sie verfasst hatte. Das konnte genauso gut eine Fanpage für irgendeinen Film oder ein Buch sein. Pure Erfindung.

Ungeduldig strich ich die Schlagworte *Goldmenschen*, *Schattenblut* und *Dunkler Fluch der Zonia* wieder durch. Das ergab doch alles keinen Sinn.

»So ein Mist«, murmelte ich und starrte auf meinen Handrücken. Im Sonnenlicht, das durch das Fenster fiel, glänzte meine Haut wie Bronze.

Ich wünschte, ich könnte mich einfach rausziehen und damit abschließen. Mein Frust, weil ich keine Wahl hatte, war riesig. Vor allem, weil ich mir denken konnte, dass es richtig Ärger gab, wenn ich es versuchte.

Wenn ich Pech hatte, wurde ich noch einmal angegriffen. Das nächste Mal ging ich vielleicht drauf.

Mein Blick blieb an dem Wort *Schattenblut* hängen. War es das? Hatte mich ein Schattenblut angegriffen? Aber damals war ich doch noch gar kein Goldblut. Andererseits glaubte ich, dass, wenn auf dieser Website überhaupt ein Fünkchen Wahrheit war, diese nicht in einer zwei-Sätze-Erklärung steckte.

Mein Handy klingelte, ich hatte mir eine Erinnerung eingestellt, damit ich nicht zu spät zu meinem Treffen mit Stella kam. Ich konnte den Begriff ja einfach mal fallen lassen und sehen, was passierte. Entweder kam da etwas, oder ich war auf dem Holzweg.

Besser als nichts.

Ich machte mich auf den Weg und war pünktlich beim Hauptquartier. Wieder sah das Gebäude verlassen aus, aber Stella erwartete mich im Foyer und öffnete die Tür. Von Kiran war nichts zu sehen. Zum Glück. Genau wie von Linn brauchte ich eine Pause von ihm.

»Danke, dass du Zeit für mich hast«, sagte ich.

Sie lächelte zurückhaltend. Ich fragte mich, was Kiran ihr erzählt hatte. Bestimmt war sein Urteil vernichtend. Wäre meins über ihn auch.

»Ich kann verstehen, dass du viele Fragen hast, aber ich hoffe, du erwartest nicht zu viel von mir«, sagte sie und ging zum Fahrstuhl. »Du hast Kristanna und Eric gehört: Fürs Erste musst du in die Organisation hineinfinden.«

»Ja, das habe ich verstanden, aber wie soll das gehen, wenn ich null darüber weiß?«, fragte ich. »Es wäre leichter, wenn ich wüsste, was ich jetzt bin, was die *Organisation* tut und was von mir erwartet wird. So hänge ich total in der Luft und mache Ausdauertraining mit Kiran.«

»Das ist auch wichtig«, sagte sie und betrat den Aufzug. Ich stieg ein und wartete, bis sich die Türen schlossen. Das war meine Chance, jetzt konnte sie mir nicht ausweichen.

»Wofür? Falls mir wieder ein Schattenblut begegnet?«, fragte ich scheinheilig, als wüsste ich genau, worum es ging. Stella wurde blass und riss die Augen auf.

›Volltreffer! Jetzt habe ich sie am Haken!‹

»Woher weißt du davon?«, fragte sie zittrig.

»Ich habe recherchiert«, erwiderte ich cool. »Irgendwie muss ich mich damit ja beschäftigen. Und ich habe einiges herausgefunden. Goldblute. Schattenblute. Göttinnen von Licht und Schatten. War ganz aufschlussreich.« Jetzt sollte ich aufhören, bevor ich mich verquatschte.

Stella lehnte sich gegen die Wand des Fahrstuhls und fummelte an ihrem langen Zopf herum. »Ich weiß gar nicht, was ich sagen soll«, murmelte sie. »Wo hast du diese Informationen her?«

»Aus dem Internet. Anscheinend spreaded einer von euch sein Wissen, ohne, dass ihr es mitbekommt. Aber es stimmt doch, Stella, oder? Es war ein Schattenblut«, meinte ich und hielt schnell wieder die Klappe. Auch die Theorie, dass die Seite von einem Goldblut war, war ziemlich gewagt. Ich hatte null Beweise dafür.

»Ja, war es«, gab sie zu. »Schattenblute sind unsere Feinde.« Ich nickte bestätigend, also sprach sie weiter, dabei klopfte mein Herz heftig vor Aufregung. »Sie sind dämonisch und trinken unser Blut, das für sie wie eine Droge ist. Sie verhalten sich wie Junkies und wenn dich einer erwischt, bist du so gut wie tot. Das Gute ist, dass sie nur nachts unterwegs sind, Sonnenlicht ist schädlich für sie.« Sie fummelte wieder an ihrem Zopf herum. Ich hielt den Atem an. Endlich erfuhr ich mal was. Endlich bekam ich Antworten.

Stella schien sich gerade entschieden zu haben, dass sie offen mit mir reden konnte, weil ich es eh schon wusste. Der Bluff ging voll auf, ich war ein bisschen stolz auf mich. Und ich konnte noch einen draufsetzen.

»Warum hat er mich angegriffen? Ich war doch ein Mensch«, sagte ich. »Mein Blut kann er doch gar nicht trinken. Davon hat er doch gar nichts.«

»Nein, kann er nicht. Und warum er es gemacht hat, wissen wir bisher nicht«, erwiderte Stella. »Die Jäger arbeiten daran, das herauszufinden, denn es ergibt keinen Sinn. Aber es gibt immer wieder Berichte von Schatten-bluten, die dermaßen die Kontrolle verloren haben, dass sie verrückt geworden sind. Vielleicht war dein Angreifer einer von ihnen. Anders kann ich es mir nicht erklären.«

»Er hat irre gelacht, als er mich angegriffen hat«, murmelte ich. Gänsehaut überzog meine Arme und ich blickte schnell in Stellas Gesicht, weil die Erinnerungen wieder hochkamen.

»Das war schlimm, oder?«, fragte sie mitleidig.

»Damit kommst du nicht aus«, flüsterte ich. »Es war der absolute Horror. Können wir über etwas anderes sprechen?«

»Natürlich. Wir versuchen alles, dass das nicht wieder passiert«, versprach sie. Die Fahrstuhltüren öffneten sich und wir betraten wieder die Etage mit den Büros, wo sie mich registriert hatte.

»Und wenn doch? Was soll ich dann tun?«, fragte ich. »Und wie kann ich helfen, herauszufinden, was da los ist? Ich will nicht, dass das mir oder anderen noch mal passiert. Das könnte doch meine Aufgabe sein.«

»Vermeide es, nachts allein unterwegs zu sein. Gruppen greifen sie nicht an. Und was deine Aufgabe angeht, ist das viel zu früh, das werden die Ältesten nicht zulassen.« Sie schüttelte den Kopf. »Du weißt jetzt schon mehr, als gut für dich ist. Die Details zu den Schattenbluten solltest du jetzt noch gar nicht kennen. Nicht, bevor du nicht vollständig integriert bist. Diese Informationen verunsichern dich nur und lenken deine Aufmerksamkeit von den wichtigen Dingen ab.«

»Aber wenn ich nochmal angegriffen werde, muss ich wissen, wie ich mich wehren kann und wer mich da aus welchem Grund angreift!«, hielt ich dagegen.

»Dafür ist das Training mit Kiran da. Und dass es Schattenblute sind und wie du dich schützen kannst, weißt du ja jetzt«, sagte sie.

»Das stimmt nicht und das weißt du auch.« Ich wurde ärgerlich und stemmte die Hände in die Hüften. »Kiran versucht, mich durch meine neuen Kräfte abzulenken und high zu machen, mehr nicht.«

Wieder riss sie die Augen auf. Ich schnaubte frustriert.

War das echt deren Ernst? So wollten sie mich manipulieren? Wann war das letzte Onboarding? In den Fünfzigern, als sich niemand traute, nachzufragen? Das Internet zumindest war an ihnen vorbeigegangen. Und anscheinend auch, dass junge Frauen heute nicht mehr alles mit sich machen ließen.

»Persia, ich ...«, machte Stella matt. »Ich weiß gar nicht, was ich sagen soll.«

»Gibt es hier ein Archiv oder so was, wo ich selbst nachschauen kann, wenn das schon offiziell nicht geht?«, fragte ich. Sie wand sich, aber sie sagte nicht gleich nein.

Ich durfte jetzt nicht nachgeben. »Komm schon. Ich weiß, dass du keinen Stress willst, und ich bin auch vorsichtig«, sagte ich leise. »Aber ich kriege das so einfach nicht hin. Ich brauche eine Aufgabe, irgendwas, was mir hilft, besser klarzukommen, mit dieser ganzen Situation. Das würde mir echt helfen. Zumindest ein bisschen.«

Wir standen immer noch vor dem Fahrstuhl. Die Türen waren zu, doch er war noch auf dieser Etage. Keine von uns rührte sich.

»Bitte, Stella«, flüsterte ich.

Stella seufzte abgrundtief und drückte den Knopf. Die Türen gingen wieder auf und wir stiegen ein. Sie drückte auf die Sieben. »Heute ist niemand mehr hier, aber achte trotzdem darauf, dass du nicht gesehen wirst.« Sie sah mir ins Gesicht. »Ich verstehe dich, Persia, ehrlich. Du bist klug und das hier ist neu und unangenehm für dich. Wie das alles passiert ist, war furchtbar und tut mir ehrlich leid. Mir ginge es an deiner Stelle ähnlich. Ich helfe dir, aber das ist eine Ausnahme. Du hast eine Stunde, um dich im Archiv umzusehen. Noch mal werde ich es nicht für dich aufschließen. Ich will keinen Ärger haben, da hast du recht. Den bekommen wir aber beide, wenn man dich erwischt. Sorg dafür, dass das nicht passiert.«

»Versprochen«, sagte ich mit wild klopfendem Herzen.

Stella schloss eine schwere Tür auf und schaltete das Licht ein. Ich sah mich um. Genau so stellte ich mir ein Archiv vor: Hier standen Metallregale mit endlosen Reihen Aktenordnern und Kisten. Ich sah schwere Lederbücher. Es roch muffig. In einer Ecke stand ein PC, der aussah, als wäre er aus dem letzten Jahrtausend.

›Oh mein Gott. Ich bin in ein Zeitloch gefallen.‹

»Muss ich mir alles aus dem Regal holen oder funktioniert der?«, fragte ich und zeigte darauf.

»Die Digitalisierung der Unterlagen ist noch nicht abgeschlossen, falls du das meinst«, erwiderte sie. »Du
kannst dir bestimmt denken, dass das keine Lieblingsar-
beit ist. Und normale Menschen dürfen hier nicht rein.
Genau wie du.«

»Ich weiß. Danke.«

»Eine Stunde, Persia. Ich hole dich ab«, sagte sie und
zog die Tür zu. Sie hatte also nicht vor, mir noch weitere
Tipps zu geben, wo ich was finden konnte.

Gut, dann eben nicht.

Ich startete den PC und verwendete das Passwort, das
auf den Monitor geklebt worden war. Warum machte
jemand solchen Blödsinn? Das ergab doch gar keinen
Sinn! Aber es sparte mir immerhin ein paar Minuten.

Vor mir erschien eine Suchmaske, wie ich sie aus alten
Filmen kannte. Das konnte ja heiter werden.

›Mal sehen, wie viel Digitalisierung hier schon gelaufen
ist. Vermutlich reise ich gleich in die Steinzeit mit dem
Ding‹, dachte ich und gab *Goldmenschen* als Suchbegriff
ein. Ich musste die Zeit klug nutzen. Ich wusste nicht, ob
Stella mir mein Handy absichtlich gelassen hatte oder
weil sie nicht daran gedacht hatte, aber das verschaffte
mir einen Vorteil.

Das System spuckte eine Archivnummer aus. Ich stand
auf und brauchte einen Moment, um mich zu orientieren,
dann fand ich die kleinen Markierungen an den Regalen.
Ich suchte nach dem Buch und zog es heraus.

Es staubte, als ich es öffnete, doch meine Freude verpuffte schnell: Die Seiten waren voller Buchstaben, die
ich nicht lesen konnte. Ich konnte römische und auch
etwas arabische Buchstaben lesen, aber das hier ... Keine
Ahnung, was das war, im schlimmsten Fall Runen oder

so was. Selbst wenn ich das herausfand, konnte ich den Text nicht lesen.

›*Schnell weiter.*‹

Ich schob das Buch zurück und lief zum Monitor. Der zweite Treffer war nicht besser als der erste. So kam ich nicht weiter und ich verschwendete meine Zeit.

Verdammt, aber so einfach gab ich nicht auf.

Ich hatte die Antworten bereits vor der Nase, ich musste nur die richtigen von den falschen unterscheiden.

Nur, haha, sehr witzig!

Der dritte Treffer war genauso ergebnislos, also scrollte ich weiter, bis ich einen Artikel ohne Verzeichnisnummer fand. Stirnrunzelnd rief ich ihn auf. Gleich darauf ballte ich die Hand zur Faust und unterdrückte einen triumphalen Aufschrei. Das war es! Ein Artikel, der digitalisiert und übersetzt war.

»Yes!«, zischte ich und holte mein Handy aus der Tasche. Schnell fotografierte ich den Artikel ab und suchte dann nach weiteren Scans. Ich fand noch zwei, dann suchte ich nach dem Schlagwort *Schattenblut*.

Jetzt, wo ich wusste, wonach ich suchen musste, ging es viel schneller. Ich rief die digitalen Artikel auf und fotografierte sie. Mehr Zeit hatte ich nicht und ich musste mich darauf verlassen, dass sie bei der Digitalisierung mit wichtigen Artikeln angefangen hatten.

Ich sah auf die Uhr. Fünfzig Minuten waren schon rum.

Zonias Dunkler Fluch war mein nächstes Stichwort. Hier gab es nur einen einzigen digitalen Artikel und der war superkurz. Besser als nichts. Außerdem korrigierte das System auf *Sonia*. Das schien ein Name zu sein.

Ich fotografierte ihn und drehte mich dann wieder zu den Regalreihen um. Zehn Minuten hatte ich noch. Vielleicht fand ich ja doch noch eine analoge Quelle, die mir weiterhalf.

Ich wählte den Eintrag über der digitalen Kopie aus und suchte den entsprechenden Ordner. Ich fand darin uralte Bilder von zwei Kelchen. *Goldenes Leben* und *Dunkles Wissen*. Dann etwas von *Licht und Dunkel*. Die Bilder waren in Schwarz-Weiß und so schlecht, dass ich kaum etwas erkennen konnte.

Ich machte trotzdem ein Foto von der Seite und wollte gerade weiterblättern, da ging der Alarm meines Handys los. Die Zeit war um.

Draußen auf dem Flur hörte ich Schritte, also schob ich den Ordner zurück, machte den PC aus und eilte zur Tür.

Draußen kam mir nicht Stella, sondern Eric entgegen. Mir blieb fast das Herz stehen. Er sah mich und seine Miene wurde finster. Ich stand noch vor der Archivtür.

»Was machst du hier?«, fragte er und packte meinen Arm. Ich versuchte, mich loszureißen.

»Das tut weh!«

»Persia, was hast du hier verloren?« Sein Blick fiel auf die Tür und er wurde noch wütender. »Was hast du da drin gemacht? Wie bist du da reingekommen?«

»Ich habe die Toilette gesucht«, log ich und zerrte an meinem Arm. »Die Tür war nicht abgeschlossen.«

»Warum bist du hier? Du bist Kiran zugeteilt«, wollte er wissen und riss mich von der Archivtür weg. Mit zackigen Bewegungen holte er einen Schlüssel hervor und schloss sie ab. »Was hast du da drin gemacht?« Er ließ mich los, doch statt zurückzutreten, griff er in meine Jackentaschen und tastete mich ab.

»Lass das!«, schrie ich und wehrte mich.

»Vergiss es. Ich muss sehen, was du gestohlen hast.«

»Habe ich nicht! Das ist meins!« Ich riss ihm mein Smartphone aus der Hand, das er aus meiner Hosentasche zog. »Und jetzt hör sofort auf, mich anzufassen!« Ich war kurz davor, ihn zu beschimpfen, diesen überheblichen, arroganten, bescheuerten …

»Ich fasse dich nicht an, ich *durchsuche* dich«, zischte er. »Du schnüffelst hier herum. Warum? Was willst du? Und für wen bist du hier?«

Darauf fiel ich nicht rein. Ich schwebte so nah am Abgrund zu richtig großem Ärger, dass ich unmöglich die Wahrheit sagen konnte. Eric würde mich und auch Stella einen Kopf kürzer machen. Mindestens. Ich hatte ihr versprochen, dass ich sie nicht in Schwierigkeiten brachte.

Das musste ich zumindest versuchen.

»Ich bin mit Stella hier verabredet«, sagte ich. »Ich mag Kiran nicht und wollte sie fragen, ob sie mein Onboarding übernehmen kann. Aber ich bin in der falschen Etage ausgestiegen. Ich wollte auf die Toilette, bevor ich nach ihr suche, okay? Ich habe meine Tage, verdammt!«

Eric ließ mich mit angewiderter Miene los. Schön, dass dieser uralte Trick immer noch funktionierte. Und genauso schlimm, dass man Männer mit dieser absolut natürlichen Sache immer noch ekeln konnte. Ich mochte es hier immer weniger.

»In diesem Raum hast du nichts zu suchen«, wiederholte er eisig.

»Das habe ich verstanden«, konterte ich.

Wieder hörte ich Schritte und sah Stella kommen. Sie entdeckte Eric und wurde blass. Jetzt musste ich schnell sein, bevor sie zusammenbrach und alles beichtete. Ich sah ihr an, dass sie kurz davor war.

»Da bist du ja«, rief ich. »Ich bin im falschen Stock ausgestiegen. Es war nicht der Siebte.«

Sie brauchte eine Sekunde, dann checkte sie, was ich meinte. Langsam schüttelte sie den Kopf. »Nein, der Elfte. Wie kann man das verwechseln? Ich habe schon überall nach dir gesucht.« Ihre Stimme zitterte und ich konnte ihren Stress quasi riechen. Wahrscheinlich log sie gerade zum ersten Mal in ihrem Leben.

»Was ist passiert?«

»Persia hat sich ins Archiv *verirrt*«, knurrte Eric. »Wie kommst du dazu, sie allein hier herumlaufen zu lassen?«

»Ich war zu früh«, sagte ich gepresst. »Wegen meiner Periode, schon vergessen?«

Eric schnaubte und warf Stella einen scharfen Blick zu. »Das wird sich nicht wiederholen. Kiran trägt die Verantwortung für sie. Und du nun auch, da du dich einmischst. Wenn sie Ärger macht, fällt das auf euch beide zurück. Verstanden, Stella?«

»Ja, Eric«, sagte Stella demütig. »Bitte entschuldige.«

Eric sah mich an, sein Gesicht war pures Misstrauen. »Wenn ich dich noch einmal allein erwische, bekommst du ein Problem. Verstehen wir uns?«

Ich hätte ihm für seine autoritäre Art eine reinhauen können, doch ich nickte nur und riss mich zusammen. Ich durfte mich nicht zur unerwünschten Person machen, denn ich ahnte, dass das alles noch schlimmer machte.

»Ist angekommen. War keine Absicht.«

Er ließ uns einfach stehen. Ich sah ihm finster nach, doch Stella begann zu hyperventilieren. Auch das noch.

»Oh Gott«, presste sie hervor. »Was habe ich getan?«

»Das, was jeder vernünftige Mensch getan hätte: Du hast uns beiden den Arsch gerettet«, meinte ich ruhig. »Tief durchatmen. Es ist nichts Schlimmes passiert. Du hast nichts falsch gemacht.«

»Ich hätte dich nie da reinlassen lassen dürfen!«, kiekste sie. »Ich habe alles falsch gemacht! Ich habe ihn angelogen. Das hätte ich nicht tun dürfen. Ich muss hinterher und ...«

Ich hielt sie am Arm fest. »Und dann? Meinst du nicht, dass das alles schlimmer macht?«

Ihr Gesicht war ein Ausdruck puren Unglücks und es tat mir beinahe leid, dass ich sie in diese Lage gebracht hatte. Nur beinahe, denn dass ich sie mochte, änderte nichts daran, dass ich mir das alles hier nicht ausgesucht hatte und mich nicht einschüchtern ließ.

»Ich weiß es nicht«, stammelte Stella und strich mit zitternder Hand ihr Haar zurück. »Aber ich muss ...«

»Es ist nichts passiert«, sagte ich nachdrücklich. »Er hat mich durchsucht und nichts gefunden. Lass es einfach gut sein, okay?« Ich sah ihr fest in die Augen und versuchte, ihre Angst zu verstehen. Wieder spürte ich diesen Unwillen, zu ihnen zu gehören. Was waren das hier, dass alle solche Angst vor den Bossen hatten? Bei dem Gedanken, dass ich jetzt mit drinhing, könnte ich kotzen. So wollte ich nicht leben. Ich wollte meine Meinung sagen und Fragen stellen, ohne dass mir jemand den Kopf abriss.

Was ich bisher von den Goldbluten mitbekommen hatte, war genau das Gegenteil.

Ich hatte nach einem Weg raus aus dieser Kacke suchen müssen, statt nach Hintergrundinfos. Es gab immer einen Weg raus. Irgendeinen. Diese Chance hatte ich verpasst, denn ich ahnte, dass Stella mich nicht wieder ins Archiv ließ. Sonst kam sie gar nicht mehr klar.

›Das war dumm, Persia.‹ Und leider ließ es sich nicht mehr ändern.

Stellas Schultern sackten hinab und sie nickte matt. »Das darf nie jemand erfahren«, flüsterte sie.

»Von mir nicht und ich denke, du wirst auch nichts sagen, oder?«, meinte ich.

»Nein. Hast du gefunden, wonach du gesucht hast?«

»Eine Stunde war zu kurz. Ich weiß es noch nicht.« Ich umklammerte mein Smartphone und ärgerte mich wieder über meine Dummheit.

Ihre Augen verengten sich. »Ich kann dich da nicht wieder hineinlassen.«

»Damit habe ich auch nicht gerechnet.« Aber bestimmt würde ich ihr nicht sagen, dass ich Fotos gemacht hatte, sonst schleppte sie mich am Ende doch noch zu Eric.

»Ich lasse dich dann jetzt mal allein, okay? Danke, dass du mir geholfen hast«, sagte ich und lächelte sie an. Ich war ihr wirklich dankbar. Und ich glaubte, dass sie es schon bereute. Noch etwas, das sich nicht mehr ändern ließ. Ich ging zum Fahrstuhl und spürte ihren Blick in meinem Nacken.

Als ich unten an der Straße stand, fiel mir das Atmen etwas leichter. Endlich weg von denen. Endlich weg von diesem Scheißkerl Eric. Diesem Idioten Kiran.

Ich konnte das nicht.

Ich konnte kein Goldblut sein.

Ich musste hier raus.

Irgendwie.

In den nächsten Tagen meldeten sich weder Kiran noch Stella bei mir. Ich atmete auf und konzentrierte mich auf die Infoschnipsel, die ich ergattert hatte.

Mein Zimmer war voller Ausdrucke und Post-its. Immer wieder las ich mir die Texte durch, vergrößerte sie auf meinem Laptop und suchte nach weiteren Infos im Internet. Es blieb mühsam und ich war mir nie sicher, ob etwas stimmte.

Genervt sah ich auf meine Notizen. Auf den Seiten über die Goldmenschen stand etwas über *die Schwestern Licht und Schatten, die ihre eigenen Familien erschufen*. Ich rollte mit den Augen. Ohne die Abstammung von gottähnlichen Wesen ging es wohl nicht.

Die Schwestern waren einander ähnlich, doch grundverschieden. Das Licht erschuf die Goldmenschen, wild und ungezähmt, der Schatten die kühleren Nachtmenschen oder Schattenmenschen.

An dieser Stelle war ein großer Fleck auf der Seite, der mich störte. Es sah so aus, als wäre er absichtlich platziert worden, um etwas zu schwärzen. Ich ahnte auch, was es war. In diesem hässlichen Fleck musste stehen, wie aus den kühlen Schattenmenschen ungezähmte Bestien wurden, denn danach ging es nur noch um die Feindschaft zwischen den beiden Gruppen und wie sich die Goldblute gegen die Schattenblute verteidigten, die nach ihrem Blut gierten.

Mir fiel auch auf, dass sich die Bezeichnung ab diesem Fleck änderte, von *Menschen* zu *Blut*. Das musste einen Grund haben. Ich las weiter.

Die Schattenblute sehnen sich nach Licht, das sie nicht vertragen. Stattdessen trinken sie das Blut ihrer Goldenen Brüder und Schwestern, was sie weiter dämonisiert.

Aber warum?

Es kam zum Kampf, der viele Schattenmenschen (jetzt waren es wieder Schatten*menschen*, bemerkte ich) *das Leben kostete. Die Goldmenschen blieben siegreich. Juna zog sich daraufhin mit den ihr verbliebenen Untertanen zurück und wurde nie mehr gesehen. Sie gelten als verloren, nur die Schattenblute existieren als Nachfahren des Schattens und gieren weiter nach dem Goldblut.*

Ich kaute auf meiner Unterlippe. In der Schule hatten wir öfters das Thema Fake News besprochen, ich hatte eine engagierte Lehrerin in Medienkompetenz.

Deswegen wusste ich, dass manche Regierungen ihre Leute systematisch mit falschen Informationen fütterten, um ihre Handlungen zu rechtfertigen. Das hier erschien mir wie ein klassischer Fall davon. Die Schrift war uralt, die Methode aber auch. Warum auch? Sie funktionierte schließlich bis heute. Aber wenn ich eins gelernt hatte, dann niemals einfach zu glauben, was mir jemand erzählte. Ich hatte einen eigenen Kopf zum Nachdenken.

Und jetzt fand ich das hier. Ich hatte keine Ahnung, wer Juna war, wahrscheinlich wurde sie im Fleck erwähnt. Da von Untertanen die Rede war, folgerte ich, dass sie die Königin der Schattenmenschen sein musste. Aber was brachte mir das, wenn sie tot oder zumindest verschollen war? Auch eine Bemerkung über Sonia fand sich am Rande des Flecks, doch ich fand nicht heraus, was ihr Fluch war.

Es war zum Verrücktwerden.

Mein Widerwille wurde immer größer. Was sollte ich machen? Ich bräuchte viel dringender Informationen, wie ich da rauskam, doch ich wusste nicht einmal, wann ich das Hauptquartier das nächste Mal betreten konnte.

Ich war unzufrieden und konnte die Kiran-freien Tage nicht einmal genießen. Das machte das Ganze noch ärgerlicher. Stattdessen malte ich mir aus, wie es wäre, einfach wieder normal zu sein. Wie bescheuert mir die ganze Sache vorkäme, wenn man sie mir einfach erzählen würde.

Davon wurde meine Laune leider auch nicht besser.

KAPITEL 7

Am Dienstagvormittag bekam ich eine Nachricht von Kiran: *Du musst heute zum Hauptquartier kommen. Eine wichtige Versammlung für alle steht an. Verpflichtend, also auch du. Ich hole dich um drei Uhr ab.*

Da bin ich noch in der Schule. Ich finde den Weg. Abholen nicht nötig, antwortete ich.

Ich hole dich an der Schule ab. Befehl von oben.

Das war doch auf Erics Mist gewachsen. Ich ballte die Hand zur Faust und hätte Kiran am liebsten gesagt, dass er sich die Scheißversammlung sonst wo hinstecken sollte. Aber dann hätte ich richtig Ärger.

»Alles okay?«, fragte Linn. Das brachte mich zum nächsten Problem: Sie durfte Kiran auf keinen Fall sehen. Wir hatten endlich alles geklärt und ich hatte keine Lust auf weiteren Stress. Und was noch wichtiger war: Liam durfte Kiran nicht sehen. Das wäre noch schlimmer.

»Ich muss heute Nachmittag noch mal los«, sagte ich. »Nachuntersuchung. Mein Arzt meint, ich müsste ein Training machen, damit ich wieder fit werde. Dazu muss ich zu einem Studio, wo sie mich testen wollen.«

»Ich finde dich eigentlich ziemlich fit«, meinte sie. »Außerdem weiß ja keiner, was du hattest.«

Ich zuckte mit den Schultern, als würde mich das alles tierisch nerven. Tat es ja auch. »Das ist ja das Problem. Er meint, ich muss mich um meinen Körper kümmern, damit das nicht wieder passiert.«

»Aber du bist weder übergewichtig noch hast du eine chronische Krankheit«, beharrte Linn.

Ich sah sie gereizt an. »Möchtest du das mit meinem Arzt klären? Ich hab ihm das auch schon gesagt.«

»Nein, aber du solltest da vielleicht noch mal nachfragen«, nölte sie.

Ich war sah genervt auf mein Handy. »Mache ich.«

Ich schrieb Kiran, wo er warten sollte (am Ende der Straße, wo ihn niemand sah) und hoffte, dass Linn es gut sein ließ. Sie hatte sich am Samstag mit Noah getroffen, ich kannte alle Details aus der letzten Reihe im Kino: Sie hatten wild rumgemacht, danach hatte er ihr gesagt, dass er sie mochte, und sie texteten permanent ziemlich heiße Nachrichten. Seitdem wartete sie, dass er nach einem zweiten Treffen fragte.

Ich hatte ihn gestern und heute auf dem Schulhof gesehen. Er winkte, wenn er sie sah, einmal hatten sie auch kurz gesprochen, aber eine Verabredung gab es nicht.

Und immer, wenn sie schon durchdrehte, schrieb er ihr, wie heiß oder süß sie ausgesehen hatte, und der Mist ging von vorn los. Ich mochte ihn nicht, weil ich vermutete, dass er sie sich warmhielt. Vermutlich war da noch jemand anderes im Spiel und er orbitete Linn, falls es mit der anderen nicht lief.

Oder ich lag falsch.

Daran glaubte ich nur leider nicht.

Die letzte Stunde war vorbei und wir verließen das Schulgebäude. Ich sah mich nervös nach Kiran um, doch er war nicht da. Ein Glück. Linn war bei mir und hatte Nele mit einer Frage aufgehalten.

»Ich muss gleich los«, sagte ich. Es waren noch zehn Minuten bis zu unserer Verabredung, aber mir wäre es lieber, wenn ich Linn vorher loswurde.

»Persia!«

Mir rutschte das Herz in die Hose, als ich Liam auf mich zukommen sah.

Scheiße.

Natürlich freute ich mich, ihn zu sehen, - ich wollte ihn immer sehen - aber jetzt gerade war das der schlechteste Zeitpunkt. Das konnte nur schiefgehen.

»Hey!« Ich küsste ihn und machte mich sofort wieder los. »Ich muss leider weiter, hab noch einen Arzttermin. Hast du heute Abend Zeit? Ich weiß nicht, wie lange ich brauche, aber ich könnte mich melden, wenn ich durch bin.« Und hoffen, dass Kiran kein Training plante.

»Ich treffe mich heute Nachmittag mit Cem wegen der Physik-Klausur morgen.« Liam verzog den Mund. Er hasste Physik. Das verstand ich nicht, das Fach war schon wegen der Logik hinter den Formeln gut. Für mich waren Gedichtinterpretationen viel komplizierter. Sonst würde ich wahrscheinlich auch durch den Goldbluttext besser durchsteigen.

»Kein Problem, dann melde ich mich einfach und wir gucken, ob es passt«, meinte ich. Aus dem Augenwinkel sah ich jemanden auf den Schulhof treten. Mein Herz raste, als ich Kiran erkannte.

Fuck. *Fuck, fuck, fuck!*

Das durfte doch nicht wahr sein!

»Ich muss los«, sagte ich und drehte mich um, bevor Liam oder Linn etwas sagen konnten. Ich hielt auf Kiran zu und versuchte, ihm mit versteckten Gesten begreiflich zu machen, dass er umdrehen und vor mir laufen sollte.

Er blieb stehen. Ich hätte durchdrehen können.

»Was machst du hier?«, zischte ich und ging einfach an ihm vorbei. Er drehte sich um und folgte mir.

Ich spürte Linns und Liams Blicke in meinem Nacken. Sie hatten es todsicher gesehen.

»Ich habe doch gesagt, dass ich dich abhole«, meinte er. Aus dem Augenwinkel sah ich, dass die beiden mir folgten. Ich schüttelte heftig den Kopf und machte eine abwehrende Handbewegung. »Deinetwegen kriege ich Riesenärger, verdammt! Geh vor, ich hole dich ein.«

»Was soll der Kinderkram?«, fragte er genervt.

Ich ging noch schneller und versuchte, ihn abzuhängen. »Hinter uns sind mein Freund und meine beste Freundin. Deinetwegen kann ich mir eine gute Erklärung einfallen lassen, wer du bist und warum wir reden. Scheiße!«

»Persia, ist alles okay?«, rief Liam. Er holte uns ein.

Ich hätte schreien können, blieb aber stehen.

»Hau ab, Kiran!«, zischte ich.

»Ich soll dich begleiten.« Er war wirklich halsstarrig.

»Alles okay!«, rief ich Liam zu und blieb stehen. »Geh vor und warte zwei Straßen weiter auf mich«, sagte ich leise und so nachdrücklich wie ich konnte. »Ich komme gleich, ich schwöre es. Aber lass mich jetzt in Ruhe, sonst drehe ich durch.«

Kiran sah todesgenervt aus, zuckte aber mit den Schultern und ging. Wenigstens etwas. Jetzt konnte ich Schadensbegrenzung machen.

»Was wollte der Kerl?«, fragte Liam, als er mich erreichte, und sah Kiran nach. Linn kam hinterher.

»Mich anquatschen. Hab ihm gesagt, dass er mich in Ruhe lassen soll«, meinte ich genervt.

Liam nickte kurz, doch Linns Augenbrauen zogen sich hoch. Sie glaubte mir nicht. Es tat mir weh, dass sie schlecht von mir dachte, obwohl es ja stimmte.

»Soll ich dich zum Arzt begleiten?«, fragte Liam. »Ich kann dich fahren.«

»Danke, aber ich laufe lieber. Ich kann auf mich aufpassen«, sagte ich und küsste ihn. Dann ließ ich die beiden stehen und hoffte, dass ich mich nicht in die nächsten Schwierigkeiten gebracht hatte.

Kiran wartete drei Querstraßen weiter auf mich. Er sah genervt aus, aber das war ich auch. Und sauer.

»Ich hatte dir doch geschrieben, wo du auf mich warten sollst!«, zischte ich, als ich ihn erreichte. »Was hast du dir dabei gedacht? Weißt du, was ich jetzt für Stress bekomme? Das war dermaßen unnötig!«

»Ich soll dich einfach abholen, okay?«, motzte er mich an. »Weiß ich doch nicht, mit wem du da herumstehst.«

»Voll witzig. Auf der einen Seite soll ich niemandem erzählen, was passiert ist, aber andererseits spazierst du einfach auf den Schulhof, damit jeder dich sieht und ich mir was einfallen lassen kann, wer du bist. Wie passt das denn bitte zusammen? Und wie soll ich das durchziehen? Spätestens, wenn meine Eltern nächste Woche zurückkommen, können wir unsere Trainings eh vergessen. Die lassen mich abends um zehn nicht mehr raus.«

Kiran rollte mit den Augen. »Lass dir was einfallen. Nächste Woche sind wir noch nicht fertig.«

»Dann sag mir, wie.« Ich atmete tief durch. Das Problem mit meinen Eltern war mir gerade erst eingefallen. Das machte alles noch komplizierter. Auch Kiran und Friends mussten das verstehen und mir entweder dabei helfen oder akzeptieren, dass ich nicht immer springen konnte, wenn sie es wollten.

Wenn ich mir seinen Gesichtsausdruck so ansah, wusste ich, dass ihm alles ziemlich am Arsch vorbeiging. Ich hatte zu gehorchen, ob ich wollte oder nicht. Wenn nicht, klingelte er wahrscheinlich an der Haustür und brachte mich in noch größere Schwierigkeiten. Aber auf eine Antwort brauchte ich nicht warten.

»Was ist das für eine Versammlung?«, fragte ich, weil mir das Gespräch zu dumm wurde.

»Die Ältesten haben sie einberufen«, antwortete er rau. Der harte Zug um seinen Mund verstärkte sich.

»Und warum hast du damit ein Problem?«

»Habe ich nicht«, knurrte er.

»Das sehe ich doch. Worum geht es?«, bohrte ich.

»Ich werde nicht vorgreifen. Und ich finde, dass es dich nichts angeht, aber Kristanna war eindeutig: Alle müssen erscheinen und zuhören.«

»Dieser Mist, was mich etwas angeht und was nicht, fuckt mich langsam richtig ab. Entweder man ist drin oder nicht. Wo ist das Problem?«, fragte ich genervt.

»Dass man sich Vertrauen verdienen muss«, meckerte er. »Und das tust du nicht, indem du dich in Räumen herumtreibst, in denen du nichts zu suchen hast!«

Ich zuckte zusammen. Er hatte meinetwegen Ärger bekommen, weil ich sein Schützling war.

Pech gehabt, Kiran. Mein Mitleid war bescheiden, weil er mich in solche Schwierigkeiten gebracht hatte, sonst hätte ich mich dafür entschuldigt. Aber das erklärte, warum er diese Nummer abgezogen hatte.

Wenn das so weiterging, machten wir es uns gegenseitig sehr schwer. Ich musste klarkommen und es mit ihm hinkriegen, sonst hatte das wenig Sinn. Ich hatte keine Lust auf noch mehr Stress und sicher wollte ich keine weitere Konfrontation mit Eric.

Wir erreichten das Hauptquartier und Kiran führte mich in einen Saal im Erdgeschoss. Ich blieb überrascht stehen. Mit so vielen Leuten hatte ich nicht gerechnet.

»Wie viele sind das?«, fragte ich.

»Goldblute? Dreihundert. Sie sind nicht alle hier in Hamburg stationiert. Die Ältesten haben sie hergerufen, damit sie zu allen sprechen können.« Kiran sah sich um. Ich fragte mich, ob er Stella suchte, denn ich war mir sicher, dass er auf sie stand. Und sie anscheinend nicht auf ihn, sonst wäre er nicht so zickig.

›Als hätte ich keine anderen Probleme‹, dachte ich und rollte über mich mit den Augen.

Kiran drückte mich auf einen leeren Stuhl am Rand. »Ich muss den Raum absichern. Bleib hier sitzen und warte, bis ich dich abhole. Keine Alleingänge, kapiert?« Er ging, ohne meine Antwort abzuwarten. Ich sah ihm nach und verfluchte ihn innerlich.

Der Raum füllte sich, alle Stühle waren besetzt. Neben mir saß eine blasse junge Frau, die mich nervös anlächelte. Ich lächelte zurück und sah zur Bühne, wo drei Frauen und ein Mann standen.

Eric und Kristanna erkannte ich sofort. Die anderen mussten Heidi und Mara sein. Ich hatte mir die Namen notiert, aber es fiel mir nicht schwer, sie zuzuordnen. Heidi hatte kurzes schwarzes Haar und eine hart autoritäre Ausstrahlung. Mara hatte langes rotes Haar und trug ein weißes Hippiekleid. Dazu die wilde Kristanna und der kühle Eric. Ein hinreißendes Quartett.

Er hatte mich gesehen und seine Augenbrauen hoben sich. Ich unterdrückte den Impuls, ihm zuzuwinken. Mit dem Mittelfinger.

›Unauffällig, Persia. Mit Trotz kommst du kein bisschen weiter.‹ Auch wenn ich manchmal gern einfach trotzig und zickig wäre. Linn hätte wahrscheinlich gewunken und noch eine Kusshand geworfen. Ich war nicht Linn.

»Sind alle da?«, fragte Kristanna. Ihre Stimme ging mir durch Mark und Bein. Es fühlte sich an, als schickte sie mich in die Schlacht.

Alle vier sahen angespannt aus. Ich ahnte, dass der Grund für diese Versammlung unerfreulich war.

Jemand rief etwas vom Ausgang und Kristanna nickte. Sie trat zurück und überließ Heidi das Feld. Das oberste Goldblut räusperte sich und trat ans Mikrofon.

»Ihr wisst, dass wir nur selten solche Versammlungen einberufen. Jeder von uns kennt seine Aufgaben und erledigt sie gewissenhaft. Doch heute gibt es einen wichtigen Anlass, über den wir mit euch reden müssen. Es geht um unser aller Sicherheit.« Sie warf einen strengen Blick in die Runde, als leises Gemurmel aufkam. Es verstummte sofort. Ihre Autorität war unangenehm, wie von einer Direktorin.

»Wir registrieren seit einiger Zeit gesteigerte Aktivitäten von Schattenbluten«, fuhr Heidi fort. Mein Herz machte einen Satz. Sie hatte das Wort gesagt und alles bestätigt, was ich mir gedacht und aus Stella herausgepresst hatte.

Wieder kam leises Gemurmel auf, die Frau neben mir holte erschrocken Luft.

»Sie haben mehrere Menschen attackiert und die Zahl der Toten und Vermissten steigt. Momentan im einstelligen Bereich, doch wir wissen aktuell nicht, ob es ein Ziel gibt, oder ob es Zufälle sind.«

Kristanna hob die Hand. »Die Jäger patrouillieren jede Nacht und halten Ausschau nach ihnen«, erklärte sie mit lauter Stimme. »Wir finden heraus, was vor sich geht. Lange waren sie unauffällig, doch jetzt tauchen sie wieder auf. Deswegen unser Appell an euch: Vermeidet es, nachts allein draußen zu sein. Seid wachsam. Es muss niemand verletzt werden, wenn wir alle zusammenarbeiten. Wenn ihr unsicher seid, bleibt hier.«

»Momentan greifen sie Menschen an, warum ist uns ein Rätsel«, schaltete sich Eric ein. »Trotzdem müssen wir vorsichtig sein. Das erwarten wir von euch allen.«

Es war totenstill im Saal. Ich wartete, dass jemand die logischen Fragen stellte: *Welche Maßnahmen ergreift ihr? Wie können wir helfen? Was für Menschen wurden angegriffen?* Ich ahnte, dass ich eine von ihnen war.

Niemand meldete sich. Warum überraschte mich das noch? War doch klar, dass sich die Einschüchterung auf alle Goldblute bezog. Dann fragte ich eben selbst nach.

Ich holte Luft und wollte eben die Hand heben, da berührte jemand meine Schulter. Ich sah auf. Vor mir stand Kiran, der den Kopf schüttelte.

»Lass es einfach.«

Ich riss die Augen auf. Was fiel ihm ein? Die Ältesten sagten, dass wir alle in Gefahr waren und ich durfte keine Frage dazu stellen? Obwohl ich betroffen war?

Kiran packte mich am Oberarm. »Mach keinen Ärger«, raunte er mir ins Ohr und führte mich zum Ausgang.

»Aber ich habe Fragen!«, stieß ich hervor und sah über meine Schulter. Die Ältesten blickten uns nach. Ich bildete mir ein, dass Eric grinste. Auf seinem Mist war das also gewachsen. Was für ein Arsch.

»Du wirst keine Antworten bekommen, also lass es einfach«, knurrte Kiran. Wir erreichten das Foyer und er zog die Saaltür hinter uns zu.

Endlich ließ er mich los.

Ich rieb mir schmollend den Arm. »Das ist kein Grund, mich so rauszuzerren.«

»Doch, weil du kurz davor warst, schon wieder Ärger zu machen«, meinte er und verschränkte die Arme.

»Fragen zu stellen ist doch kein Ärger«, widersprach ich. »Und ich verstehe nicht, warum es niemand sonst tut. Die Informationen waren lächerlich, wer soll damit etwas anfangen? Damit kann man nicht zufrieden sein.«

»Ihr wisst jetzt, was ihr nach Ansicht der Ältesten wissen müsst: Es ist etwas in Gange und wir arbeiten an der Aufklärung. Ihr seid nicht in Gefahr, wenn ihr euch an die Regeln haltet. Was willst du sonst noch wissen?«, fragte er gereizt.

»Was mit den anderen Angegriffenen passiert ist, zum Beispiel«, sagte ich. »Habt ihr noch mehr Leute gerettet, die von Schattenbluten angegriffen wurden, so wie ich?«

»Wie kommst du darauf, dass du von einem Schattenblut angegriffen wurdest? Das war eine allgemeine Information«, fragte er defensiv.

»Ach komm schon, das ist doch albern. Heidi hat es doch eben selbst gesagt. Es jetzt noch abzustreiten ist lächerlich. Aber die Informationen waren echt dünn, wer soll damit etwas anfangen können? Da habe ich bei meinen Recherchen mehr rausgefunden«, sagte ich, bereute es aber sofort, denn Kiran riss die Augen auf.

»Deswegen warst du also im Archiv«, grollte er. »Wer hat dich da reingelassen ... Stella?« Jetzt sah er erschrocken aus. So ein Mist.

»Im Internet«, korrigierte ich ihn. »Es gibt eine Website. Die ist ziemlich mies, aber da bin ich auf die Schattenblute gestoßen. Und auf den *Dunklen Fluch der Sonia.* Möchtest du mir mehr davon erzählen?«

Kiran wurde blass, er packte mich erneut am Arm. »Persia, das hier ist kein Spiel!«, zischte er und sah so gestresst aus, als hätte er Angst um sein Leben. »Du kannst nicht herumwühlen, verstehst du das? Wir sind eine funktionierende Gemeinschaft, die du gerade sabotierst. Das gibt Ärger, wenn du nicht aufhörst! Akzeptier, dass es hier Regeln gibt, ob sie dir nun passen oder nicht. Es geht nicht alles nur nach dir, verstehst du? Du bist nur ein kleines unwichtiges Rädchen, das noch nicht mal im Getriebe läuft. Und ich habe keine Lust auf Ärger.« Er ließ mich los, als hätte er sich an mir verbrannt. Oder als wäre ich ansteckend und er hatte Angst, auch zum Problem zu werden.

»Sonst was?«, fragte ich. Meine Stimme war eiskalt, doch meine Wangen brannten. Kirans Worte verletzten mich, er stellte mich dar, als wäre ich eine egoistische dumme Kuh, die nur auf Ärger aus war. War ich nicht, verdammt! Diese Leute hier nahmen mir einfach mein Leben weg und ich durfte nicht einmal fragen, was das für mich bedeutete!

»Sonst werden wir uns etwas einfallen lassen, damit du verstehst, was von dir erwartet wird«, sagte er wütend.

Die Tür ging auf und Stella kam heraus, bevor ich antworten konnte. Sie sah uns und kam schnell herüber.

»Du hast sie ins Archiv gelassen«, warf er ihr vor.

»Das habe ich nie gesagt!«, rief ich erstickt.

»Musst du auch nicht, ich kann ja denken«, sagte er bissig. Stella hob die Hand, doch Kiran schüttelte den Kopf. »Ich werde nichts sagen, weil uns das in noch größere Schwierigkeiten bringt. Mein Gespräch ihretwegen mit Eric und Kristanna war schlimm genug.« Er funkelte mich an. »Ich weiß, es fällt dir schwer, aber vielleicht könntest du dich bemühen, uns nicht dauernd Ärger zu machen. Dafür, dass du dich für so klug hältst, benimmst du dich ganz schön dämlich. Du kannst gehen.« Er deutete zur Eingangstür.

Ich schnappte nach Luft, um etwas zu sagen (ich wusste nur noch nicht, was) doch Kiran drehte sich einfach um und ging zurück in den Saal. Stella sah mich hilflos an.

»Ich habe ihm nichts gesagt«, unterbrach ich sie. Meine Stimme war brüchig und mein Brustkorb fühlte sich eng an. Ich war so wütend auf Kiran, dass ich ihm am liebsten hinterhergelaufen wäre, um ihn anzuschreien.

Gleichzeitig fehlten mir die Worte darüber, wie er mich sah. Niemals wollte ich irgendwen absichtlich in Schwierigkeiten bringen.

Dass er mir das vorwarf, machte mich noch wütender.

»Persia, ich ...«, begann Stella, doch mir knallte eine Sicherung durch. Ich konnte einfach nicht mehr. Ich musste hier weg. Die Wut kam zurück und riss mich in einen Strudel, aus dem ich nicht mehr herauskam.

»Lasst mich einfach in Ruhe, okay? Ich bin durch mit dem Goldblut«, fuhr ich sie an.

»Das ist unmöglich«, sagte sie. »Du hängst mit drin.«

»Das will ich aber nicht! Ich gehöre hier nicht her und egal, wie das weitergeht, es bedeutet nur Ärger. Lasst mich einfach in Ruhe!« Ich ließ sie stehen und stürmte aus dem Gebäude, bevor ich in Tränen ausbrach.

›Ein Scheiß-Abgang, Persia‹, dachte ich, doch besser bekam ich es nicht hin.

Dann lieber dramatisch als würdelos.

Ich befürchtete nur, dass sie mich nicht in Ruhe ließen, egal, wie sehr ich es wollte.

Ich kam nicht weit, draußen trat mir jemand in den Weg. Eric.

Ich blieb blinzelnd stehen. Was wollte er denn hier? Ausgerechnet er, den ich am wenigsten sehen wollte.

Er zog die Augenbraue hoch und verschränkte die Arme vor der Brust. »Na los, frag schon. Ich seh doch, dass es dich umbringt.«

»Ich dachte, Fragen sind hier unerwünscht«, sagte ich und schluckte den Tränenkloß in meinem Hals hinunter. Ich würde nicht vor ihm weinen. Niemals.

»Kommt immer darauf an, wer sie stellt. Ich habe dir deine Fragen quasi angesehen. Sie brannten auf deiner Zunge.«

»Und da dachtest du, du lässt mich von Kiran rausschmeißen, bevor ich sie stelle?«, zickte ich.

»Persia, du weißt vieles noch nicht über uns. Unter anderem, nach welchem Verhaltenskodex wir leben«, sagte er herablassend. Ich könnte schreien bei dieser Scheiß-Attitude.

»Wie denn auch, wenn es keine Infos gibt? Mir wird dauernd nur gesagt, dass ich mich raushalten soll und mich die Dinge nichts angehen«, blaffte ich.

»Und was meinst du, warum das so ist?«

»Weil eure Organisation scheiße ist.« Mein Mund war schneller als mein Verstand. Ich schlug die Hand vor den Mund. »Entschuldigung, das war so nicht gemeint.«

Erics Augen waren schmal. »Klang ziemlich ehrlich.«

»Das ist der Frust, weil ich mehr über mein neues Leben wissen will und niemand mit mir redet. Vielleicht verstehst du, wie unangenehm das ist.«

Er wiegte den Kopf. »Tue ich, aber du musst auch verstehen, dass nicht jeder gleich in die höchsten Geheimnisse eingeweiht wird.« Er sah auf seine Armbanduhr. »Zwei Minuten noch, Persia.«

Jetzt erst verstand ich, dass ich meine Zeit mit Meckern vergeudet hatte. Sein Angebot, meine Fragen zu beantworten, war ernst. Ich hatte diese kostbaren Minuten verschwendet, um mich mit ihm zu streiten.

»Was wollen die Schattenblute?«

»Meist das Goldene Blut trinken.«

»Und warum greifen sie jetzt Menschen wie mich an?«

Seine Braue hob sich. »Die entscheidende Frage.«

»Ich wäre fast auch ein Schattenblut geworden. Vielleicht rekrutieren sie, falls das möglich ist.«

Eric sah mich schweigend an, seine Augen waren geweitet. Anscheinend traf ich einen Nerv. »Sprich weiter«, forderte er mich auf.

»Wenn sie wahllos Menschen attackieren und zu Schattenbluten machen, ist das Rekrutierung«, überlegte ich laut und behielt ihn im Auge. Sein Pokerface war gut.

»Schattenblute sind dämonisch und dumm«, sagte er lauernd. Seine Augenbraue hob sich dabei. Das glaubte er doch selbst nicht. Nicht ganz, zumindest.

»Vielleicht gibt es ja trotzdem jemanden, der es kann«, wandte ich ein. »Oder könnt ihr das ausschließen?«

Erics Mund war ein schmaler Strich. »Wir haben diese Möglichkeit ausgeschlossen. Bisher.«

»Sogar feste Formeln immer beinhalten die Möglichkeit der Abweichung. Der Zufall ist überall«, zitierte ich den Lieblingsspruch meines Physiklehrers. Er brachte ihn in jeder Unterrichtsstunde. Jetzt machte er plötzlich Sinn.

Eric sah mich aufmerksam an. »Was weißt du darüber, Persia?«, fragte er mit einem seltsamen Unterton.

»Nichts, das ist ja das Problem«, sagte ich frustriert.

Sein Blick durchbohrte mich unangenehm, als wolle er die Wahrheit aus meinem Kopf herausholen, zur Not mit Gewalt. Ich machte einen Schritt zurück und unterbrach den Blickkontakt.

»Ich behalte dich im Auge«, versprach er mir. »Ich habe das Gefühl, dass du mehr weißt, als gut für dich ist. Oder willst du es mir gleich sagen?«

»Ich weiß gar nichts«, wiederholte ich.

»Das wird sich zeigen.« Er sah erneut auf seine Uhr und ließ mich ohne ein weiteres Wort stehen.

Ich starrte ihm nach und fühlte mich unwohl. So viel Aufmerksamkeit von ihm konnte nicht gut für mich sein. Ich war viel zu auffällig und redete viel zu viel. Und dazu vermittelte ich auch noch einen falschen Eindruck.

Das hier lief einfach komplett verkehrt.

›Dumm, Persia. Ganz dumm. Du bist viel zu emotional und zu trotzig. Du machst dir das Leben unnötig schwer. Verdammt.‹

Ich ging nach Hause und vergrub mich in meinen Notizen über Gold- und Schattenblute. Fieberhaft las ich immer wieder die wenigen Informationen, die mir zur Verfügung standen. Ich schrieb alle Sätze ab und jagte sie durch die Suchmaschine.

Ich suchte bis in die tiefste Nacht nach Hinweisen, irgendwas, das mir Aufschluss über die Schattenblute gab. Ich hatte das Gefühl, dass sie der Schlüssel zu allem waren. Ich musste sie nur finden. Irgendwie.

Um vier Uhr früh musste ich einsehen, dass es nichts gab. Nicht mal mehr die Seite, auf der ich die Infos gefunden hatte. Sie war offline.

Ich ahnte, dass Eric etwas damit zu tun hatte.

Wütend rannte ich in meinem Zimmer hin und her. Die waren echt mega darin, Leute kleinzuhalten. Und obwohl mir klar war, dass das nur Stress geben konnte, beschloss ich, nicht lockerzulassen.

Und das Dümmste an der Sache war, dass ich nicht einmal Liam heute gesehen hatte. Eigentlich wollte ich ihm schreiben, ob wir uns sehen konnten, doch ich war zu aufgewühlt für ein Treffen. Das hätte er gemerkt, genau wie Linn. Beide hatten mir noch geschrieben und gefragt, wie es mir ging. Damit keiner auf dumme Gedanken kam, machte ich Selfies von mir auf der Couch und schickte kurze Sprachnachrichten, dass es mir gut ging und es okay bei der Physio war und so weiter, bevor ich weiterrecherchierte.

Auch an dieser Stelle gab es nur Frust. Wegen dieses ganzen Mists konnte ich den Urlaub meiner Eltern kein Stück genießen. Und die Pärchenzeit mit Liam fiel auch dünn aus. Das war doch alles zum Kotzen. Wo ich auch hinsah, nur Sackgassen. Ich biss mir auf die Unterlippe und machte das Licht aus.

Schluss für heute, sonst drehte ich durch.

Am Mittwoch ging ich mit schlechter Laune zur Schule. Meine Recherchen, die Gespräche mit Kiran, Stella und Eric ... all das fühlte sich sinnlos an. Ich kam nirgendwo weiter. Und ich hatte keinen Halt mehr.

Meine Eltern meldeten sich kaum und waren Tausende Kilometer weit weg, mit meinem Freund und meiner besten Freundin konnte ich nicht reden, weil das nur wieder Stress geben würde. Ich wollte sie nicht dauernd anlügen. Dabei fühlte ich mich beschissen.

Das, was angeblich mein neues Leben sein sollte, war ein Haufen Scheiße. Puzzleteile, die kein Bild ergaben, sondern nur Chaos.

Meine Augen brannten, doch ich hatte genug geweint in den letzten anderthalb Wochen. Ich war nicht bereit, einfach so aufzugeben. Ich fühlte mich scheiße wegen allem, aber ich war noch nicht am Ende.

Das Gefühl, dass ich mehr herausfinden musste und nicht zufrieden sein durfte, bis ich die Puzzleteile zu einem sinnvollen Bild zusammengefügt hatte, war stark.

Ich wusste nicht einmal, woher es kam. Vielleicht lag es daran, dass es das Letzte war, was ich tun konnte - egal, wie schwer es mir alle machten. Ich hatte schon ein paar lose Fäden gefunden, mir blieb nichts anderes übrig, als weiterzumachen.

Schattenblut. Goldblut. Dunkler Fluch. Ich würde herausfinden, was dahintersteckte. Und dann wusste ich hoffentlich, warum ich angegriffen und in diese Scheiß-Situation gebracht worden war. Davon hielten mich weder Kiran noch Stella oder Eric, geschweige denn Linn oder Liam ab. Das schwor ich mir.

Ich erreichte den Schulhof und sah mich nach Liam um, doch ich war spät dran. Die meisten liefen schon ins Gebäude. Auch Linn konnte ich nirgendwo sehen. Ein Zeichen dafür, dass sie sauer auf mich war, weil wir uns gestern nicht mehr gesehen hatten: Sie ging einfach ohne mich rein. Normalerweise wartete sie oder schrieb zumindest. Aber ich wusste, dass sie die Sache mit Kiran komisch fand. Sie hatte gestern noch dreimal nachgefragt, es war echt schwer, sie davon abzubringen. Am Schluss musste ich die Noah-Karte ziehen und mir ihren Herzschmerz deswegen anhören.

Eigentlich dachte ich, dass ich dadurch den Ärger vom Hals hatte, aber bei Linn wusste man nie. Vielleicht war sie heute Morgen auch wieder mit dem Gedanken an Kiran aufgewacht und hatte sich so lange reingesteigert, bis sie sauer auf mich wurde.

Deswegen hatte sie mir nicht mal geschrieben, dass sie schon reinging.

Ich biss mir wütend auf die Unterlippe und betrat das Schulgebäude. Dann eben nicht. Sie hatte keinen Grund, sauer auf mich zu sein. Mal wieder. Immer mischte sie sich in Dinge ein, die sie gar nicht betrafen. Für jemanden, der sich selbst ständig in Schwierigkeiten brachte, war das moralische Ross, auf dem sie saß, ziemlich hoch.

Ich kam mit dem Klingeln ins Klassenzimmer und setzte mich schnell. Linn unterhielt sich mit ihrer anderen Tischnachbarin und warf mir nur einen knappen Blick zu. ›Wir müssen reden‹, sagte er. Konnte sie haben.

Es fiel mir schwer, mich auf den Unterricht zu konzentrieren. In meinem Rucksack hatte ich mein Notizbuch mit meinen Recherchen. Es schrie danach, dass ich die nächste Stunde schwänzte und mich um dieses viel wichtigere Projekt kümmerte.

In der dritten hatte ich eine Freistunde. Ohne Linn. Vielleicht bekam ich dann noch etwas zustande.

Nach der zweiten Stunde wollte ich sie ansprechen, doch wieder verwickelte sie Aylin in ein Gespräch und ließ mich hinter sich herlaufen. Mir schwoll der Kamm.

»Linn, hast du kurz?«, fragte ich bissig.

Sie sah zurück und ich fühlte, dass sie es genoss, mich zappeln zu lassen. »Oh, also ehrlich gesagt nein«, antwortete sie nach ein paar Sekunden. »Heute ist die Bio-Klausur, schon vergessen? Ich muss mit Aylin unbedingt den Stoff noch mal durchgehen, bevor es gleich losgeht.«

»Dann will ich nicht stören. Viel Glück und bis später.« Ich drehte mich um und machte, dass ich wegkam, bevor ich einen Schreikrampf wegen ihres Verhaltens bekam. Was bildete sie sich ein? Warum sagte sie nicht einfach, was sie dachte, statt mir das Gefühl zu geben, ich stünde kurz vor einer Verhaftung? Oder noch besser: warum ließ sie es nicht einfach gut sein, wenn es sie doch null betraf.

Ich sah mich nach Liam um, dann fiel mir ein, dass er mittwochs fast alle Kurse an unserem Partnergymnasium hatte. Scheiße.

Sehen wir uns nachher?, schrieb ich. Ich musste ihn heute treffen, sonst drehte ich durch. Er las es, antwortete aber nicht. Ich biss die Zähne zusammen und schluckte.

›*Er hat jetzt keine Zeit*‹, redete ich mir ein. ›*Er meldet sich, sobald er kann.*‹ Bei ihm machte ich mir weniger Sorgen, dass sein Kopfkino so bescheuert wie Linns war und dass er Stress wegen der Sache mit Kiran machte, das hatte er längst abgehakt. Er hatte einfach keine Zeit.

Stattdessen ging ich in den Informatikraum und setzte mich in die hinterste Ecke, wo man mich nicht sofort sah. Ich wollte nicht gestört werden, obwohl ich mit keinem Durchbruch rechnete.

Linns Verhalten stresste mich dermaßen, dass ich mich kaum konzentrieren konnte. Dazu noch die halbgaren Informationen von gestern. Das Gespräch mit Eric. Die Infoschnipsel. Die Vorwürfe. Mir schwirrte der Kopf.

Ich ballte die Hände zu Fäusten und pumpte mit den Fingern. Wieder wurden meine Muskeln sofort warm und ich fühlte mich, als könnte ich kilometerweit rennen, ohne aus der Puste zu kommen. Aber was brachte mir das?

Ich saß in der Falle und es sah nicht so aus, als könne ich mich allein daraus befreien.

»Persia?« Ich zuckte zusammen, als ich Liams Stimme hörte. Er kam gerade in den Raum und lächelte.

»Wie hast du mich gefunden?«, fragte ich verwirrt.

»Du hast doch geschrieben, dass du hier bist«, sagte er stirnrunzelnd.

Ich starrte auf das Handy in meiner Hand. Ja, hatte ich. Ohne nachzudenken. Das wurde immer schlimmer.

»Sorry, ja. Ich stehe ein bisschen neben mir.«

»Was wollte der Kerl gestern von dir?«, fragte er. »Hat das etwas mit ihm zu tun?« Es beschäftigte ihn also doch. Wenigstens kam er gleich zum Punkt und sprach mich persönlich an, statt herumzuzicken.

»Er hat mich angesprochen. Ich kenne ihn flüchtig, aber er nervt und fragt immer, ob ich in sein Dojo komme«, sagte ich. Diese Ausrede war mir in der Doppelstunde eingefallen, als ich darüber nachdachte, wann ich wohl die nächste Trainingsstunde mit Kiran hatte. Irgendwas musste ich Liam sagen. Und Linn.

Liam runzelte die Stirn. »Was hast du damit zu tun?«

»Ich nichts, mein Cousin Rabih. Er macht Taekwondo«, antwortete ich. Wenigstens das stimmte und ich versuchte, es mit Halbwahrheiten hinzubekommen. Liam durfte Rabih nur niemals nach Kiran fragen.

»In Rabihs Dojo war ich mal bei einem seiner Wettkämpfe dabei«, fuhr ich fort. »Seitdem nervt Kiran, so heißt der Typ, rum. Von wegen sie hätten zu wenig Mädchen da, und so. Gestern fing er wieder an zu nerven, als er mich gesehen hat.«

Ich musste mich unterbrechen, bevor ich die Geschichte noch weiter ausschmückte. Lügen mussten einfach sein, je mehr Details ich erfand, umso unglaubwürdiger wurde es. Ich hasste es, Liam anzulügen.

Liams Gesicht war angespannt. »Ich finde es nicht gut, wenn er dich so bedrängt«, meinte er. »Aber du auch nicht, das war ja klar und deutlich.«

Ich zuckte mit den Schultern und fühlte mich mies. »Du weißt, dass ich auf mich aufpassen kann, und der Typ ist echt eine Scheiß-Klette. Ich hoffe, er checkts jetzt.«

Liam rieb sich den Nacken. »Das ist eine deiner Eigenschaften, die ich so mag: Du bist selbstständig und versteckst dich nicht hinter mir.«

Ich lächelte. »Du bist natürlich auch nicht schlecht als Bodyguard, aber eigentlich komme ich gut klar. Und du willst doch eine Freundin und keine Klette, oder?«

Das hatte er bei unserem Kennenlernen zu mir gesagt. Ich meinte dann, dass ich nicht gern ein Anhängsel war. Deswegen hatten wir uns so gut verstanden.

Ich hatte ein schlechtes Gewissen, weil ich ihm nicht die Wahrheit sagen konnte. Ich wollte es so gern. Ich wusste, dass Kiran wieder auftauchte. Dann kamen mehr Fragen. Und mehr Lügen.

Irgendwann platzte meine Story, das ließ sich gar nicht verhindern.

Ich hasste lügen so sehr. Ich wollte Liam nicht anlügen, es lief so gut zwischen uns.

Ich stand auf und umarmte ihn, dann küsste ich ihn. Er machte die Tür mit dem Fuß zu und drückte mich gegen die Wand daneben.

Ich fühlte mich wild, weil wir hier heimlich herumknutschten. Ein bisschen Nervenkitzel, weil wir Ärger deswegen bekommen könnten.

Nur ein bisschen.

Ich war froh, dass wir die Sache geklärt hatten. Wenigstens ein Stressfaktor weniger.

Fürs Erste.

KAPITEL 8

Mit Linn sprach ich heute nicht mehr, aber das war okay. Ich fragte sie auch nicht, wie ihre Klausur gelaufen war, wie ich es sonst getan hätte. Stattdessen kam eine Nachricht von Kiran.

Training, 21 Uhr.

Er war noch sauer, ich aber auch. Er hatte mich übel beleidigt. Stellas Schadensbegrenzung änderte daran nichts.

Ich recherchierte den ganzen Nachmittag und musste einsehen, dass ich nichts mehr fand. Mies gelaunt ging ich schließlich zum Dojo. Ich hatte keine Lust, Kiran zu sehen. Das war reine Zeitverschwendung.

»Und was machen wir heute? Sackhüpfen?«, fragte ich, als er vor mir stand.

Seine unfreundliche Miene wurde noch finsterer. »Sehr lustig. Du hast doch vorgestern zugehört, oder?«

»Na ja, zumindest, was du zugelassen hast. Dann hatten du und Eric es ja sehr eilig, mich rauszuwerfen.«

»Weil du wieder Ärger machen wolltest. Wie dauernd in den letzten anderthalb Wochen«, versetzte er.

»Sollen wir diesen Streit noch mal führen? Du bist unfair. Du musst auch verstehen, wie es mir dabei geht.«

»Und du, Persia, solltest mal verstehen, dass es eben nicht nur um dich geht und auch noch andere Leute mit drinhängen. Weder Stella noch ich wollen deinetwegen Ärger. Haben wir aber, weil du dich so verhältst.«

»Das war keine Absicht und tut mir leid. Ich versuche einfach, für mich ein bisschen Klarheit zu gewinnen.«

Warum musste ich das eigentlich dauernd wiederholen?

»Warum? Was bringt es dir, mehr zu wissen?«, fragte er augenrollend. »Kannst du dann besser schlafen?«

»Ja, wahrscheinlich. Und es würde helfen, mich damit abzufinden, dass ich bei euch drinhänge. Für mich ist das alles komisch und unangenehm.«

»Wir haben dich mit offenen Armen empfangen«, widersprach er.

Mein Mundwinkel zuckte zynisch. »Von wegen. Du weißt selbst, dass das nicht so war. Ich bin ein Eindringling, den ihr am liebsten wieder loswerden wollt.«

Kiran verzog das Gesicht, widersprach aber nicht.

Schön, so gemocht zu werden.

»Und du fragst noch, warum ich für mich abklären will, was hinter der ganzen Sache steckt«, murmelte ich. »Wo ihr so mit mir umgeht.«

»Du dramatisierst. Es gibt wirklich schlimmeres, als ein Goldblut zu sein«, sagte er gepresst.

»Fühlt sich momentan nicht so an. Eher, als wäre mein ganzes Leben verpfuscht. Und die einzigen, die etwas daran ändern könnten, reden nicht mit mir, behandeln mich wie eine Aussätzige und machen nur Ärger.«

Kiran schnaubte. »Ich sagte doch, dass du übertreibst. Und wenn du dann etwas herausgefunden hast, was willst du damit anfangen?«

»Weiß ich noch nicht. Sei netter zu mir, dann erzähle ich dir vielleicht davon«, schnappte ich.

»Das verstehe ich eben nicht. Es sieht so aus, als suchtest du nach etwas bestimmten. Aber wonach? Du sagst, du weißt nichts, redest aber von Schattenbluten, Dunklen Flüchen und weiß Gott was noch. Sei doch mal ehrlich, Persia: Was hast du vor?«

»Ich will nur wissen, wo ich gelandet bin. Und wenn ihr mir dabei nicht helft, helfe ich mir selbst!«, motzte ich.

Aus dem Augenwinkel nahm ich eine Bewegung wahr und erstarrte, als ich Eric in der Tür stehen sah. Was wollte er schon wieder hier? Mein Blick ging hinüber zu Kiran, der sich schuldbewusst abwandte.

Es dauerte ein paar Sekunden, bis ich es verstand: Er hatte mich auf Erics Anweisung ausgefragt!

Mein Mund wurde trocken vor Wut. Was für eine miese Nummer! Warum redeten diese Typen nicht einfach mit mir, wenn sie etwas wissen wollten? Warum musste alles so verdammt hintenrum und scheiße sein?

»Danke fürs Gespräch«, sagte ich eiskalt zu Kiran. »Ich hoffe, es fühlt sich gut an, jemandes Marionette zu sein.« Ich ging zu Eric und suchte nach den richtigen Worten, um ihm zu sagen, wie mies, klein und erbärmlich sein Verhalten war. Was ich von ihm hielt. Was ich ihm alles an den Hals wünschte, für den Rest seines Scheißlebens.

»Ich hoffe, die Show war gut«, sagte ich stattdessen.

»Etwas mehr Action wäre gut gewesen«, meinte er.

»Dann such dir dafür ein paar Stunt-Idioten. Mich seht ihr nicht mehr wieder.« Ich verschränkte die Arme.

»Persia, du hast keine Wahl. Wir auch nicht, nebenbei bemerkt.« Eric zuckte bedauernd mit den Schultern. »Ich wünschte, es wäre anders. Wo du dich doch so schlecht behandelt von uns fühlst.« Seine Stimme troff vor gespieltem Mitleid. Ich hätte kotzen können.

»Darf ich?«, fragte ich bissig und wollte mich an ihm vorbeidrücken. Er streckte den Arm aus und versperrte mir den Weg.

»Was willst du, Persia?«, fragte er feindselig.

»Das habe ich Kiran gerade schon gesagt.«

»Warum kannst du es nicht gut sein lassen? Wir haben ein Auge auf dich. Was immer du planst, wir werden es verhindern.« Seine Stimme war leise, aber drohend.

»Eric, was muss ich noch tun, damit ihr kapiert, dass ich nichts plane? Ich will einfach nur wissen, wie mein Leben in Zukunft aussehen wird.«

Er beugte sich zu mir. »Du wirst tun, was wir dir befehlen. So einfach ist das.«

»Siehst du, und genau darauf habe ich absolut keine Lust. Ich will das nicht.« Ich wich zurück. Seine Nähe war mega unangenehm.

»Das interessiert uns nicht. So funktionieren die Goldblute nun einmal. Wer nicht mitzieht, hat ein Problem.«

»Ist das eine Morddrohung?«, fragte ich mit staubtrockener Kehle. Hinter mir bewegte sich Kiran. Zog er schon sein Messer, um es gleich zu erledigen?

»Dazu würde ich mich nie hinreißen lassen. Wir sind ja keine Schattenblute«, sagte Eric herablassend.

»Dann werde ich einen Weg finden, um bei euch auszusteigen«, erwiderte ich. Meine Stimme zitterte, doch ich konnte nichts dagegen tun.

Eric kniff die Augen zusammen. »Das wäre mal etwas Neues. Ich warne dich: Wenn ich merke, dass du etwas mit Lina zu tun hast, kommt dich das teuer zu stehen.«

»Wer ist Lina?«

»Bei deiner Neugier solltest du die Antwort kennen.« Seine Augen bohrten sich in meine.

Ich dachte nach. Mein Gehirn ratterte. Es musste etwas mit der Versammlung zu tun haben. Mit den Schattenbluten. Ich hatte Eric gesagt, dass es wahrscheinlich einen Anführer gab. Anscheinend hatte ich ins Schwarze getroffen. Und ich war nicht so dämlich, mich noch mal reinlegen zu lassen.

»Nie gehört. Schöner Name. Deine Freundin?«

Er packte mich an der Schulter. Ich zuckte zusammen, als der Schmerz durch meinen Körper raste.

»Treib es nicht zu weit, Persia! Du weißt etwas und ich werde die Antworten aus dir herausholen.« Seine Augen sprühten vor Wut.

Ich versuchte, mich loszureißen, aber er hielt mich eisern fest. »Woher sollte ich etwas wissen?«

»Weil du die Einzige bist, die nach einer Schattenblut-Attacke zum Goldblut wurde.« Er warf einen schnellen wütenden Blick zu Kiran. Ich konnte mir vorstellen, wie er zusammenzuckte, der Feigling. »Und wenn Lina gegen uns intrigiert, dann bist du Teil ihres Plans.«

»Noch mal: Ich kenne sie nicht und ich weiß auch nicht, wovon du sprichst, verdammt!« Ich riss mich endlich los und machte zwei Schritte zurück. Ich stieß mit Kiran zusammen und drehte mich zu ihm um. »Du warst doch da! Du hast mich sterben sehen! Mehrmals! Wie sollte das in einen Plan passen? Und welchen Grund gäbe es, aus dem ich mitmachen sollte? Sag es mir!«

Kiran schüttelte den Kopf und hob hilflos die Schultern. Er sah zu Eric hinüber, der frustriert schnaubte und mir endlich aus dem Weg trat. »Hau ab.« Ich zögerte. »Ich will dich hier heute nicht mehr sehen. Ich spreche mit Heidi, was wir mit dir tun. Jetzt verschwinde endlich!«, brüllte Eric mich an.

Ich machte, dass ich rauskam.

Ich rannte so schnell ich konnte. Meine Lunge brannte und meine Muskeln fühlten sich wie Feuer an.

Ich wollte einfach nur weg. Weg von diesen Typen. Weg von allem, was irgendwas mit Goldblut oder welchem Blut auch immer zu tun hatte.

Ich schlief beschissen in dieser Nacht. Bei jedem Geräusch schreckte ich hoch und rechnete damit, dass Kiran vor mir stand, um mich umzubringen.

Oder wollte Eric es lieber selbst machen? Er war so wütend gewesen, dass ich es ihm zutraute.

Und wieder konnte ich nichts machen.

Ich stand auf, setzte mich an meinen Rechner und suchte weiter, bis meine Augen brannten und ich kein Wort mit mehr als einer Silbe mehr richtig schreiben konnte.

Ich war am Ende.

Um vier legte ich mich wieder ins Bett und schlief noch zwei Stunden, bis mein Wecker klingelte. Meine Lider waren verklebt und mein Magen flau.

Ich wollte nicht zur Schule, aber ich fühlte mich hier allein zuhause nicht sicher. Also ging ich doch hin.

Auf dem Weg fühlte ich mich beobachtet. Unwohl, als stünde jemand mit einem Messer in der Hand hinter mir. Mein Nacken prickelte und mein Herz hämmerte. Ich lief los, ließ den Bus links liegen und rannte zur Schule.

›Dumm, Persia, ganz dumm. So schnappt er dich auf jeden Fall‹, dachte ich und rannte noch schneller.

Ich kam unbeschadet an der Schule an, ohne jemanden zu sehen. Es war niemand hinter mir. Oder er versteckte sich so gut, dass ich ihn übersah.

Linn stand in unserer Ecke und sah mich angepisst an, als ich zu ihr kam. Lauerte hier das nächste Drama? Ich hatte darauf keine Lust. Wenigstens hier wollte ich meine Ruhe haben.

Als ich näherkam, begann ihre Unterlippe zu zittern. Ich zog die Augenbrauen hoch, als ich die Tränen in ihren Augen sah. »Was ist los?«

»Noah hat sich immer noch nicht gemeldet«, flüsterte sie. »Aber Nele hat ihn mit einem anderen Mädchen gesehen. Von der Partnerschule.« Eine Träne lief über ihre Wange. Ich hoffte, dass sie den Stein nicht hörte, der mir vom Herzen fiel.

Ich hatte einen kurzen Moment geglaubt, dass etwas Schlimmes passiert war. Doch das ... so leid es mir tat, ich hatte damit gerechnet, dass es so weit kam. Und dass Noah ein Arschloch war.

Wortlos nahm ich Linn in den Arm und drückte sie vorsichtig an mich. Ich erinnerte mich an meine Goldblut-Kräfte. Und ich kannte ihr Ausmaß noch nicht.

»Das tut mir leid für dich«, sagte ich leise. »Ich weiß, dass du ihn echt magst. Was für ein Schwein.«

»Ich habe immer so verdammtes Pech«, schluchzte sie. »Ich dachte, ich hätte alles richtig gemacht, wie er es wollte, aber wieder nichts.«

Ich biss mir auf die Unterlippe und sagte nichts dazu. Meiner Meinung nach brachte es nichts, dem anderen das zu geben, was er haben wollte. Er musste an der Person Interesse haben, nicht an dem, was man für ihn vorgab zu sein. Wenn er aber zu dumm und zu oberflächlich war, um zu erkennen, dass Linn echt in ihn verknallt war, war das besser so. Es hätte sie nur unglücklich gemacht.

Ich strich eine blonde Locke über Linns Schulter. Naja, eine war unglücklich, das ließ sich nicht ändern.

Ich schleppte sie zum Mädchenklo und wartete geduldig, bis sie ihr Make-up gerichtet hatte. Es sollte mir für sie mehr wehtun, aber gerade war ich nur erleichtert, dass wir uns - wenn auch wortlos - vertragen hatten. Ich wusste, dass sie die Kiran-Geschichte nicht vergessen hatte, aber das konnten wir an einem anderen Tag klären. Ihre eigenen Gefühle waren schon immer wichtiger für sie gewesen. So war Linn halt, auch wenn es mich nervte und anstrengend war. Heute war es okay.

»Wie sieht es zwischen dir und Liam aus?«, fragte sie und tuschte ihre Wimpern.

»Gut. Wir haben gestern geredet«, sagte ich. »Im Informatikraum. Und ich denke, es ist alles in Ordnung, nachdem wir wild rumgemacht haben.«

»Habt ihrs im Info-Raum getrieben?«, fragte sie eifrig.

»Nein, Linn. Das hebe ich mir für später auf, wenn wir es ein paar Mal so gemacht haben«, sagte ich genervt.

»Habt ihr immer noch nicht?« Sie riss die Augen auf. »Du lässt den Jungen ganz schön zappeln.«

»Es hat sich noch nicht ergeben«, sagte ich und wich meinem eigenen Blick im Spiegel aus. »Ich will es, aber irgendwie kommt immer was dazwischen.«

»Vielleicht wäre der Informatikraum dann doch nicht die schlechteste Idee gewesen«, meinte sie und strich ihr Haar zurück. Die Schulglocke schrillte. Wir mussten los.

»Ich habe noch eine Woche«, sagte ich. »Bis dahin ist es erledigt.«

Linn schnaubte. »Du bist doch nicht halb so romantisch, wie du immer tust.«

Ich hielt ihr die Tür auf und wir traten in den Flur. »Na vielen Dank auch.«

»Und was ist mit dem anderen Typen?«, fragte sie. Frust stieg in mir hoch, weil ich gehofft hatte, meine Schonzeit wegen Kiran wäre länger.

»Ich hab's Liam auch schon erklärt: Er ist aus Rabihs Kampfsportschule und nervt mich seit einem Wettkampf, dass ich da auch anfangen soll. Mädchenquote und so.«

Ihre Augenbraue hob sich. »Das glaubst du doch selbst nicht. Du warst ewig bei keinem Turnier von Rabih. Da musst du dir was Besseres einfallen lassen, um deine bestie zu linken. Also, wer ist er wirklich?«

Ich rollte mit den Augen. »Das habe ich dir doch gerade schon gesagt: Ein Bekannter von Rabih aus dem Dojo.«

»Und ich habe dir gesagt, dass das nicht sein kann. Hör auf, mich zu verarschen, Persia. Triffst du dich auch mit ihm? Hast du deswegen abends keine Zeit?«

»Linn, das ist wirklich Schwachsinn.« Und ich wurde langsam ziemlich sauer, weil ich mich in die Ecke gedrängt fühlte.

Linn merkte das auch, ihre Augen weiteten sich. »Also stimmt es?«, fragte sie atemlos.

»Nein!«, antwortete ich eine Spur zu heftig.

Wir erreichten den Klassenraum, da bemerkte ich jemanden aus dem Augenwinkel, der zu uns aufgeschlossen hatte. Mein Herzschlag aus, als ich Liam erkannte. Er stand direkt hinter uns.

Und er musste Linn gehört haben, sie hatte laut geredet.

»Linnea, Persia, rein oder raus? Ich habe nicht den ganzen Tag Zeit«, sagte Herr Andresen, unser Physiklehrer.

Liam ging wortlos an mir vorbei. Mein Herz fühlte sich wie ein Eisblock an, aber ich musste hineingehen.

Linn sah mich schuldbewusst an. »Sorry«, flüsterte sie beim Hinsetzen. »Ich wusste nicht, dass er da ist, sonst hätte ich das alles nicht gesagt.«

»Hast du aber«, sagte ich mit zugeschnürter Kehle. Was musste Liam jetzt von mir denken? Er wusste, dass ich Linn alles anvertraute. Und dass sie mich mit ihren Fragen so in die Enge getrieben hatte, musste er bemerkt haben, je nachdem, wie lang er hinter uns gegangen war.

Ich saß tief in der Scheiße und wusste nicht, wie ich das wieder hinbiegen sollte.

»Es tut mir so leid«, sagte sie erneut in der Pause. »Echt. Hätte ich gewusst, dass Liam in der Nähe ist, hätte ich das nie gesagt. Komm, rede mit ihm, ja? Bitte. Sag, dass ich eine dumme Kuh bin und mein Mund quatscht, ohne sich mit meinem Gehirn abzusprechen.«

»Ich versuch's«, antwortete ich gepresst. Dass sie sich entschuldigte, half ein bisschen, aber es änderte nichts an der beschissenen Situation.

Ich versuchte, Liam anzurufen, doch er ging nicht ran. Beim zweiten Mal drückte er mich sogar weg. Meine Kehle brannte, es fühlte sich an, als hätte ich Säure verschluckt. Sie brodelte in meinem Magen. Ich hatte Angst, dass er mit mir Schluss machte.

Ich hätte Linn umbringen können. Warum konnte sie nicht einmal die Klappe halten?

»Ich komme heute Abend zu dir, okay?«, sagte sie. »Ich bin für dich da. Gemeinsam stehen wir das durch. Wer braucht schon Männer?«

Ich schaffte es nicht, ihr zu sagen, dass es in beiden Fällen ihre Schuld war, wie es gelaufen war. Mit noch mehr Ärger kam ich nicht zurecht. Also nickte ich und Linn versprach, Pizza zu besorgen. Ich musste vorher die Sache mit Liam regeln, sonst drehte ich durch.

Nach der Schule fuhr ich nach Hause, doch ich wusste nichts mit mir anzufangen. Mehrmals rief ich Liam an, doch ich kam nicht durch. *Ich soll dir von Linn sagen, dass sie spinnt und es ihr leidtut*, schrieb ich ihm schließlich. *Das war ein dummer Spruch zu einer saudummen Zeit. Ich hoffe, du weißt, dass ich dich ...*

Ich starrte auf das Display. Das hatte ich ihm noch nie gesagt. Ich fühlte es zwar, aber es jetzt zu schreiben, käme mir wie Erpressung vor.

Ich wollte es nicht benutzen, um einen Streit zu klären.

... wie wichtig du mir bist, schrieb ich deswegen. *Du bist der einzige, mit dem ich zusammen sein will.*

Ich schickte es ab und legte das Handy beiseite. Dabei hatte ich ein dummes Gefühl im Magen. Als hätte ich mir alles verdorben. Nein, nicht ich, sondern Linn, denn Liam und ich hatten alles miteinander geklärt.

»Warum kannst du nie deine Klappe halten?«, murmelte ich. Mein Handy vibrierte. Ich riss es hoch, mein Herz klopfte bis in meine Kehle.

Die Nachricht war nicht von Liam, sondern von Kiran.

Meine Laune sank auf den Nullpunkt. Oder noch tiefer.

Heute Abend Training. 20 Uhr, schrieb er.

»Du kannst mich mal«, knurrte ich und schrieb: *Geht nicht. Ich habe Besuch.*

Dann um elf. Sorg dafür, dass das klappt, kam zurück. Dann, nach ein paar Sekunden: *Bitte.*

Ich hätte ihm am liebsten gesagt, dass er sich zum Teufel scheren sollte, um es altmodisch auszudrücken, stattdessen schrieb ich ihm, dass ich es versuchte. Mehr konnte er nach der Nummer gestern nicht erwarten.

Linn und ich aßen Pizza und streamten zwei Filme. Dann argumentierte ich uns ins Bett und schaffte es, dass sie um Viertel nach elf einschlief. Ich schlich aus meinem Zimmer, schlüpfte in die bereitliegenden Sportsachen und verließ das Haus. Gleichzeitig schrieb ich Kiran, dass ich auf dem Weg war.

Umsonst, denn er wartete vor dem Haus auf mich. »Ich dachte, ich kürze das ganze ab«, meinte er. »Wir gehen heute nicht ins Dojo. Das Training können wir auch draußen machen, es ist alles da, was wir brauchen.«

»Also Parcours-Modus«, meinte ich. Er nickte. Etwas war anders als sonst. Ich wartete ab. Sollte er doch anfangen, wenn er wieder was zu meckern hatte.

»Wegen gestern«, begann er.

»Ja?«

»Ich ... Weißt du ...«

»Das war eine miese Nummer«, unterbrach ich ihn. Ich bekam es also nicht hin, ihn ausreden zu lassen. Na toll.

»Ja, war es«, gab er zu. Ich sah ihn erstaunt an. Damit hatte ich nicht gerechnet. Kirans Wangen färbten sich leicht rot. »Ich meine ...«

»Schon gut. Du hattest keine Wahl, oder?«

Kiran schüttelte stumm den Kopf und ich sah, dass er sich unwohl fühlte. Ich musste vorsichtig sein, sonst war alles umsonst. Gleichzeitig rechnete ich es ihm hoch an, dass er sich entschuldigte. Ich wusste ja, wie groß dieses Loyalitätsding bei den Goldbluten war. Das musste eine immense Überwindung für ihn sein. Und doch machte er es. Ich fragte mich, warum.

»Gehen wir«, sagte er und lief los.

»Ist es denn schlau, hier allein herumzulaufen?«, fragte ich und setzte ihm nach. »Sie haben davor gewarnt.«

»Ich weiß, aber du bist mit mir unterwegs«, sagte er. »Ich kann uns verteidigen, falls jemand angreift.«

»Gibt es denn etwas neues?«, fragte ich. »Und wisst ihr jetzt, wer Lina ist?«

»Nein, es gibt nichts neues. Zumindest nicht, dass ich wüsste«, erwiderte Kiran. Ich glaubte ihm.

»Ich frage mich dauernd, warum das Schattenblut mich angegriffen hat. Ich war doch ein Mensch.« Ich kletterte hinter Kiran eine Mauer hinauf und balancierte auf der Oberkante. Er ließ sich elegant wieder hinunterfallen und ich machte es ihm nach.

»Keine Ahnung, warum er das getan hat«, sagte er grimmig und lief mit Anlauf eine weitere Mauer hoch. Sie war ein gutes Stück höher als die erste. Ich brauchte zwei Versuche, bis ich seine ausgestreckte Hand zu fassen bekam und mich hochziehen konnte. »Momentan weiß ich auch nicht mehr als das, was sie bei der Versammlung gesagt haben«, sprach er dann weiter.

»Aber jemand hat es bemerkt und sich Gedanken gemacht, sonst hätten die Ältesten das Muster nicht erkannt und endlich mit allen darüber geredet«, beharrte ich. »Du warst einer davon, oder?«

»Ja, aber mir war nicht klar, dass du kein Einzelfall bist. Also, du bist das einzige neue Goldblut, aber es gab mehrere Angriffe. Die sind natürlich aufgefallen. Deswegen war ich unterwegs«, erklärte er und sprang von der Mauer. Unten ging er leicht in die Knie und federte den Sprung ab.

»Wer hat die anderen Angriffe bemerkt?«, fragte ich von oben. Das war echt hoch.

»Leute aus meiner Einheit. Wir machen Rundgänge, aber bis zu deinem Zwischenfall gab es keine Berichte. Vermutlich nahm jeder an, es seien Ausnahmen. Verwirrte Schattenblute, die Menschen nicht von Goldbluten unterscheiden können. Komm schon, Persia!«

»Was weißt du über Schattenblute?«, fragte ich und rutschte vorsichtig von der Mauer. Ich vermutete, dass bewusst Informationen vor Kiran und seinen Kollegen verheimlicht wurden. Das sähe Eric und den anderen ähnlich. Wenn sie etwas vertuschen und verschleiern konnten, taten sie es.

Ich kam nicht halb so elegant wie er unten an.

»Dass sie unser Blut wollen und ich sie töten muss, wenn ich eins sehe«, sagte er grimmig.

»Das ist nicht viel«, gab ich zu bedenken.

»Wie viel muss ich denn wissen, wenn sie mich umbringen wollen?«, fragte er achselzuckend und schwang sich an den Balkon eines Geschäftshauses. Ich beobachtete, wie er sich an dem Geländer entlanghangelte und am Ende fallen ließ. Das musste ich erstmal hinkriegen.

Ich schaffte es nicht und stürzte nach zwei Metern ab. Nur dank meiner neuen Reflexe landete ich unverletzt, aber auf Händen und Knien. Ich biss die Zähne zusammen, als der Kies meine Handflächen zerschrammte.

»Alles okay?«, fragte Kiran von oben.

»Den Stunt muss ich noch üben«, gab ich zurück und kam auf die Beine. »Ich versuche immer, möglichst viel über alles zu wissen«, nahm ich dann den Faden wieder auf. »Auch das kann lebenswichtig sein.«

»Aber wenn du angegriffen wirst, hilft dir alles Wissen nichts«, meinte er. »Es geht nur ums Überleben. Du solltest dann weglaufen und dich in Sicherheit bringen.«

»Und wo soll das sein?«, gab ich zurück.

»Wo auch immer du eine stabile Tür zwischen dich und das Schattenblut bringen kannst«, erwiderte er. »Sie haben in der Regel kein Durchhaltevermögen und geben schnell auf, deswegen konnte ich deinen Angreifer in die Flucht schlagen.«

»Er läuft also noch hier irgendwo rum?«, fragte ich. Ein kalter Schauder lief über meinen Rücken und ich musste mich umsehen, um mich zu vergewissern, dass er sich nicht anschlich. Dann erinnerte ich mich, wie er getorkelt war. Wie desolat sein Zustand schien. Ich dachte, er wäre drogensüchtig. Besoffen. Oder beides.

»Hier oder irgendwo anders. Mach dir keine Sorgen, ich bin vorbereitet. Das nächste Mal entkommt er mir nicht.«

»Wie viele hast du schon umgebracht?«, fragte ich.

»Wenn du so fragst, komme ich mir wie ein Massenmörder vor«, meinte er. »Das sind keine Menschen, sondern blutsüchtige Dämonen. Und es waren sechs. Guck nicht so komisch, das ist eine gute Bilanz.«

Ich zog die Augenbraue hoch. »Weil?«

»Weil es zum Glück nicht so viele Schattenblute gibt und ich mir noch nicht viele Duelle auf Leben und Tod mit ihnen liefern musste«, erwiderte Kiran.

»Okay, danke.«

»Wofür?«, fragte er irritiert.

»Für deine ehrlichen Antworten. Ich habe endlich mal nicht das Gefühl, ein Spion zu sein. Du redest normal mit mir. Sowas hilft mir mehr, als du ahnst.« Ich sah schnell weg, weil ich wieder diesen Kloß im Hals bekam. Den Schatten, der beim Wort Spion über sein Gesicht huschte, bekam ich trotzdem mit.

»Eric misstraut dir, Persia«, sprach Kiran aus, was ich längst wusste.

»I know. Und du weißt, dass das unnötig ist. Ich weiß nichts von dem, was er mir unterstellt«, erwiderte ich.

»Ja, das glaube ich dir. Aber du hast ein paarmal sehr ungeschickt agiert. Da mussten sie misstrauisch werden.« Er warf mir einen scharfen Blick zu. »Aber ich habe dich in deinem Blut liegen sehen. Das war nicht fingiert. Und wer immer Lina ist, du hast sicher nichts damit zu tun. Ich habe dich tagsüber ein paar Tage beobachtet, um sicherzugehen. Du bist, sorry, wenn ich das so sage, ein stinknormaler Teenager. Und deine Freundin ist echt eine Nervensäge. Was für eine Dramaqueen.«

Ich sah ihn sprachlos an und konnte nicht fassen, was er mir da so dreist um die Ohren haute. »Sonst noch was?«, fragte ich gepresst. »Willst du mir noch sagen, wie ich die Sache mit meinem Freund geklärt bekomme?«

Kiran zuckte mit den Schultern. »Nicht meine Kernkompetenz.« Sogar das hatte er also mitbekommen.

»Gut, wenn man das für sich einschätzen kann«, meinte ich trocken. Eigentlich war das auch ein Spruch gewesen.

»Entweder, ihm liegt was an dir oder nicht. Männer sind da einfach gestrickt«, meinte Kiran plötzlich. Er hatte also doch etwas dazu zu sagen. »Wenn du ihm wichtig bist, wird er dafür sorgen wollen, dass es läuft. So würde ich das zumindest machen.«

»Danke, das war gar nicht schlecht«, murmelte ich und sprintete hinter ihm durch einen Park. Wieder wunderte ich mich, wie schnell ich war. Wie geschmeidig. Und wie wenig mir die körperliche Anstrengung ausmachte. Noch vor drei Wochen wäre ich ein Fall fürs Sauerstoffzelt gewesen. Aber jetzt ... ich hatte das Gefühl, als könne ich noch stundenlang weiterrennen. Bis zum Morgen, wenn es sein müsste.

Es war drei Uhr morgens, als Kiran zufrieden war.

»Ich schaffe es allein nach Hause«, sagte ich, als er mir anbot, mich zu bringen. »Sind nur noch ein paar hundert Meter.« Das stimmte und außerdem wollte ich noch ein paar Minuten für mich allein haben, um nachzudenken und runterzukommen.

Er nickte zögernd. »Okay, aber sei vorsichtig.«

Ich versprach es, winkte und machte mich auf den Weg.

Heute ausnahmsweise nicht frustriert, ich fühlte mich sogar gut. Ich war froh, dass Kiran und ich jetzt klarkamen. Das erleichterte alles. Wenn ich jetzt noch mit Stella reden und Eric davon überzeugen konnte, dass er mich in Ruhe ließ, könnte ich einen Weg finden, mich mit der Sache zu arrangieren.

Einen *stinknormalen Teenager* hatte Kiran mich genannt. Was mich normalerweise beleidigt hätte (wer war schon gern *stinknormal*?), klang jetzt wie Musik in meinen Ohren. Ich wäre nur zu gern einfach wieder ich selbst, ohne diesen ganzen Goldblut-Mist am Hals.

Ich zuckte mit den Schultern. Diese Überlegungen brachten nichts. Ich musste versuchen, das Beste draus zu machen. Ich hoffte nur, dass Kiran in Bezug auf Liam recht hatte und wir das hinbekamen.

Ich bog in die vorletzte Straße vor meiner Wohnstraße ein, als mein Nacken plötzlich prickelte. Gänsehaut überzog meine Oberarme und ein kalter Schauder lief über meinen Rücken. Ich blieb stehen und sah mich um. Das ungute Gefühl wurde immer stärker.

»Kiran?«, rief ich verhalten. War er mir gefolgt?

Keine Antwort.

Meine Gänsehaut wurde so stark, dass sie schmerzte wie Nadelstiche.

Dann hörte ich Schritte. Langsam. Schleifend. Ich konnte nicht erkennen, woher sie kamen. Ich drehte mich und versuchte, das Geräusch zu orten.

Ich hörte einen rasselnden Atem, irgendwo in der Nähe. Der nächste Schauder über meinen Rücken war eiskalt. Mein Herz hämmerte gegen meine Rippen und machte es noch schwerer, die Schritte zu orten.

Ich ahnte, wer da durch die Straßen schlich.

Ich *wusste*, wer mir folgte.

Hatte er mich im Visier? Machte er sich für den nächsten Angriff bereit? Dieses Mal wäre mein Blut ein Festessen für ihn. Wenn es ein Schattenblut war.

Oder doch Eric?

Nein, der Älteste hatte einen anderen Gang. Und sicher würde er sich nicht so an mich heranschleichen.

Es blieben dennoch tausend Möglichkeiten. Es musste kein Schattenblut sein.

Etwas fiel scheppernd auf den Boden. Ich machte einen Satz wie eine Katze und sprang auf einen Müllcontainer.

Dämlich, hier konnte man mich besser sehen. Ich sollte schnell wieder herunterklettern.

Mein Blick ging nach oben. Über mir waren Balkone, ich war in einer Seitenstraße mit Hochhäusern. Auf jedem von ihnen konnte er lauern. Mein Angreifer war stark, ich hatte keine Chance. Ich konnte jetzt zwar rennen, doch Kiran hatte mir nichts gezeigt, das mir helfen konnte, wenn er mich angriff.

Wieder knallte etwas auf den Boden, ich konnte nicht sehen, was es war.

Ich machte einen Satz zurück auf die Straße. Ich durfte jetzt nicht durchdrehen. Nicht mit dem Rücken an der Wand stehen. Ich brauchte einen Fluchtweg, wenn er es wirklich war. Ich musste einen kühlen Kopf bewahren.

Da sah ich ihn.

Er kam aus einer schmalen Seitengasse. Ich erkannte sein langes Haar, seinen hageren Körperbau und seinen schlurfenden Gang. Entsetzt wich ich zurück und stieß mit dem Rücken gegen eine Wand.

›Bitte nicht!‹

Ich machte einen Ausfallschritt und brachte zwei Meter mehr Abstand zwischen uns.

Dann hörte ich ihn lachen. Dieses Geräusch war so furchtbar vertraut, dass es mir wie ein Blitz in die Eingeweide fuhr. Abscheu kam hoch. Und Panik.

Ich sah mich hektisch um.

»Meine kleine Freundin ist jetzt also ein Goldblut«, knurrte er. Seine Stimme ging mir durch Mark und Bein. Sie war kratzig, dabei sehr tief. Sie wäre vielleicht sogar angenehm, wenn sie nicht einem irren Blutsüchtigen gehören würde, der mich umbringen wollte.

Dann sah ich das Messer in seiner Hand. Wenn er mich damit erwischte, war es aus.

Ich wollte das nicht noch einmal erleben.

Ich musste hier raus!

»Komm her, kleine Freundin. Ich bin beim letzten Mal nicht fertig geworden«, sagte er schmeichelnd.

»Heute auch nicht!«, rief ich tapfer, dann schüttelte ich den Kopf. Es war sinnlos, mit ihm zu sprechen. Ich musste mich auf ihn konzentrieren. Und darauf, ob er wirklich allein war.

Mein Herz hämmerte noch schneller, als mir diese Möglichkeit in den Sinn kam. Was, wenn hier noch mehr Schattenblute herumliefen?

Ich spannte alle Muskeln an und ging leicht in die Knie.

Kämpfen.

Weglaufen.

Sterben.

Weiterleben.

Alles war möglich.

Ich entschied mich fürs Weglaufen und drehte auf dem Absatz um. Ohne klaren Gedanken rannte ich los und sprang über einen Lattenzaun.

Hinter mir hörte ich wieder das grässliche Lachen. Ich rannte noch schneller. So schnell, dass ich kaum noch sehen konnte, wohin ich lief.

›Beruhige dich!‹, schrie mein Verstand, doch es gelang mir nicht. Er war mir auf den Fersen. Und er kam dichter.

Wie konnte jemand, der so torkelte, so schnell rennen?

Indem er das Torkeln vortäuschte.

Ich mobilisierte alle restlichen Kräfte und erhaschte einen Blick auf einen Straßennamen. Jetzt wusste ich wieder, wo ich war.

Ich steigerte mich zu einem mörderischen Sprint, übersprang einen Eisenzaun und bog in meine Wohnstraße.

Meine Hand fuhr in meine Hosentasche und umklammerte meinen Schlüssel. *›Nicht jetzt rausziehen! Nicht riskieren, ihn zu verlieren!‹*

Ich erreichte unseren Vorgarten und sprang vor die Haustür. Jetzt zog ich den Schlüssel aus der Tasche und rammte ihn ins Schloss.

Hinter mir kamen die Schritte, ich hörte sein Lachen.

Das Schloss klickte, als es aufging. Ich stürzte ins Haus und schlug die Tür zu. Dann schloss ich ab, bis der Schlüssel sich nicht mehr drehen ließ. Die Außenjalousien waren schon unten.

Mit zitternden Händen rief ich Kiran an.

»Er hat mir aufgelauert«, sagte ich atemlos und blieb an der Tür. Meine Stimme zitterte genauso sehr wie meine Hände. »Ich bin zu Hause, aber ich ...«

»Ich komme sofort«, versprach er. »Bleib im Haus und bewaffne dich mit irgendwas.« Er legte auf und ich ging in die Küche, um das große Messer zu holen.

Dann wartete ich.

KAPITEL 9

Kiran kam nicht zu mir nach Hause, doch er schrieb mir nach einer halben Stunde: *Er ist weg. Ich bleibe draußen und sichere die Gegend. Dir kann nichts passieren. Keine Angst.*

Ich hatte aber Angst. Sie kroch über meinen Körper und durch meine Adern. Auch noch, als ich mich in mein Zimmer schlich. Linn lag genauso da, wie ich sie zurückgelassen hatte. Sie schlief wie ein Stein, es war purer Stress, sie morgens zu wecken.

Ich lag wach und starrte an die Decke, bis es dämmerte. Dann fielen mir die Augen zu und ich wurde wenig später von meinem Wecker aus dem Schlaf gerissen. Entsprechend mies war meine Laune und Linn zu wecken fiel genervter als sonst aus.

Sie murrte, als ich sie zum zweiten Mal anstupste, und rieb sich die Seite. »Mein Gott, geht es noch brutaler?«

»Sorry«, murmelte ich und schlurfte ins Bad. »Hab beschissen geschlafen.«

»Bist du nochmal aufgestanden?«, rief sie mir hinterher. »Ich bin einmal aufgewacht, da war dein Bett leer.«

»Ja, ich bin ins Bad und dann kurz ins Wohnzimmer«, rief ich zurück. »Ich hoffe, ich hab dich nicht gestört.«

»Nope, hab mich nur gewundert, war aber zu müde, um dich zu suchen.« Endlich stand sie auf und folgte mir.

Zum Glück war sie liegengeblieben, alles andere wäre der Horror gewesen. Allein der Gedanke, sie hätte rauslaufen und auf das Schattenblut treffen können, ließ mein Herz rasen.

Ich musste heute Abend unbedingt ins Hauptquartier. Ich musste mit Kiran sprechen. Oder mit Stella.

Ich sah mein Spiegelbild an. Die goldenen Sprenkel in meinen Augen und der Schimmer auf meiner Haut. Am besten wäre es, wenn ich mit Eric sprechen könnte.

Ich hatte das Gefühl, etwas tun zu müssen, aber das war bestimmt nicht, kopflos nachts vor Angreifern zu flüchten. Wenn diese Gefahr real war, dann wollte ich vorbereitet sein. Und ich wollte dafür sorgen, dass meine Freunde geschützt waren. Linn. Und Liam.

Ich musste dringend mit ihm reden. Am besten wäre es, wenn Linn noch etwas sagte, aber es war nicht ihre Aufgabe, meine Probleme zu lösen. Sogar, wenn sie sie verursachte. Das Hauptproblem war nicht, *was* sie gesagt hatte, sondern dass er bereit war, es zu glauben.

Das war eine Sache zwischen uns.

Nur uns.

Je eher ich sein Vertrauen zurückgewann desto besser. Sonst mussten wir uns trennen. Allein der Gedanke tat unglaublich weh.

»Was von Liam gehört?«, fragte Linn und rieb sich gähnend die Augen. Konnte sie Gedanken lesen?

»Seit gestern Abend nicht«, sagte ich düster, checkte aber mein Handy. »Nichts.« Das hatte ich auch nicht anders erwartet.

»Heute seht ihr euch auf jeden Fall«, meinte sie. »Dann kannst du mit ihm reden. Ich kann ihm auch noch mal sagen, dass es nur ein dummer Spruch war.«

»Ich bin schuld, weil er es für möglich hält, dass du es ernst meinst«, antwortete ich und putzte mir schnell die Zähne, um nichts mehr sagen zu müssen.

Linn zog die Augenbrauen zusammen und ging dann duschen. Sie hatte das Problem verstanden und ließ es ausnahmsweise mal gut sein. Zum Glück, denn ich hatte schon wieder diesen Scheiß-Kloß im Hals.

Der Schultag zog sich ewig hin. Die Ungeduld brachte mich um. Dazu kam die Ungewissheit. Was sollte ich Liam sagen, wenn ich ihn traf? Was sollte ich Eric sagen, wenn ich es heute Abend schaffte, ihn zu finden und zu einem Gespräch zu bewegen?

Ich wusste, dass das kein nettes Gespräch wie mit Kiran gestern wurde. Im Gegenteil. Nach der Kackaktion im Dojo fand ich ihn noch ätzender. Ich konnte mir gut vorstellen, dass es ihm auch so ging.

Linn war an meiner Seite und litt mit mir, obwohl sie nur die halbe Wahrheit kannte. Trotzdem war es schön, dass sie endlich mal als Freundin zu mir stand und nicht alles noch schwerer machte. Ich fragte mich, wann sie darauf kam, dass die Geschichte mit Kiran noch immer ungeklärt war. Ich hoffte, dass sie es für lange Zeit wegen ihres schlechten Gewissens vergaß.

In den Pausen streiften wir über den Schulhof und suchten Liam. Erfolglos.

»Sieht nicht so aus, als wäre er da«, meinte Linn am Ende der zweiten großen Pause. »Willst du ihn anrufen? Oder schreiben?«

»Hab angerufen, ihn aber nicht erreicht. Und ich will nicht schon wieder schreiben«, sagte ich. »Ich hab das Gefühl, dass es alles nur noch schlimmer macht.«

»Reden hilft«, sagte Linn verständnisvoll, als hätte sie sich jemals an diesen Ratschlag gehalten. Doch, einmal hatte sie es getan und Noah angerufen. Leider hatte sie nichts aus der Chance gemacht.

Den Scheißkerl hatten wir im Gegensatz zu meinem Freund mehrmals gesehen. Er mied den Blickkontakt zu

Linn, wenigstens so viel Anstand hatte er. Ich hoffte nur, dass er nicht hinter ihrem Rücken über sie lästerte.

Das Video geisterte noch über den Schulhof, doch es gab schon wieder zwei neue Aufreger.

Linn wurde kaum noch dumm angeglotzt.

»Zur Not«, meinte sie. »Komm ich einfach ohne BH und gieß mir 'nen Liter Wasser drüber. Dann können sie meine Brüste wenigstens live sehen. Sie kommen auf dem Video nicht halb so gut rüber, wie in echt.«

Ich fand, dass Humor das Beste war, was sie draus machen konnte. Wenn sie über der Sache stand, konnte ihr keiner was. Und in Zukunft sollte sie besser aufpassen, wenn sie uns auf Partys schleppte. Man musste mit allem rechnen, das wusste ich selbst nur zu gut.

Nach der letzten Stunde schrieb ich Stella, ob sie heute Abend im Hauptquartier war.

Ich habe eine Besprechung bis um sieben, danach bin ich frei, schrieb sie. *Ich habe von Kiran gehört, was letzte Nacht passiert ist. Geht es dir gut?*

Alles gut, aber der Schock war krass, antwortete ich ihr. *Wäre schön, wenn wir noch mal reden könnten.*

Ich hole dich um viertel nach sieben am Haupteingang ab. Dann ist es noch hell. Ich bringe dich später auch nach Hause, kam zurück. Das wollte ich zwar nicht, bedankte mich aber trotzdem. Alles war besser, als den Mist von gestern noch mal zu erleben.

Ich war um viertel vor sieben am Haupteingang der Goldblutzentrale. Ich hielt es zu Hause nicht länger aus. Jetzt musste ich ewig warten. Ich sah mich um, doch tagsüber musste ich nicht mit einem Angriff rechnen. Schattenblute vertrugen kein Tageslicht, als wären sie Vampire.

Ich fragte mich, wie es war, zu ihnen zu gehören. Beinahe wäre mir das passiert.

»Wenn das nicht Persia ist.« Ich zuckte zusammen, als ich Erics Stimme hörte. Er kam von der anderen Seite des Gebäudes. Glaubte ich. Ich hatte ihn nicht gesehen. Weiß der Himmel, womit er jetzt schon wieder rechnete. So, wie er mich ansah, fühlte ich mich fast wie eine Schwerverbrecherin. Sein Gesicht war pures Misstrauen und Anspannung.

»Ich habe nichts mehr von dir gehört, da dachte ich, ich komme mal vorbei«, sagte ich und verfluchte mich für mein vorlautes Mundwerk. So schaffte ich es nur, dass es wieder eskalierte.

Erics Mund war nur noch ein schmaler Strich.

»Hat Kiran dir erzählt, was gestern Nacht passiert ist?«, fragte ich, nachdem ich tief durchgeatmet hatte.

»Ja, allerdings.«

»Deswegen möchte ich mit dir reden, Eric.«

»Danke, mein Bedarf an Frechheiten ist für heute schon gedeckt.« Er verzog angewidert den Mund.

»Ich könnte versprechen, nett zu sein«, bot ich an.

»Glaube ich dir keine Sekunde«, schoss er zurück.

Ich holte wieder tief Luft. »Verstehe ich. Tut mir leid. Wir ... ach, ich weiß auch nicht. Es ist wie mit Kiran: Wenn ich dich sehe, kommt die Unzufriedenheit über das hoch, was passiert ist. Es ist nicht deine Schuld.«

Er schnaubte. »Deine Selbstreflexion in allen Ehren, aber das macht nichts besser.«

»Das Schattenblut hat mich erkannt. Ich hatte das Gefühl, dass er nach mir gesucht hat«, sagte ich. »Aber dass ich ein Goldblut bin, hat ihn überrascht.«

»Und?« Eric zuckte mit den Schultern.

»Er meinte, dass er es jetzt zu Ende bringen und sogar noch eine Belohnung dafür bekommen würde.« Ich kaute auf meiner Unterlippe. »Was meint er damit?«

»Woher soll ich das wissen?« Mein Gott, Eric war wirklich bockig wie ein Kleinkind! Ich musste mich zusammenreißen, um nicht die Geduld zu verlieren.

»Wer ist Lina, Eric?«

»Entweder weißt du es, oder es geht dich nichts an.«

»Ist sie auch ein Schattenblut?«, hakte ich nach.

Ich musste es einfach versuchen. Erics Augenlid zuckte. »Also ja. Du hast gesagt, dass den Schattenbluten jemand fehlt, der sie anführt. Ist Lina das? Ist sie auch ein Schattenblut? Macht sie euch Ärger?«, machte ich weiter. Er befeuchtete seine Lippen und sah zur Seite. »Also auch.« Ich verschränkte die Arme. »Was ist hier los?«

»Das wissen wir nicht. Wir wissen noch gar nichts über sie, das ist ja das Problem!«, raunzte er, dann biss er sich auf die Lippe und schien sich selbst ohrfeigen zu wollen, weil er das gesagt hatte.

»Aber ihr müsst eine Theorie haben! Ihr lasst Kiran und die anderen nachts draußen patrouillieren. Das macht ihr doch mit einem Hintergedanken«, rief ich. »Es muss doch Hinweise geben, auf denen ihr eure Strategie aufbaut.«

Er sah mich feindselig an. »Wie kommst du darauf, dass ich die Pläne der Ältesten mit dir diskutiere? Du bist niemand und du weißt nichts.«

»Und trotzdem bist du hier und redest mit mir. Es gibt doch bestimmt einen Nebeneingang«, konterte ich.

»Du bist bestenfalls verdächtig, eine Spionin zu sein«, sagte er gepresst.

»Aber ich bin doch niemand und weiß auch nichts«, meinte ich achselzuckend. Sein Augenlid flatterte. Ich sollte schleunigst die Kurve kriegen.

»Vielleicht kann ich euch helfen«, bot ich an. »Ich würde gern etwas tun. Von mir aus unter Stellas Aufsicht oder unter Kirans, wenn dir das lieber ist.«

Erics Gesicht verzog sich. Ich sah, dass ihn mein Angebot eher wütend machte als freute. »Wir haben gute Rechercheteams«, schleuderte er mir entgegen.

Ich verkniff mir die passende bissige Bemerkung. »Einer mehr kann nicht schaden, aber gut.« Ich zuckte mit den Schultern. »Deine Entscheidung.«

»Warum bist du hier, Persia?«

»Ich bin mit Stella verabredet«, erwiderte ich. »Mein Onboarding ist noch nicht abgeschlossen.«

»Sollte es aber sein.«

»Es ginge sicher schneller, wenn ich wüsste, was hier passiert. Wenn ich einschätzen könnte, ob ich immer damit rechnen muss, dass ein Schattenblut auf meinem Heimweg lauert und ob meine Freunde und Familie auch in Gefahr sind. Ich würde gern irgendwas tun.« Ich sah ihm ins Gesicht. »Ich will nur helfen, Eric.«

»Wir sind wenig begeistert von deinen Aktionen. Ich glaube nicht, dass Kristanna oder Heidi dich in ihren Teams haben wollen«, sagte er eisig.

»Und du?«

»Ich schon überhaupt nicht.«

»Nett, vielen Dank. Du schaffst es immer wieder, dass ich mich willkommen und gemocht fühle.« Ich machte einen Schritt zurück und fühlte mich todesgenervt. Warum war er so bockig? Warum diese Show? Ich hatte es anscheinend nur mit nervlich blanken Männern zu tun, die jedes Wort auf die Goldwaage legten.

»Vergiss es einfach, Eric. Entweder willst du nicht weiterkommen oder du kannst nicht. Warum auch immer. Ich wünschte, es wäre nicht mein Problem, aber ich will dir nicht hinterherrennen.« Ich zuckte mit den Schultern. »Wenn es also doch irgendeinen Weg gibt, wie wir einander einfach in Ruhe lassen können, sag es mir. Ich gehe ihn sofort. Ich habe keine Lust mehr auf euer Getue. Auf diesen Stress und dieses Drama. Sag mir, was ich machen soll, dann brauchst du mich nie wiedersehen.«

»So einfach ist das nicht«, sagte er.

Ich blickte auf und erwartete, dass er mich dumm angrinste. Stattdessen sah er verloren aus wie ein Kind, das seine Eltern nicht finden konnte.

›Jetzt kein Mitleid mit ihm haben! So, wie er und seine Leute mich behandeln, verdient er das einfach nicht!‹, sagte ich mir selbst nachdrücklich.

»Bei euch ist es nie einfach, oder?«, fragte ich.

Er zuckte mit den Schultern und riss sich zusammen. Das überhebliche Grinsen kehrte zurück, als könne ihm niemand was. Dann hätte er mir eben seine Verletzlichkeit nicht zeigen dürfen. Ich glaube, er wusste das selbst. Wahrscheinlich wurde er jetzt erst so richtig eklig.

»Komm morgen Nachmittag wieder her. Ich überlege mir etwas«, meinte er kühl.

»Okay.« Ich zögerte. »Aber ich bin jetzt mit Stella verabredet und will sie nicht hängenlassen.«

»Ich sage ihr, dass ich dich weggeschickt habe.« Sein Blick wanderte die Straße hinunter. »Du hast noch genug Zeit, um bei Tageslicht nach Hause zu kommen.«

»Wie gefährlich ist es wirklich?«, fragte ich.

»Zu gefährlich, um hier auf den Sonnenuntergang zu warten«, versetzte er.

»Eric, kannst du mir nicht einmal eine normale Antwort geben?«, beschwerte ich mich.

»Nein, das passt nicht zu meinem Image als mysteriöses Oberhaupt einer geheimen Gruppe von Übermenschen.«

»Natürlich nicht. Wie dumm von mir.« Ich musste mir trotzdem ein Grinsen verkneifen. Anscheinend hatte er zumindest einen Funken Humor.

»Bis morgen, Persia.«

»Bis morgen.« Ich wandte mich zum Gehen.

»Es werden Goldblute vermisst«, rief er nach. Ich drehte mich um, doch er öffnete die Tür und ließ mich stehen.

Mehr bekam ich also nicht. Es reichte aber, um schnell nach Hause zu gehen.

Ich lag ewig wach und dachte über Erics Worte nach. Es war egal, dass er mir nicht gesagt hatte, wie groß die Gefahr draußen war. Ich wusste es selbst. Mein Angreifer war in den Straßen unterwegs. Es war ein Riesenglück, dass ich entkommen konnte. Sollte ich noch mal auf ihn oder ein anderes Schattenblut treffen, konnte es sein, dass ich nicht entkam. Weil er schneller war als ich. Und stärker. Und vielleicht nicht allein.

Ich fühlte mich verfolgt. Bei jedem lauten Geräusch auf der Straße zuckte ich zusammen, bei jedem leisen sprang ich aus dem Bett, weil ich dachte, jemand schlich durchs Haus und stand schon vor meiner Tür.

»Verdammt«, murmelte ich. Irgendwie musste ich mich vor ihnen schützen können. Wofür beherrschten Goldblute denn angeblich Magie?

Ich ging zu meinem Schreibtisch und kritzelte *Magie* auf einen Zettel. Ich musste Stella danach fragen. Sie wusste mehr, denn sie konnte selbst Magie benutzen. Vielleicht, nur ganz vielleicht, war Magie ja doch etwas, womit ich mich intensiver beschäftigen konnte. Es war verrückt, aber das spielte bei den ganzen Verrücktheiten keine Rolle mehr.

Dann war Magie eben eine Option. Wenn sie gegen die Schattenblute half, sollte es mir recht sein.

Danach konnte ich einschlafen. Trotzdem fühlte ich mich wie ausgekotzt, als ich wieder aufwachte, aber ich war zu unruhig, um weiter im Bett zu liegen.

Ich musste etwas tun. Ich wusste nur nicht, was.

Mal wieder.

Ich schluckte den Frust hinunter. Mein Plan war, Eric heute Nachmittag so lange zu nerven, bis ich alles aus ihm herausgeholt hatte, was ich wissen wollte.

Ich sah auf den Kalender in der Küche. Heute war Samstag. Am Freitag kamen meine Eltern aus Ägypten zurück. Unglaublich, wie viel in den letzten zwei Wochen passiert war.

Ich betrachtete meine Hände. Meine schimmernden Arme. Meine Eltern würden das bemerken, genau wie meine goldenen Augen. Ich musste mit Stella darüber sprechen, wann das aufhörte. Sie und Kiran schimmerten nicht, nur die goldenen Sprenkel in ihren Augen zeigten, dass sie besonders waren. Aber bis mein Schimmer verschwand, würde es noch dauern. Irgendwas musste ich meinen Eltern sagen, wenn es so weiterging mit den Trainings und Treffen. Ich musste mir etwas einfallen lassen, wenn ich Stress vermeiden wollte. Meine Mutter war sehr kritisch, deswegen musste die Ausrede gut sein.

Und dann Liam. Wir hatten jetzt seit zwei Tagen nicht gesprochen. So lang hatten wir noch nie Funkstille, seit wir zusammen waren. Mir ging es scheiße damit, doch ich erreichte ihn nicht, egal, wie oft ich es versuchte.

›*Ein letzter Versuch noch*‹, entschied ich und griff nach meinem Handy, um ihn anzurufen, doch es war noch viel zu früh. An einem Samstagmorgen um halb sieben löste man keinen Streit. Das konnte nur schiefgehen.

Linn hatte immer noch ein schlechtes Gewissen und versuchte, nicht herumzuzicken. Deswegen hatte sie einfach akzeptiert, dass ich gestern keine Zeit für sie hatte, als sie fragte, ob ich zu ihr kam. Es war mir eh lieber, wenn sie mich besuchte, denn ihre Wohnung war klein. Ständig hatte ich das Gefühl, dass ihre Eltern oder Schwester mithörten.

Nach Erics Ansage gestern wollte ich Linn aber auch keiner Gefahr aussetzen.

Ich ging ins Badezimmer und sah mir im Spiegel selbst in die Augen. Die Frage war, wie ich Linn, Liam und alle anderen vor den Schattenbluten beschützen konnte. Allein deswegen musste ich heute mit Eric sprechen.

Auf meinem Schreibtisch lag der Zettel mit dem Wort *Magie*. Vielleicht war ausgerechnet etwas, an das ich nicht glaubte, die Lösung für mein Problem.

Zumindest war es eine Chance.

Der Vormittag zog sich ewig hin. Vor Ungeduld räumte ich auf und kochte mir etwas zu essen, obwohl ich seit Tagen kaum Appetit hatte. Trotz allem ging es mir gut und ich war fit. Anscheinend lag das am Goldblut, denn ich war körperlich weder müde noch erschöpft.

›*Wenigstens eine gute Sache*‹, dachte ich grimmig, denn auf meinen Kopf traf das leider nicht zu.

Ich überlegte immer wieder, ob ich Liam anrufen oder einfach zu ihm gehen, damit wir die Sache endlich klären konnten. Ich entschied mich dagegen, denn ich wollte nicht mittendrin losmüssen, um zu meinem Treffen mit Eric zu gehen.

Ich biss mir auf die Lippe. Nicht nur meine Eltern brauchten eine gute Erklärung, auch für Liam musste ich mir etwas einfallen lassen. Und hoffen, dass die Story möglichst lange hielt. Irgendwann flog sie mir sowieso um die Ohren und dann hatte ich ein Problem.

Endlich war es vierzehn Uhr und ich machte mich auf den Weg zur Zentrale. Mein Herz klopfte laut, als ich beschloss, danach zu Liam zu gehen und bei ihm zu bleiben, bis wir das alles geklärt hatten. Ich konnte mit dieser Situation nicht mehr leben und musste ihn davon überzeugen, dass zwischen Kiran und mir nichts war. Wenn er mich auch nur ein bisschen kannte, müsste er das wissen. Ich hatte ihm nie einen Grund gegeben, mir nicht zu vertrauen.

›Wenn du ihm wichtig bist, wird er wollen, dass ihr es hinbekommt‹, hatte Kiran gesagt. Ich hoffte, dass er recht hatte und ich Liams Gefühle für mich nicht überschätzte.

Ich erreichte das HQ und wurde noch nervöser. Ich betete nie, aber heute schickte ich einen Wunsch ans Universum, dass endlich Klarheit in all die Verwirrung kam, mit der ich seit zwei Wochen lebte. Ich wollte endlich meinen Weg kennen. Und wenn es nur die nächsten vier Schritte waren.

Ich meldete mich am Empfang, wo ein eingebildet aussehender Typ saß. Offenbar wurde hier wirklich 24/7 gearbeitet. »Hallo, Eric wartet auf mich.«

Der Mitarbeiter sah irritiert auf. »Wie bitte?«

»Eric«, wiederholte ich. »Wir sind verabredet.« Er zog die Augenbrauen hoch und verlangte nach meinem Namen. »Persia August.«

Er tippte etwas in seinen Computer ein und zuckte mit den Schultern. »Ich habe hier keinen Treffer. Und Eric aus der IT ist heute auch nicht da. Es ist Samstag.«

»Ich meine Eric aus der ... Geschäftsleitung«, erwiderte ich. Ich kannte nicht mal seinen Nachnamen. Die von Stella und Kiran auch nicht. Wenn sie überhaupt welche hatten.

Jetzt sah mich der Empfangsmitarbeiter offen feindselig an. »Herr Goldenblatt ist heute auch nicht im Haus.«

Goldenblatt, aha. Auf die Idee, dass da irgendwo *Gold* im Namen steckte, hätte ich auch kommen können.

»Er hat mir gestern gesagt, dass ich herkommen soll.« Ich verlor die Geduld. »Können Sie ihn anrufen und Bescheid sagen, dass ich da bin?«

»Ich habe die strikte Anweisung, nur Leute hereinzulassen, die im System hinterlegt sind. Tut mir leid.« Das *Tut mir leid* klang wie *verpiss dich endlich.*

»Aber ich *bin* im System hinterlegt«, sagte ich wütend. »Ich gehöre schließlich dazu!«

Sein Mund war nur noch ein schmaler Strich. »Netter Versuch, aber jetzt sei so gut und lass es. Du findest auch woanders eine Story für deine Schülerzeitung.«

Sprachlos sah ich ihn an. Der hatte Nerven! Ich war doch nicht ... Ich schüttelte den Kopf, weil ich einfach nicht glauben konnte, wie ich behandelt wurde. Irgendwie traf mich diese Herablassung fast noch mehr als jede Drohung von Eric und jeder Streit mit Kiran.

Und gleichzeitig spürte ich, dass ich mir auch das nicht bieten lassen würde.

Ich machte ein paar Schritte zurück und holte mein Handy heraus. Mit vor Wut zitternden Fingern rief ich Stella an. Es klingelte endlos.

Was sollte das? Warum wollte Eric, das ich herkam, wenn er nicht da war? Warum tauchte ich nicht im System auf? Ich stand doch daneben, als Stella mich anlegte! War das ...

Mein Herz machte einen Satz und ich bekam Angst. Ich war wirklich frech zu Eric gewesen. Ich hatte ihm gesagt, dass ich jede Chance nutzen würde, um aus diesem Verein herauszukommen. Ich hatte sogar Scheiß-Verein gesagt, wenn ich mich richtig erinnerte. Vielleicht hatten sie sich entschieden, den ersten Schritt zu machen. Und das zeigte er mir sehr deutlich: Persia August ist nicht mehr im System.

›Er kann mich verschwinden lassen, wenn er will. So oder so.‹

Angst kroch durch meinen Brustkorb und das Freizeichen wurde immer lauter in meinen Ohren. Der Typ am Empfang ließ mich keine Sekunde aus den Augen und sah mich offen feindselig an.

›Scheiße, was ist hier los?‹

»Hallo?« Meine Kehle war wie zugeschnürt, als Stella sich endlich meldete. Sie klang gestresst.

»Stella, hier ist Persia.« Meine Stimme war rau und ich musste mich räuspern, damit sie mich verstehen konnte. »Ich bin am Empfang und werde nicht hereingelassen.«

Es war ein paar Sekunden still in der Leitung. Mein Blut rauschte in meinen Ohren, mein Mund war trocken.

›Was kommt jetzt?‹

Der Typ am Empfang musterte mich. Er rechnete damit, dass ich Ärger machte. Ich konnte nicht einmal einschätzen, ob er ein Goldblut oder ein normaler Mensch war.

»Persia, ich ...«, begann Stella und brach ab. Mein Herz klopfte gegen meine Rippen. Im Hintergrund hörte ich eine Stimme. Ein Mann. Ich kannte ihn nicht.

»Ich komme runter«, sagte sie endlich. »Warte kurz.«

»Gut.« Die Leitung wurde unterbrochen und ich schob das Handy langsam in meine Jackentasche. Stress durchflutete mich. Das alles hier lief nicht im Mindesten so, wie ich es mir vorgestellt hatte. Ich dachte, ich käme heute dem Ziel ein Stück näher. Stattdessen fühlte ich mich so unsicher wie nie zuvor.

Endlich gingen die Fahrstuhltüren auf und Stella kam ins Foyer. Ihre braunen Haare waren zu einem schiefen Knoten zusammengefasst. Ihre Wangen waren rot.

Was war denn jetzt schon wieder los? Ich entdeckte, dass ihre Bluse falsch geknöpft war. Das sah aus, als hätte ich sie beim Rummachen unterbrochen.

Ich riss die Augen auf. Oh mein Gott. Genau das hatte ich anscheinend getan. Die hatten echt Nerven hier!

»Persia!« Sie grüßte am Empfang, der Typ machte ein saures Gesicht. »Ich habe erst in zwei Stunden mit dir gerechnet.«

»Eric meinte, dass ich am Nachmittag herkommen soll, ich hatte keine konkrete Uhrzeit«, sagte ich. »Hat er dir gesagt, dass er mich gestern weggeschickt hat?«

»Ja, allerdings erst, nachdem ich hier schon ziemlich lange auf dich gewartet hatte.« Stella stockte und ihre Wangen wurden noch roter. Ich hatte das Gefühl, dass ich einen schlechten Einfluss auf sie hatte. Gut für mich, blöd für Eric und seine Freunde.

Stella schien sich gedanklich (ob bewusst oder nicht) etwas von ihrer sklavischen Loyalität zu verabschieden. Ich wusste noch nicht, warum, aber ich hoffte, dass ich ihr gezeigt hatte, dass das System scheiße war und sie ein Recht hatte, zu erfahren, warum etwas passierte. Es war schließlich ihr Leben. Umso besser. Ich brauchte hier Leute, mit denen ich reden konnte.

»Tut mir leid«, meinte ich trotzdem. »Ich hätte dir schreiben müssen, damit du Bescheid weißt.«

»Ist nicht deine Schuld«, winkte sie ab und öffnete die Schranke neben dem Empfangstresen mit ihrem Badge. Dann hielt sie ihn hoch. »Du hast doch auch einen. Warum bist du nicht einfach durchgegangen?«

»Ich wusste nicht, wo ich nach Eric suchen sollte«, meinte ich. »Und wollte mich anmelden.« Das ging in Richtung des Idioten am Empfang, der uns demonstrativ den Rücken zudrehte.

»Eric ist nicht da«, sagte sie und drückte auf den Rufknopf des Aufzugs.

»Was?« Ich traute meinen Ohren nicht. »Er hat mir doch gesagt, dass ich herkommen soll! Er wollte mir Infos geben. Ich habe ihm meine Hilfe angeboten. Ich ...« Ich brach ab und schüttelte den Kopf. »Das darf doch nicht wahr sein! Verdammt, wollt ihr mich verarschen?«

Stella sah mich hilflos an. »Persia, es tut mir leid, aber ich weiß doch auch nichts.«

»Das ist ja das Scheißproblem in diesem Scheißladen.« Am liebsten hätte ich etwas kaputtgeschlagen, um meinem Ärger Luft zu machen. Stella zuckte zusammen. Der Fahrstuhl kam und wir standen ratlos vor der offenen Tür.

Was sollte ich hier noch? Es gab hier nichts für mich zu tun. Dass Eric mich einfach so versetzte, war Beweis genug. Ich sollte den Rest meiner Würde zusammenkratzen und abhauen.

»Das alles hier kotzt mich dermaßen an«, sagte ich. »Ich weiß, dass du nichts dafürkannst, aber ich kann es niemandem sonst sagen. Dann muss ich wohl wieder los. Sorry, dass ich dich beim Rummachen gestört habe.«

Stellas Wangen wurden flammend rot, sie zog mich in den Fahrstuhl. »Wie kommst du darauf?«

Ich warf einen vielsagenden Blick auf ihre Bluse. Ihr Gesicht war rot wie eine Tomate und sie fluchte unterdrückt. »Verflixt und zugenäht.«

»Wie alt bist du eigentlich«, fragte ich. »Das hat meine Oma auch immer gesagt.«

»Wahrscheinlich sind wir ein ähnlicher Jahrgang«, meinte sie vage. Jetzt drückte sie den Knopf zum achten Stock. Ich beobachtete die digitale Anzeige.

»Was soll ich denn hier? Eric macht mir klar, dass ich hier nichts zu suchen habe.«

»Jetzt halt mal die Luft an«, sagte Stella genervt. Das war das erste Mal, dass ich sie so erlebte. Normalerweise ertrug sie alles mit unendlicher Geduld. »Es geht nicht immer alles nur um dich, weißt du?«, fuhr sie fort. »Die Ältesten sitzen heute zusammen, weil sich eine Krise anbahnt. Da steht euer Treffen nicht an oberster Stelle.«

»Kann ich ja nicht ahnen«, murmelte ich und fühlte mich ein bisschen dumm dabei.

Wir erreichten den achten Stock. Kiran wartete auf uns. Ich sah von einem zur anderen. Hatten die beiden was miteinander? Stella bemerkte meinen Blick und schüttelte den Kopf. Also nicht. Dabei war ich mir sicher, dass Kiran auf sie stand.

»Danke, dass du hergekommen bist«, sagte Stella.

Er nickte sofort. »Natürlich.«

Sag ich doch. Er war voll in sie verknallt.

Trotzdem war ich immer noch wütend. Und kam mir blöd vor. Keine schöne Kombi.

»Was ist das für ein Notfall?« fragte ich. Die beiden tauschten ein Blick. »Oh bitte, fangt nicht wieder damit an. Immer das gleiche. Gut, dann rate ich eben. Es hat etwas mit Lina zu tun und den Schattenbluten. Haben sie noch jemanden erwischt? Jemanden von uns?«

»Ja«, sagte Kiran nach kurzem Zögern. »Aber das ist noch nicht alles. Es werden Menschen vermisst. Dass mal jemand verschwindet, ist in einer Großstadt ja nichts ungewöhnliches, aber in letzter Zeit häufen sich die Fälle. Und nachdem, was wir wissen ...« Er brach ab. »Ich darf nicht darüber reden.« Brauchte er auch nicht, ich hatte einen eigenen Kopf zum Nachdenken.

Kirans Bericht konnte nur einen Sinn haben: »Sie rekrutiert«, schlussfolgerte ich und ließ meinen Gedanken freien Lauf. »Deswegen greifen sie Menschen an. Sie erschaffen neue Schattenblute. Dass ist sein Blut abbekommen habe, war Absicht. Und Lina steckt hinter all dem, also ist sie vermutlich auch ein Schattenblut, vielleicht ein besonders starkes. Aber was will sie? Vielleicht ist es eine Invasion.«

Kiran und Stella sahen so erschrocken aus, dass ich beinahe gelacht hätte. Beinahe, denn das Thema war einfach scheiße. Über das, was mir passiert war, gab es nichts zu lachen. Und Kiran und seine Kollegen konnten nicht überall sein.

»Also, bevor ich hier noch wilder spekuliere: Wer ist Lina?«, fragte ich.

»Das wissen wir nicht«, erwiderte er gepresst.

»Aber es ist sicher, dass sie ein Schattenblut ist?«

»Was soll sie denn sonst sein? Etwas anderes kommt nicht in Frage«, sagte Kiran. Er sah furchtbar gestresst aus und blickte sich dauernd um, als hätte er Angst, erwischt zu werden.

»Keine Ahnung. Ein Mensch? Ein Schattenmensch?«, schlug ich vor. Waren die beiden echt so ahnungslos?

Stella schlug die Hand vor den Mund. »Woher kennst du dieses Wort?«

Ich zögerte eine Sekunde. Meine Gedanken rasten. Warum machte sie dieser Begriff so nervös? Was hatte ich jetzt schon wieder aufgestöbert? Und was wusste Stella darüber?

»Von meinen Recherchen«, antwortete ich cool. »Auf dieser Website stand etwas darüber.«

»Das darf doch nicht wahr sein!«, knurrte Kiran und packte mich am Arm. »Eric hatte doch recht. Das sind Dinge, die du gar nichts wissen kannst. Es sei denn, du bist ein Spion.«

»Und ein ziemlich dämlicher dazu, weil ich euch freiwillig erzähle, was ich weiß.« Ich riss mich von ihm los. »Krieg dich wieder ein, Kiran!«

»Sie hat recht, das macht keinen Sinn«, mischte sich Stella ein. Sie warf mir einen scharfen Blick zu, alles Sanfte war von ihr abgefallen. »Deine Fragen sind gut. Sie sind berechtigt. Aber wir kennen die Antwort darauf nicht. Wir wissen nur, dass sie gefährlich ist, mehr nicht. Es hat sie auch noch keiner gesehen. Aber eins ist sicher: Sie will uns schaden. Deswegen solltest du gut auf dich aufpassen.«

»Und auf die Leute, die dir wichtig sind«, fügte Kiran hinzu. Er sah mich jetzt wieder normal an. Zum Glück, mein Herz pumpte immer noch.

»Kann ich euch irgendwie helfen?«, fragte ich und versuchte, das abzuschütteln. »Bitte, mehr will ich doch gar nicht.«

Die beiden tauschten einen Blick, dann winkte Stella mich mit sich. »Komm mit.«

»Eine Sekunde«, sagte ich und holte mein Handy heraus. Ich musste mich kurz vergewissern, sonst brachte es mich um. Ich schrieb Liam und Linn, ob bei ihnen alles okay war. Linn antwortete sofort. Liam nicht.

Ich schluckte und sagte mir, dass er noch sauer auf mich war und deshalb nicht antwortete.

Mit einem miesen Gefühl folgte ich Stella und Kiran.

KAPITEL 10

Ich saß lange mit Kiran und Stella zusammen. Wir sammelten alle Infos, die wir hatten, um uns endlich ein vollständiges Bild zu machen.

Wir schrieben alles auf Karten und versuchten, die fehlenden Puzzleteile abzuleiten. Kiran wurde immer nervöser, je länger wir zusammensaßen. Es ging ihm nicht schnell genug und ich sah ihm an, dass diese strategische Arbeit nicht sein Ding war. Stella und ich gaben alles und er zog trotzdem mit.

›Als wären wir ein Team. Oder sogar sowas wie Freunde. Vielleicht nicht freiwillig, aber irgendwie partners in crime.‹

Doch schließlich mussten wir einsehen, dass wir nur raten konnten. Die wichtigsten Infos fehlten uns und alle bezogen sich auf Lina.

Mutlos sah ich auf unsere Notizen, die wild über den Tisch verstreut lagen. Die Fakten waren niederschmetternd: Niemand hatte sie bisher gesehen. Ein Schattenblut hatte diesen Namen erwähnt, als es gegen einen von Kirans Kollegen kämpfte. Das war alles, was man über sie wusste.

»Das könnte bedeuten, dass es sie nicht gibt«, sagte ich.

Kiran zuckte zusammen. Mit neuen Theorien kam er nicht gut klar. Er klammerte sich an das wenige, das er hatte. »Warum sollte das Schattenblut sonst ihren Namen erwähnen?«, fragte er gestresst und legte seine Hand auf den Zettel, auf dem ihr Name stand. »Die sind zu dumm, um sich so was auszudenken.«

»Und wenn nicht? Sie könnten versuchen, euch auf die falsche Spur zu schicken?«, meinte ich behutsam. Ich wollte ihn nicht ärgern.

Er machte ein saures Gesicht. »Unwahrscheinlich. Er hat zu Adrian gesagt: *Wartet nur, bis Lina euch in die Finger bekommt. Sie wird euch vernichten. Endlich.* Was soll daran eine falsche Spur oder ein Bluff sein? Und warum sollte sich jemand so was ausdenken?«

Ich zog die Augenbrauen hoch. »Warum erzählst du das erst jetzt? Das ist doch ziemlich wichtig.«

»Ich wusste das schon«, sagte Stella freundlich.

Ich rollte mit den Augen. War ja klar, dass die beiden schon miteinander geredet hatten. Und dass ich mal wieder ahnungslos war. »Schön, dann hat er das eben gesagt. Das ist kein Beweis«, sagte ich. »Und eine falsche Spur kann es trotzdem sein.«

»Schattenblute sind dumm. Ihr dämonisches Wesen hindert sie daran, klar zu denken. Deswegen können wir davon ausgehen, dass es die Wahrheit war. Ihnen fehlt der Verstand, um sich etwas so Komplexes auszudenken«, informierte Kiran mich herablassend.

»Wenn Lina auch ein Schattenblut ist – und existiert -, gilt das nicht für sie«, hielt ich dagegen. »Dann müssen wir davon ausgehen, dass sie intelligent und stark ist.«

»*Wenn* es sie gibt und *wenn* sie ein Schattenblut ist«, sagte Stella und streckte sich.

Weiter hinten auf der Etage waren Schritte zu hören. Kiran stand auf und reckte den Hals. Dann holte er Luft und setzte sich wieder. »Persia, du musst los.«

»Warum?«

»Weil dahinten Kristanna kommt. Sie wird mich auf Patrouille schicken. Wenn sie dich sieht ... ich weiß auch nicht. Ich habe Angst, dass sie auf die Idee kommt, dich auch loszuschicken«, sagte er unruhig.

»Dann würde ich es tun«, meinte ich.

Er packte mich am Arm und zog mich hoch. »Das wäre Selbstmord. Du bist wehrlos. Und du gehst jetzt da linksherum zum Fahrstuhl und verlässt das Gebäude. Ruf Stella morgen an. *Geh jetzt!*« Er versetzte mir einen Stoß.

Kristannas Schritte wurden immer lauter, sie hatte uns fast erreicht. Ich wollte keinen Streit riskieren und machte, dass ich zum Fahrstuhl kam.

›*Morgen komme ich wieder*‹, schwor ich mir. ›*So einfach lasse ich mich nicht mehr wegschicken.*‹ Denn da war immer noch das Thema, das ich unbedingt geklärt haben wollte: Magie. Ich war heute nicht dazu gekommen, meine Fragen dazu zu stellen. Die anderen Themen waren wichtiger gewesen. Das hieß nicht, dass ich es vergessen hatte. Dann eben morgen. Ganz sicher.

Ich betrat die Kabine, drückte den Knopf für das Erdgeschoss und atmete auf, als die Türen sich schlossen. Heute hatte mich niemand entdeckt, aber der Tag war nicht so verlaufen, wie ich es geplant hatte. Trotzdem fühlte es sich an, als wäre ich vorangekommen.

Und als hätte ich zwei neue Freunde gewonnen.

Ausgerechnet Kiran.

Ich musste grinsen, weil ich es selbst kaum glauben konnte. Damit hätte ich nie gerechnet, aber irgendwie veränderten sich die beiden. Sie wurden kritischer. Und mutiger. Ich hoffte, dass sie deswegen keinen Ärger bekamen. Das wäre meine Schuld, aber wahrscheinlich ließ es sich auf Dauer nicht vermeiden. Wir mussten schnell sein. Und endlich Ergebnisse bekommen.

Der Fahrstuhl erreichte das Erdgeschoss.

›Hoffentlich ist der Idiot vom Empfang nicht mehr da‹, dachte ich und schob die Hände in meine Jackentaschen. Meine Finger ertasteten mein Handy. Ich hatte schon seit Stunden nicht mehr darauf geschaut.

Ich holte das Gerät heraus und hoffte, dass Liam sich endlich gemeldet hatte.

Fehlanzeige.

Stattdessen diverse Nachrichten von Linn. Ich schrieb ihr zurück und entschied, dass ich jetzt zu Liam ging. Es war abends, aber es dauerte noch eine Stunde, bis die Sonne unterging. Das sollte ich gefahrlos hinbekommen.

Er wollte also nicht mit mir schreiben oder telefonieren? Gut. Dann versuchte ich es eben persönlich.

Mein Herz verkrampfte sich. Und wenn er dann mit mir Schluss machte, hatte ich alles versucht. Aber so weit war es hoffentlich noch nicht.

Ich hoffte, dass er sich abgekühlt hatte und wir gleich alles klären konnten.

Das musste gehen.

Wir waren zusammen. Ich liebte ihn.

Was wollte er noch?

Liam wohnte nicht weit von mir, die Strecke legte ich schnell zurück. Meine Schritte wurden immer länger, mein Tempo höher. Dabei ignorierte ich das Gefühl, beobachtet zu werden. Ich sollte nicht paranoid werden.

Ich war nervös. Ich hatte Angst. Vor allem davor, dass er mich einfach wegschickte.

›Nein‹, sagte ich mir nachdrücklich. *›So wird es nicht laufen. Wir passen perfekt zusammen. Das wird nicht das Ende sein. Es muss einen anderen Grund geben, warum er sich nicht gemeldet hat. So ist Liam nicht. Er ist kein Vollidiot wie Noah, der andere ghostet, nur weil ihm et-*

was nicht passt oder er meint, etwas Besseres gefunden zu haben. Liam ist ehrlich. Und er hat mir nie etwas vorgemacht. Das bleibt auch so. Wir regeln das jetzt.‹

Ich erreichte sein Wohnhaus, nahm all meinen Mut zusammen und klingelte.

Es dauerte einen Moment, dann hörte ich die Stimme seiner Mutter durch die Gegensprechanlage.

Wir kannten uns schon. Wir mochten uns. Ich wusste, dass sie mich nicht wegschicken würde.

»Hier ist Persia, bitte entschuldige die späte Störung. Ich möchte zu Liam.«

»Komm rauf.«

Der Summer ging und ich drückte die Tür auf. Schnell erklomm ich die Treppe zum zweiten Stock. Liams Mutter Jutta stand in der Tür. Sie lächelte mich entschuldigend an. »Hallo meine Liebe. Liam ist nicht da.«

Ich blieb verwirrt stehen. »Aber ...«

Sie warf mir einen prüfenden Blick zu, dann lächelte sie wieder. »Ich wollte dich nicht abwimmeln«, sagte sie entschuldigend. »Liam hat erzählt, dass ihr euch gestritten habt.«

»Haben wir gar nicht«, sagte ich schnell und zuckte hilflos mit den Achseln. »Linn hat einen dummen Spruch gemacht, den Liam gehört und falsch verstanden hat. Ich versuche seit vorgestern, es ihm zu erklären.«

»Das habe ich mir schon gedacht«, meinte sie.

»Weißt du, warum er sich nicht meldet?«, fragte ich.

»Er hat sich geärgert, aber ich glaube, fast mehr über sich selbst«, sagte sie. »Dann rief sein Freund an und meinte, er müsse unbedingt zu ihm kommen. Er hat sich für das Wochenende abgemeldet.« Sie lächelte, doch da war etwas, das mich alarmierte. Sie schien selbst auf eine Rückmeldung zu warten. »Spätestens morgen steht er bei dir vor der Tür. Dann hatte er genug Zeit, um alles zu verarbeiten. Du weißt, dass er manchmal grübelt. Lass ihm noch ein bisschen Zeit.«

Ich brauchte ein paar Sekunden, dann nickte ich. Sie sagte die Wahrheit. Warum auch nicht? Und es tat gut, dass sie so nett zu mir war. Das gab mir Hoffnung, dass sie recht hatte.

»Okay, danke schön«, sagte ich. »Hab einen schönen Abend. Und wenn Liam nach Hause kommt ...«

»Sage ich ihm, dass du da warst. Komm gut heim. Das wird schon«, versprach sie.

Ich lächelte dankbar und verließ das Haus. Das war nicht so gelaufen, wie ich es mir vorgestellt hatte, trotzdem fühlte ich mich besser.

Vielleicht hätte ich fragen sollen, bei welchem Freund Liam war. Dass er sich gar nicht meldete, bedeutete, dass sein Kumpel echte Probleme hatte. Ich wünschte nur, er hätte sich dafür ein anderes Wochenende ausgesucht.

Ich verdrängte das Gefühl, dass etwas nicht stimmte.

›Das reicht echt für die nächsten drei Leben. Ich sollte nicht paranoid werden. Die Goldblut-Probleme machen mich verrückt. Aber sie haben echt nichts mit Liam zu tun‹, sagte ich mir nachdrücklich.

Ich machte mich auf den Heimweg und dachte über alles nach, was heute passiert war.

Der Tag war überhaupt nicht so gelaufen wie gedacht. Ich war immer noch frustriert wegen Eric. Ja, vielleicht nahm ich mich manchmal zu wichtig, damit hatte Kiran echt einen wunden Punkt getroffen. Trotzdem nervte es, dass Eric mich einfach dismissed hatte.

Unsere Recherchen hatten uns auch nicht weitergebracht. Nicht viel zumindest. Aber mein Verhältnis zu Kiran und Stella hatte sich immens verbessert.

Zum Glück. Wenn ich schon die Ältesten gegen mich hatte, brauchte ich Freunde umso mehr.

Die Sonne ging unter. Ich fragte mich, ob Kiran schon auf Patrouille war. Vielleicht war er ja in meiner Nähe und suchte nach Schattenbluten. Ob Kristanna mich gesehen hatte? Hoffentlich hatten Kiran und Stella keinen Ärger meinetwegen bekommen.

Ich fragte mich auch, was dieser Notfall gewesen sein könnte, aufgrund dessen Eric mich versetzt hatte.

Eric.

Der Typ machte mich rasend. Er war so überheblich, so eingebildet, als könnte ihm keiner was. Dabei wusste ich genau, dass er etwas versteckte. Er dachte vielleicht, er hätte alles im Griff, aber in diesem Moment, in dem er mir seine Verletzlichkeit gezeigt hatte, konnte ich sehen, dass auch er tiefe Zweifel hatte. Eric hatte Angst. Oder war das auch nur Manipulation?

Zuzutrauen war es ihm.

Ich bog in die nächste Straße ein und bekam plötzlich Gänsehaut. Meine Nackenhaare sträubten sich und mir lief ein eiskalter Schauder über den Rücken. Alle meine Sinne schrien Gefahr. Ich blieb stehen und sah mich um.

Ich war allein. Und doch war ich mir ganz sicher, dass das nicht stimmte. Hier lauerte etwas. Jemand.

Ich ahnte, wer.

»Scheiße«, flüsterte ich.

Ich hatte einen Riesenfehler gemacht. Es war dunkel und ich war allein. Mitten in dem Gebiet, wo mich das Schattenblut neulich angegriffen hatte. Und jetzt hatte er mich im Visier.

Ich sah mich hektisch um.

Nichts zu sehen.

Ich war ganz allein, denn ich hatte eine Abkürzung durch ein Wohngebiet genommen, in dem anscheinend alle Bewohner schon in ihren Häusern waren. Es gab viel zu viele dunkle Ecken hier. Er konnte überall sein. Hinter jedem Baum und jeder Häuserecke.

»Scheiße«, flüsterte ich erneut, jetzt blieb mir die Stimme weg. Mein Herz schlug mir bis zum Hals, mein ganzer Körper kribbelte. Meine Muskeln zitterten, bereit, loszurennen. Angst kroch durch meine Adern.

Aber wohin? Wenn ich nach Hause wollte, lag noch das ganze Wohngebiet vor mir. Wenn ich umdrehte, wusste ich nicht, wohin ich rennen sollte. Ins Einkaufszentrum? Das hatte wegen des Kinos noch geöffnet. Aber schaffte ich es so weit? Auch das war mindestens ein Kilometer.

Mein Mund wurde trocken und meine Angst wuchs. Mein Nacken prickelte bedrohlich.

Hinter mir klapperte etwas. Ich fuhr herum und ging in die Knie, um loszurennen, falls es notwendig war.

Nichts zu sehen.

Wurde ich verrückt? Bildete ich mir das alles nur ein?

Es war totenstill. Und so dunkel.

So verdammt dunkel, dass es viel zu leicht wäre, mir hier aufzulauern.

Langsam richtete ich mich wieder auf.

Das ungute Gefühl blieb. Das Prickeln im Nacken. Die Gänsehaut.

Dann fühlte ich es. Atem. Ein leises Lachen.

Oh Gott, ich muss hier weg!

Schritte hallten von den Häuserwänden wider. Ich erkannte das Schlurfen. Das leichte Hinken. Es täuschte mich nicht. Dieses Mal nicht mehr.

»Da ist ja meine Freundin«, wisperte eine Stimme in der Dunkelheit.

›Er ist es!‹

Ich verlor die Nerven. Wild drehte ich mich um. Wo war er? Mein Herz pumpte und meine Hände kribbelten.

Er war hier. Ganz sicher. Meine Instinkte betrogen mich nicht. Und ich war im Nachteil.

Er wollte mich töten und dieses Mal standen meine Chancen noch schlechter.

›Er bringt mich um, wenn er mich in die Finger kriegt‹

Ich musste hier weg.

Irgendwie.

Ich spannte alle Muskeln an und rannte los. Quer durch die Dunkelheit des Wohngebiets. Mitten zwischen die Bäume, wo es noch dunkler war. Ich musste nach Hause!

Ich kam nicht weit.

Etwas rammte mich von der Seite. Ich stürzte und schlug hart auf den Boden auf. Japsend mobilisierte ich all meine Kräfte und nutzte den Schwung, um wieder auf die Beine zu kommen. Das hatte Kiran mir gezeigt.

Instinkt. Vertrauen. Ich war stark. Ich konnte es schaffen, wenn ich jetzt keinen Fehler machte.

Kies spritzte, als ich mich hochhievte und weiter rannte.

Ich musste einen Kampf unbedingt vermeiden, gegen den Dämon hatte ich keine Chance. Ich musste irgendwie entkommen. Ich musste ...

Wieder rammte er mich von der Seite, dieses Mal noch heftiger. Ich knallte der Länge nach hin. Bevor ich mich umdrehen oder auch nur bewegen konnte, nagelte er mich mit seinem Gewicht am Boden fest.

Ich schrie auf und wehte mich verzweifelt, doch seine Knie drückten meine Oberarme zu Boden. Mir wurde schlecht vor Schmerz und Angst.

Sein Gesicht leuchtete gespenstisch Weiß in der Dunkelheit und nahm immer mehr Kontur an. Ich sah seine dämonischen Augen, die wie tote schwarze Seen im Zwielicht glitzerten. In seinem Mundwinkel war ein dunkler Fleck. Ich roch den metallischen Duft von Blut.

Ich mobilisierte alle Kräfte und stemmte mich gegen ihn. Erfolglos.

Er lachte hämisch. »Ich lasse dich nicht gehen, kleine Freundin. Aller guten Dinge sind schließlich drei, oder? Heute gehörst du mir. Ich habe mich schon so darauf gefreut, das kannst du mir glauben.« Seine Zähne glitzerten weiß im Zwielicht. Jetzt gab er meinen rechten Arm frei und hob ihn an seinen Mund. »Mal sehen, ob dein Goldblut noch besser schmeckt als dein Menschenblut.«

Er hob mein Handgelenk an seinen Mund und strich mit der Zunge über meine Haut. »Du riechst so gut. Da lohnt sich das Warten.« Seine Zähne kratzten über meinen Puls. Schreckliche Bilder schossen durch meinen Kopf.

Er wollte mein Blut trinken! Einfach so, aus der Pulsader! Panik raste durch mich wie eine Feuerwalze. Ich aktivierte meine letzten Kraftreserven, riss mich los und stieß ihn von mir. Mit leerem Kopf stemmte ich mich hoch, versetzte ihm einen Tritt und rannte.

Immer weiter.

Kopflos.

Atemlos.

Meine Sicht war verschwommen, weil meine Augen mit Tränen gefüllt waren.

Mein Puls raste und mein Herz hämmerte wie ein Presslufthammer gegen meine Rippen.

Mir tat alles weh, doch der Schock hatte so viel Adrenalin freigesetzt, dass ich nicht anhalten konnte.

Meine Instinkte hatten komplett übernommen.

Mein Verstand was ausgeschaltet.

Ich rannte, bis Licht um mich war.

Erschrocken kam ich nun doch zum Stehen. Ich blinzelte in die grelle Beleuchtung und brauchte einen Moment, um zu verstehen, wo ich war.

Das Einkaufszentrum! Ich hatte es tatsächlich geschafft! Ich stürzte durch die Tür und lehnte mich schweratmend gegen die nächstbeste Wand.

»Alles okay bei dir?« Eine Frau blieb vor mir stehen.

Ich schüttelte den Kopf. »Ich bin angegriffen worden«, sagte ich atemlos. »Da draußen rennt ein Irrer rum.«

»Ruf die Polizei!«, sagte die Frau zu ihrem Begleiter. Er holte sein Smartphone heraus.

»Er ist weg, das hat keinen Sinn mehr«, sagte ich und umfasste mein Handgelenk. Angeekelt wischte ich mit meinem Ärmel darüber. Er hatte mich angeleckt. Widerlich. Und noch schlechter wurde mir, wenn ich mir vorstellte, was er jetzt mit mir machen würde, wenn ich nicht entkommen wäre.

»Ruf trotzdem die Polizei. Die müssen wissen, dass hier einer herumläuft, der Frauen überfällt«, sagte die Frau nachdrücklich. »Hast du ihn gesehen?«, wandte sie sich dann wieder an mich.

»Ja. Er hat mich auf den Boden geworfen und sich auf mich gesetzt.« Mir wurde noch schlechter, wenn ich daran dachte.

»Wir müssen es melden, bevor es wieder passiert.« Die Frau ließ nicht locker. »Wahrscheinlich hat nicht jeder solches Glück wie du und kann entkommen. In den Nachrichten sprechen sie von Vermissten, vielleicht hat der Typ was damit zu tun.«

Ein Gedanke schoss durch meinen Kopf, der mir den Magen umdrehte. Ich vermisste jemanden, der sich einfach nicht bei mir meldete. Ich wusste nicht, wo er war.

Liam!

Ich nutzte einen unbeobachteten Moment, um abzuhauen. Ich hatte weder Zeit noch Lust, mich mit der Polizei zu beschäftigen. Sie konnte mir eh nicht helfen, dafür würde es wahrscheinlich ewig dauern, meine Aussage zu machen. Darauf hatte ich keine Lust und echt keinen Nerv. Ich nahm den Bus, der fast vor meiner Haustür hielt, und kam unbeschadet nach Hause.

Ich machte in dieser Nacht kein Auge zu. Immer wieder versuchte ich, Liam zu erreichen. Sein Handy war aus.

Ich drehte beinahe durch vor Angst. An Schlaf war kaum zu denken und ich hielt die Dunkelheit nicht aus. Jedes Geräusch draußen ließ mich aufspringen. Und der Gedanke an Liam brachte mich um. Mittlerweile war ich mir sicher, dass ihm etwas zugestoßen war. Dass ihn die Schattenblute erwischt hatten.

Ich war so knapp entkommen. Nur, weil ich die Kraft und die Reflexe eines Goldblutes hatte. Ein normaler Mensch hätte keine Chance. Wie ich beim ersten Angriff.

Meine Eingeweide fühlten sich wie ein eisiger Klumpen an. Am liebsten wollte ich wieder raus und ihn suchen, doch ich traute mich nicht. Die kurze Strecke zwischen Bushaltestelle und zu Hause war die Hölle gewesen. Noch nie war ich so schnell zur Haustür gelaufen, den Schlüssel schon in der Hand.

Als ich drinnen war, fiel mir ein Stein vom Herzen.

Jetzt fühlte ich mich schuldig. Feige.

Ich schrieb Linn, wie es ihr ging, und telefonierte noch eine Weile mit ihr, doch das konnte mich nicht ablenken. Jetzt lag ich im Bett, starrte an die Decke und wartete auf den Morgen.

Als die Sonne endlich aufging und es eine halbwegs akzeptable Uhrzeit war, lief ich erneut zu Liam nach Hause und klingelte.

Mein Herz klopfte mir bis zum Hals. Bitte, er musste einfach zu Hause sein! Gesund und in einem Stück.

Seine Mutter sah mich verwundert an, als ich vor ihr stand. Wahrscheinlich hielt sie mich schon für eine halbe Stalkerin, die total desperate war. Ich durfte nicht übertreiben, sonst bekam ich von ihr keine Infos mehr.

»Ach Liebes, er ist noch nicht wieder da. Es ist lieb, dass du dir Sorgen machst, aber das brauchst du nicht. Er hat sich vorhin gemeldet, ganz altmodisch übers Festnetz«, sagte sie. »Sein Handy ist aus und Finn hat kein passendes Kabel, aber er kommt heute Abend nach Hause. Er und Finn sind noch nicht durch mit ihrem Projekt. Muss was Wichtiges sein, wenn er dafür sein ganzes Wochenende opfert. Ich weiß, dass er auch gern mit dir gesprochen hätte, aber ich glaube, Finn hat Probleme mit seinen Eltern. Ich habe Liam gesagt, dass du hier warst. Er hat versprochen, sich bei dir zu melden, sobald er kann. Wenn du heute Abend noch einmal rumkommst, könnt ihr euch aussprechen.« Sie lächelte. »Mach nicht so ein Gesicht, das renkt sich wieder ein. Liam hat sofort gesagt, dass er mit dir reden will, und er hat sich gefreut, dass du hier warst.«

»Danke«, sagte ich. Erleichterung durchflutete mich. Es ging ihm gut. Er hatte nur sein Ladekabel vergessen. Ärgerlich genug, aber das machte alles leichter. Ich verabschiedete mich und atmete tief durch, als ich unten an der Straße stand.

Die Worte seiner Mutter halfen mir. Sie waren der Beweis, dass wir uns wieder vertragen konnten. Dass Liam Linns dummen Spruch schon fast vergessen hatte. Und dass es ihm gut ging. Er war unverletzt und sicher bei Finn, den ich auch kannte. Unwahrscheinlich, dass die beiden Ärger am Hals hatten.

Alles halb so wild.

Ich konnte mich auf meine andere Baustelle konzentrieren. Vielleicht war es ganz gut, dass ich Liam erst heute Abend sah. Wegen letzter Nacht war ich noch total durch den Wind. Ich hatte den Angriff nicht vergessen.

Jetzt, wo ich wieder daran dachte, kehrte auch die Angst zurück. Ich wusste, wie knapp es gewesen war.

Schnell rief ich Kiran an und berichtete ihm, was gestern Abend passiert war. Das hatte ich letzte Nacht einfach nicht mehr auf die Kette bekommen.

Entsprechend sauer war er deswegen auf mich. Damit hatte ich schon gerechnet.

»Das darf doch nicht wahr sein«, beschwerte er sich, als ich fertig war. »Ich habe dir gesagt, dass du nicht nachts draußen herumlaufen sollst. Warum zum Teufel machst du es trotzdem? Du hattest Riesenglück, weißt du das?«

»Weiß ich«, sagte ich und ballte meine Hand zur Faust. Bei der Erinnerung an letzte Nacht zitterte sie. Ich hasste es, mich so zu fühlen. »Ich musste sichergehen, dass es Liam gut geht.«

»Wenn er nicht zu Hause war, hast du ja nicht einmal das erreicht«, meinte Kiran zickig.

»Vielen Dank, das weiß ich selbst«, pampte ich ihn an. »Das Schattenblut läuft noch da draußen rum. Und er hat es auf mich abgesehen.«

»Umso wichtiger, dass du dich nachts drinnen aufhältst, bis wir ihn geschnappt haben. Warum hast du mich nicht angerufen?«, sagte Kiran ungeduldig.

»Was hättest du denn tun sollen? Keine Ahnung, wo er hin ist, und beim letzten Mal habt ihr ihn auch nicht gefunden. Ist das normal, dass die sich jemanden als Lieblingsziel aussuchen?«, wollte ich wissen.

»Keine Ahnung, es kommt nicht so oft vor, dass jemand überlebt, zum Goldblut wird und dann nur Ärger macht«, sagte er spitz.

»Ich mag dich auch«, murmelte ich und war dankbar, dass wir uns mittlerweile gut verstanden. So nahm ich ihm das Gezicke nicht übel.

»Es ist gut, wenn du deinen Freunden sagst, dass sie abends nicht allein losziehen sollen, Schattenblute greifen nur einzelne Menschen an. Ich verstehe, dass du dir Sorgen um deinen Freund machst, aber momentan ist es wahrscheinlicher, dass dir etwas passiert als ihm.«

»Hast recht.« Ich starrte auf meine Sneaker. »Kommt nicht wieder vor. Was macht ihr heute?«

»Ich weiß nicht, was Stella vorhat, aber ich bin auf dem Weg ins HQ. Lagebesprechung. Dauert den ganzen Tag.«

»Okay, schade.« Ich überlegte laut. »Ich kann Stella ja mal anrufen. Hauptsache ich störe sie nicht wieder mit ihrem Freund, wie letztes Mal.«

Es war eine Weile still am anderen Ende. »Mach das«, sagte Kiran schließlich kratzig. »Komm morgen Nachmittag hin, dann können wir sprechen. Und mach keinen Ärger, Persia.« Er legte auf.

Mir blieb nichts anderes übrig, als mich mit Linn zu treffen und auf Liams Anruf zu warten. Und mich schuldig zu fühlen, weil ich Kiran mit meiner dummen Bemerkung auf den Schlips getreten war.

Ich wartete vergeblich darauf, dass Liam sich bei mir meldete. Um neun verlor ich die Nerven und rief ihn an.

Das Handy war immer noch aus.

Ich wartete eine halbe Stunde und versuchte es wieder.

Und dann noch einmal.

Und noch einmal.

Um Mitternacht gab ich auf.

Vielleicht war er jetzt erst nach Hause gekommen und direkt ins Bett gegangen, ohne das Handy einzuschalten.

›Hör auf, dich verrückt zu machen. Gestern war nichts los und heute auch nicht. Beruhige dich. Schlaf. Morgen sehen wir uns in der Schule. Dann klären wir alles.‹

Ich schaffte es, mich so weit runterzuholen, dass ich einschlafen konnte. Doch ein Rest des dummen Gefühls blieb sehr hartnäckig und weckte mich immer wieder auf.

Am nächsten Morgen versuchte ich es auf dem Weg zur Schule erneut auf seinem Handy. Jetzt musste es an sein. Es gab keinen Grund, warum nicht.

Als ich auch dieses Mal direkt auf der Mailbox landete, bekam ich es mit der Angst zu tun.

Schon wieder.

»Alles okay?«, fragte Linn, als wir uns an der Schule trafen. Ich schüttelte den Kopf und erzählte ihr von meinem Überfall und den Gesprächen mit seiner Mutter.

Linn wurde blass. »Warum hast du das gestern nicht erzählt?«, fragte sie. »Oh Gott, Persia, geht es dir wirklich gut?« Sie umarmte mich und hielt mich ganz fest. Erst Sekunden später merkte ich, dass ich weinte.

Jetzt kam also der Schock.

Linn zerrte mich vom Schulhof und ins nächste Café. Die ersten zwei Stunden ließen wir ausfallen.

»Du kannst immer noch zur Polizei gehen«, sagte sie.

»Will ich gar nicht. Mir geht es gut. Ich will einfach nur Liam sehen und sichergehen, dass es ihm gut geht.«

»Wenn er seine Mom angerufen hat, ist doch alles gut.«

»Aber das war gestern Morgen. Und sein Handy ist immer noch aus. Da stimmt doch was nicht. Welcher Achtzehnjährige kommt denn tagelang ohne sein Smartphone aus?«, fragte ich nachdrücklich.

Darauf wusste Linn auch keine Antwort. »Dann warten wir in der großen Pause auf ihn«, trumpfte sie schließlich auf. »Er ist doch heute in der Schule. Dann weißt du es endlich und er kann dir sagen, was mit dem Handy ist. Vielleicht ist es ja auch kaputt. So wie deins.«

Ich nickte. Ja, das war möglich. Und Linn hatte recht. Es gab keinen Grund, sich solche Sorgen zu machen. Ich hatte ganz andere Probleme.

Eins davon hatte mich vorgestern Nacht angegriffen. Und das war keine Einbildung.

Ich holte mein Handy aus der Tasche und schrieb Kiran. Vielleicht gab es neue Infos von den letzten Patrouillen.

Irgendwas musste ich tun, sonst drehte ich durch.

Komm heute Nachmittag vorbei, schrieb er mir.

Liebend gern.

Linn gab sich alle Mühe, mich auf andere Gedanken zu bringen. Pünktlich zur großen Pause waren wir auf dem Schulhof. Ich reckte den Hals, um Liam zu finden, doch er war nirgends zu sehen.

Stattdessen entdeckte ich Finn, den Freund, bei dem er am Wochenende gewesen war.

Finn sah müde aus, als wäre er krank. Was auch immer mit ihm los war, ich hoffte, dass Liam ihm helfen konnte. Jetzt musste er aber erstmal mir helfen.

Ich marschierte auf ihn zu, Linn folgte mir. »Hey Finn, hast du Liam gesehen?«

Finn schüttelte den Kopf. »Er ist nicht da. Wusstest du das nicht?«

»Nein, ich habe Probleme, ihn zu erreichen«, sagte ich.

»Kein Wunder, er hat sich eine schöne Spider-App runtergeladen am Samstag. Der Marmorboden bei uns ist ein echter Killer. Seitdem spinnt das Ding.«

Das erklärte alles. Linn grinste triumphal.

»Wann ist er gestern bei dir los?«, fragte ich.

»Ich glaube, das war gegen acht«, meinte Finn.

Um acht war es noch hell. Das bedeutete, dass ihm nichts passiert sein konnte. Zumindest kein Schattenblutangriff. Mir fiel ein Stein vom Herzen.

Finn legte die Stirn in Falten. »Nein warte, das muss später gewesen sein. Die Sonne ging gerade unter.«

Mein Mund wurde trocken und mein Lächeln gefror.

Warum?

Warum verdammte Scheiße, konnte Liam nicht einfach auftauchen? Warum musste ich nach ihm suchen und mir dauernd Sorgen machen? Ich ballte die Hände zu Fäusten und biss die Zähne zusammen.

»Weißt du, ob er gut zu Hause angekommen ist?«

»Das musst du seine Mom fragen, Persia«, meinte Finn. Neben mir kicherte Linn. Ich warf ihr einen strafenden Blick zu, weil ich ahnte, was los war: Sie fand Finn süß.

Finn und Linn.

Das konnte sie sich gleich abschminken.

»Okay, danke.« Ich packte sie am Arm und zerrte sie hinter mir her.

»Warum wusste ich nicht, dass er so cute ist?«, murmelte sie, doch ich hörte nicht zu.

»Ich muss los«, sagte ich. »Zu Liam nach Hause. Ich schreib mir später ne Entschuldigung. Ich melde mich.«

Sie brauchte ein paar Sekunden, dann zuckte sie mit den Schultern. »Verstehe ich. Viel Glück.«

Ich ahnte, dass ich es brauchte.

Eine halbe Stunde später ließ ich die Hand sinken. Ich hatte bei Liam zu Hause Sturm geklingelt.

Niemand öffnete.

Klar, seine Eltern waren bei der Arbeit, aber wo war Liam? Warum war er wie vom Erdboden verschluckt? Das Gefühl, dass was passiert war, wurde immer stärker.

›Er ist gestern nicht zu Hause angekommen‹, sagte mir meine Intuition. *›Ihm ist etwas passiert.‹*

Tränen stiegen in meine Augen.

Was konnte ich machen?

Mir blieb nur eins übrig. Ich drehte auf dem Absatz um und lief zur Goldblutzentrale. Schon unterwegs rief ich Kiran an: »Ich brauche deine Hilfe.«

»Was ist denn los?«

»Mein Freund ist verschwunden. Er ist gestern Abend von einem Freund nicht nach Hause gekommen.« Jetzt, wo ich es aussprach, bekam ich einen dicken Kloß im Hals. Es fühlte sich wie eine Tatsache an.

»Und was soll ich da machen? Du musst die Polizei anrufen. Oder seine Eltern«, sagte Kiran ungeduldig.

»Ich glaube, dass es etwas mit dem Schattenblut zu tun hat, das mich angegriffen hat. Bitte, Kiran. Ich bin gleich beim Hauptquartier. Kannst du mir helfen?«

Ich bog in die Straße ein. Am anderen Ende der Leitung war es still, dann hörte ich ihn seufzen.

»Komm her. Ich sehe, was ich tun kann.«

»Danke.« Ich legte einen Zahn zu und rannte in das Gebäude. Ich ignorierte den Idioten am Empfang und öffnete die Schranke mit meinem Chip. Schon stand ich im Fahrstuhl und fuhr nach oben.

Mein Herz klopfte und mir ging das alles nicht schnell genug. Mein Kopfkino verdrängte alle anderen Gedanken aus meinem Gehirn. Es entwarf schreckliche Bilder, auf denen Liam von dem Schattenblut angegriffen wurde. Er war viel wehrloser als ich. Wenn er ihn erwischt hatte, hatte er keine Chance.

Ich schluckte die Tränen hinunter und versuchte, klarzukommen. Ich musste mich zusammenreißen. Es bestand noch die Möglichkeit, dass etwas ganz anderes passiert war. Dass es eine harmlose Erklärung für all das gab. Wie mit dem kaputten Handy. Es könnte einen Notfall in der Familie gegeben haben, weswegen er heute nicht in der Schule war.

Es musste kein Schattenblutangriff dahinterstecken. Es konnte irgendwas völlig absurd-langweiliges sein. Und wenn es nur ein Arztbesuch war, den ich vergessen hatte.

Bei dem ganzen Stress passierte das leicht.

Die Fahrstuhltüren öffneten sich und ich stolperte in den achten Stock. Ich wusste nicht, wo Kiran sich aufhielt, also ging ich zu Stella.

Mir begegneten ein paar Leute. Einige sahen mich neugierig an, andere ignorierten mich. Es war mir egal. Ich musste Kiran finden.

»Kommt Persia gleich?«, hörte ich Stellas Stimme. Irgendwas an ihrem Tonfall ließ mich stehenbleiben.

»Ja, wegen ihres Freundes. Sie sagt, er ist verschwunden und befürchtet, dass er angegriffen wurde«, sagte Kiran. Er war also bei ihr. Das machte alles leichter. Trotzdem blieb ich stehen. Das war nicht nett, nicht jetzt, wo wir Freunde waren, aber etwas hielt mich zurück. Ich wollte wissen, wie er mit Stella über mich sprach, wenn ich nicht dabei war. Mein Herz klopfte laut und ich biss mir auf die Lippe, um nicht doch etwas zu sagen.

»Wie kommt sie darauf?«, wollte Stella wissen.

»Vermutlich wegen des Angriffs vorletzte Nacht. Es war das Schattenblut, das sie damals attackiert hat.«

»Ist sie sich da sicher?«, fragte Stella erschrocken.

»Ja.«

»Und ihr Freund ist definitiv verschwunden?«

»Sagt sie, ja.«

»Wie liefen die Patrouillen der letzten zwei Nächte?«, wollte sie wissen.

»Das weißt du doch schon, oder nicht?«, fragte Kiran mit einer gewissen Schärfe in der Stimme, die mich verwunderte. Es dauerte zwei Sekunden, dann machte es *klick*. Stellas Freund. Er musste in Kirans Truppe sein. Hoffentlich hatte ich keinen Ärger zwischen den beiden verursacht.

»Ich frage *dich* danach«, sagte Stella ruhig. Falls sie sich ärgerte, ließ sie es sich nicht anmerken.

Ich wartete mit klopfendem Herzen und schweißnassen Händen auf Kirans Antwort.

»Wir haben Aktivitäten festgestellt«, erwiderte er. »Es waren mindestens vier. Und sie halten sich in der Nähe der Zentrale auf. Erwischen konnten wir keinen.«

»Haben sie jemanden angegriffen?«

Kiran schwieg einen Moment. Mit jeder Sekunde wurde mein Magen flauer. Mein Atem war flach, ich hatte das Gefühl, als würde ich keine Luft bekommen. »Das ist schwer zu sagen, aber wir haben etwas beobachtet, was wie ein Angriff aussah.«

»Beobachtet?«, fragte Stella dünn.

»Wir waren zu weit weg, um eingreifen zu können. Carl hat uns befohlen, zu warten.«

»Und das Opfer?«, wollte sie wissen.

»Es gab keins. Als wir den Ort erreichten, war niemand mehr da«, erwiderte Kiran. Ich musste mich gegen die Wand lehnen, weil meine Beine weich wurden.

»Das bedeutet, das Opfer könnte mitgenommen worden sein?«, fragte Stella. Ich riss die Augen auf, weil ich Angst davor hatte, zu blinzeln. Bilder kamen in mir hoch, die ich verzweifelt verdrängte. Die Stimmen der beiden wurden zu einem Rauschen, doch ein einziges Wort von Kiran reichte: »Ja.«

Ich verlor den Kampf. Mir wurde schwarz vor Augen.

KAPITEL 11

»Persia?« Eine kühle Hand legte sich auf meine Stirn.

Mühsam schlug ich die Augen auf und brauchte einen Moment, um zu erkennen, wo ich war. Ich lag auf dem Boden. Über mir knieten Kiran und Stella und sahen mich besorgt an. Was war passiert?

»Hey«, sagte Stella vorsichtig. »Ist alles okay bei dir?« Ihre Hand auf meiner Stirn tat gut, wahrscheinlich wandte sie ihre Magie an, um mir zu helfen. Heute war das mehr als okay.

Kiran reichte mir die Hand und half mir, mich aufzusetzen. Mir brummte der Schädel, aber der Schock war noch da. Jetzt kamen die Gedanken zurück.

»Liam«, flüsterte ich.

Kiran und Stella tauschten einen Blick. »Wie viel hast du mitbekommen?«, fragte sie.

»Genug«, flüsterte ich und rieb mir den Nacken. Meine Augen brannten, doch ich riss mich zusammen. Ich war hier an einem Ort voll unfreundlicher Augenpaare, die mich im Blick hatten.

»Es gibt keinen belastbaren Hinweis darauf, dass deinem Freund etwas zugestoßen ist«, sagte Kiran ruhig.

»Du hast gesagt, dass ...«, wandte ich ein.

»Ich weiß. Aber ich kann nicht sicher sagen, was mit dem Opfer geschehen ist. Wenn es überhaupt eins gab.«

»Wie meinst du das?«, fragte Stella.

»Wir vermuten, dass sie auf der Lauer liegen«, erwiderte Kiran. »Möglich, dass der Überfall fingiert war, um uns anzulocken, und dass sie von den Patrouillen wissen.

Wenn sie es auf uns abgesehen haben, dann könnten sie versuchen, uns so aus der Reserve zu locken.«

»Das klingt ziemlich raffiniert«, meinte Stella. »Dabei heißt es doch immer, dass sie kaum klar denken können.« Kiran nickte mit zusammengepressten Lippen.

»Aber mindestens eine kann es«, mischte ich mich ein und schluckte den Kloß in meiner Kehle runter. Die beiden sahen mich irritiert an.

»Lina«, erinnerte ich sie ungeduldig. Die beiden mussten echt mal aus ihrer Bubble raus.

Kiran machte ein saures Gesicht. »Niemand weiß, ob es sie überhaupt gibt.«

»Ich weiß«, gab ich zurück. »Ich habe unsere Recherchen nicht vergessen. Aber es ist doch möglich, dass es sie gibt. Du hast selbst gesagt, dass es unwahrscheinlich ist, dass das Schattenblut sie erfunden hat. Sie könnte existieren. Immer, wenn wir etwas Neues herausfinden, stellt das alles, was wir anfangs wussten, in Frage. Mittlerweile sieht es so aus, als wären die Schattenblute ganz anders, als ihr dachtet. Keiner von uns kann sagen, was wahr ist und was nicht. Es ist also möglich, dass sie organisiert sind. Und ... rekrutieren.« Beim letzten Wort brannte mein Mund. Ich schloss die Augen und atmete tief durch. Jetzt nicht weinen. Ich musste stark sein. Ich musste weitermachen, egal, wie groß der Widerstand war.

Die Goldblute streuten hier bewusst falsche Informationen. Sie ließen ihre eigenen Leute im Dunkeln. Das ging mich auch etwas an. Viel mehr, als mir lieb war.

Stella nahm meine Hand. »Bist du sicher, dass er verschwunden ist?«, fragte sie. »Es gibt keine Alternative?«

»Ich kann ihn nicht erreichen, aber sein Handy ist wohl kaputt«, sagte ich unglücklich. »Er war das ganze Wochenende weg und sollte gestern Abend nach Hause kommen. Er war heute nicht in der Schule und auch nicht zu Hause. Ich weiß keine andere Erklärung.«

»Hey, ich verstehe, dass du dir Sorgen machst, aber es gibt einen Haufen Möglichkeiten, was passiert sein könnte«, sagte Kiran freundlich. Ich sah ihn überrascht an. Mit Verständnis hatte ich bei ihm nicht gerechnet.

»Aber ich weiß, dass da was nicht stimmt«, flüsterte ich. »Irgendwas läuft da richtig falsch. Und ich drehe durch, weil ich ihn einfach nicht finde.«

»Dann rede noch einmal mit seinen Eltern, um sicherzugehen«, schlug Stella vor. »Sie können dir sagen, ob er gestern nach Hause gekommen ist, oder nicht. Nur, wenn du das weißt, lohnt es sich, sich weiter den Kopf zu zerbrechen. Wir helfen dir.«

»Warum?«, fragte ich kläglich.

Die beiden sahen mich mit großen Augen an.

»Weil wir Freunde sind«, sagte Kiran ruppig.

Er hatte sich echt krass verändert. Stella auch. Endlich hinterfragten sie - wahrscheinlich zum ersten Mal - was die Ältesten taten.

Ich ahnte, wie unangenehm das für sie war - trotzdem taten sie es. Es ging ihnen wie mir: Dieses Lost-sein war schlimmer als der Ärger wegen unserer Fragen. Und da lauerte Riesenärger. Vor allem für mich, denn Eric würde sofort erraten, dass ich hinter allem steckte.

Apropos: »Wo ist Eric?«, fragte ich. »Er schuldet mir noch etwas.«

»Darauf würde ich nicht warten«, erwiderte Stella. »Ich habe ihn und die anderen seit Tagen nicht gesehen. Ich glaube, sie sind gar nicht hier.«

Ich schnaubte. Das war so typisch!

»Der Typ nervt mich dermaßen an«, knurrte ich, dann stand ich endlich auf. Genug auf dem Boden gelegen.

Ich stand zwar, musste mich aber an der Wand abstützen, weil mir schwindelig wurde. »Dann gehe ich jetzt noch mal zu Liam nach Hause.«

»Soll ich mitkommen?«, fragte Kiran.

»Eigentlich gerne, aber da wir uns deinetwegen überhaupt gestritten haben, gehe ich allein«, erwiderte ich.

Kiran nickte. Wenigstens musste ich nicht diskutieren.

Mittlerweile war es Nachmittag. Jetzt müsste Jutta zu Hause sein. Sie fing immer früh an zu arbeiten.

Ich verabschiedete mich von meinen Freunden.

»Bitte melde dich, wenn du dort warst.« Manchmal hatte Stella einen echten Mom-Mode. Sollte sie mal Kinder bekommen, hatte sie es voll drauf. Ich versprach es ihr trotzdem. Sie war so nett, dass sie das einfach verdiente. Ich hatte nicht damit gerechnet, dass wir uns anfreunden könnten. Und auch nicht, dass sie mir halfen. Nicht so. Nicht so völlig gegen den Kodex der Goldblute.

Ich legte den Weg zu Liam in Windeseile zurück. Mein Herz schlug mir bis zum Hals und ich betete, dass ich falschlag. Dass er mir gleich die Tür öffnete und alles nur ein dummer Zufall war.

Ich erreichte das Wohnhaus und klingelte schwitzigen Händen. Gänsehaut schlich trotz der sommerlichen Hitze über meinen Nacken und ich sah mich immer wieder um.

»Es ist Tag«, murmelte ich. »Sie können dir nichts tun.«

Aber hier machte niemand, was von ihm erwartet wurde. Ich fragte mich, wie viele Infos, die Kiran und Stella über die Schattenblute hatten, wirklich stimmten. Das meiste kam mir fake vor. Wie eine Story, die ich den Leuten erzählte, damit sie vor Angst die Klappe hielten.

Und zwar bei allem. Bei Schattenbluten, bei Lina und bei allem, was irgendwie dazugehörte.

Auf mich hatte mein Angreifer gar nicht dumm gewirkt. Irre ja, aber das lag daran, dass er mich töten wollte. Wenn er mir auflauern konnte, war er intelligent. Und das passte nicht zu dem, was die Goldblute über die Schattenblute sagten.

Ich klingelte erneut, als sich nichts tat.

»Verdammt, Liam«, fluchte ich. Die Angst wurde immer größer. Sie griff wie eine eiskalte Hand nach meinem Herzen und drückte zu. Meine Brust fühlte sich eng an und das Atmen fiel mir schwer.

Ich bekam Panik. Das war gar nicht gut.

»Wollen Sie mit reinkommen?«, hörte ich eine Stimme neben mir. Ich riss mich zusammen und sah die ältere Frau an. Liams Nachbarin. Ich hatte sie schon ein paar Mal gesehen.

»Sie sind doch die Freundin von dem Rosenstein-Jungen, oder?«, wollte sie wissen. Ich nickte und fragte mich, warum manche Leute redeten wie in alten Filmen.

Die Nachbarin runzelte die Stirn. »Die Familie ist heute Morgen weggefahren.«

Ich riss die Augen auf. »Alle?«

»Ja, alle fünf.«

»Sind Sie sicher, dass Liam auch dabei war?«

»Ja, beide Töchter sind ins Auto gestiegen.«

»Ich meine den Sohn.« Mein Herz pochte bis zum Hals.

Die Nachbarin nickte. »Ach so. Ja, ja, alle.« Sie schloss die Tür auf. »Ich sollte auch mal verreisen. Hier ist es nachts nicht mehr sicher«, murmelte sie und warf mir noch einen Blick zu. »Gehen Sie lieber rechtzeitig nach Hause.«

Das ließ mich aufhorchen, doch ich hatte keine Zeit für Geschichten. Ich hatte endlich einen Anhaltspunkt. Ich konnte mich entspannen. Halbwegs.

»Mache ich. Danke für Ihre Hilfe. Dann ist alles in Ordnung. Schönen Tag.« Ich machte ein paar Schritte zurück und drehte mich weg.

Liams Familie war weggefahren? Wohin? Urlaub konnte es nicht sein, es waren schließlich keine Ferien. Also musste etwas passiert sein.

Aber was? Was konnte so schlimm sein, dass die ganze Familie wegfuhr? Eigentlich nur ein Todesfall. Ich wusste, dass seine Großmutter und die Familie seines Onkels im Sauerland wohnten, vielleicht war ja da was passiert.

Hätte er mir nicht irgendwie Bescheid sagen können? Wenn sein Handy immer noch Schrott war, könnte er doch eine seiner Schwestern fragen und ...

Ich riss die Augen auf und hätte mich für meine Blödheit ohrfeigen können. Warum hatte ich nicht eher daran gedacht, Tessa zu schreiben? Liams Schwester konnte mir problemlos sagen, wann er gestern nach Hause gekommen war. Ich war so dämlich!

Liams jüngere Schwestern gingen beide nicht auf unsere Schule, ich sah sie nicht so häufig. Wir mochten uns, hatten aber nicht viel miteinander zu tun, obwohl Tessa nur ein Jahr jünger war als ich.

Ich holte mein Handy aus der Tasche und fluchte. Das Mistding hatte ihre Nummer nicht importiert. Ich rief die Social Media-App auf und suchte sie. Irgendwo hatte ich sie in meinen Kontakten, wir folgten uns gegenseitig.

Liam brauchte ich hier nicht texten, er hatte ja kein Handy. Endlich hatte ich ›MissTessRose‹ gefunden und öffnete den Chat.

Hey Tessa, hab gerade von eurer Nachbarin gehört, dass ihr verreist seid. Kannst du Liam bitten, dass er sich meldet? Thx und LG, Persia.

Ich überlegte, ob ich Myra, Liams jüngster Schwester, auch schreiben sollte, wollte aber nicht so aufdringlich sein. Tessa würde mir antworten, sobald sie Zeit hatte. Und dann meldete Liam sich hoffentlich auch bei mir.

Jetzt musste ich abwarten, aber es ging mir etwas besser. Zumindest war ich so weit beruhigt, dass ich nach Hause gehen und Linn schreiben konnte. Sie hatte mir schon zehn Messages geschickt und wollte wissen, was los war. Jetzt hatte ich zumindest News.

Er hätte ja mal was sagen können. Irgendwie kann man sich immer melden, wenn man will, meinte sie.

Jupp, das wäre nice gewesen und ich hätte nicht so abgehen müssen, schrieb ich zurück.

Sie schickte ein genervtes Emoji. *Typisch Mann. Unzuverlässig as fuck. Hoffe, dass Tessa sich bald meldet.*

Wegen der ganzen Aufregung hatte ich Linn gar nicht mehr nach Noah gefragt und ich wusste nicht, wie es ihr gerade ging. Vielleicht half ihr die Ablenkung, das abzuhaken. Fragen wollte ich nicht, um keinen unnötigen Stress zu riskieren. Bei Linn war es manchmal so, dass sie ihr Elend vergaß, bis sie darauf angesprochen wurde. Dann litt sie dafür umso heftiger.

Mein Handy klingelte erneut. Hoffentlich war das Tessa. Oder besser Liam selbst.

Doch die Message war von Kiran: *Gibts was Neues? Heute Abend steht Training an. Verteidigungstechniken. Ich hole dich um halb zehn ab.*

Die Familie ist verreist, warte auf Rückmeldung. Sieht aber aus, als wäre alles in Ordnung. Warum so spät?, fragte ich zurück.

Lagebesprechung im HQ. Schaffe es nicht eher.
Dann war das halt so.

Ich setzte mich auf mein Fensterbrett und zog die Beine an. Atmete durch. Langsam löste sich die Anspannung.

Es war okay. *Liam* war okay.

Meine Angst war übertrieben und es ging ihm gut. Ganz sicher. Ich lehnte meinen Kopf gegen die Wand und schloss die Augen. Es wurde besser. Ich fühlte mich nicht mehr so lost.

Heute Nacht lernte ich, wie ich mich verteidigen konnte. Bald meldete sich Tessa bei mir und dann wusste ich endlich, was los war.

Türenschlagen riss mich aus meinen Gedanken. Ich sah auf und versuchte herauszufinden, ob es nebenan war. Hier bei mir konnte es nicht sein.

Dann hörte ich unten im Flur Stimmen. Mein Herz setzte einen Schlag aus. Waren die Schattenblute hier? Aber Kiran hatte doch gesagt, dass sie verschlossene Häuser nicht betreten konnten! Noch mehr Fake-Infos, die mich das Leben kosten konnten.

Mein Herz hämmerte gegen meine Rippen. Erinnerungen an Samstagabend kamen zurück. Wie er auf mir gesessen hatte. Das Glitzern in seinen Augen. Sein Atem, der über mein Gesicht strich. Das Wissen, dass ich gleich sterben würde.

Ich schüttelte den Kopf und versuchte, meine Angst irgendwie loszuwerden. Sie würden mich nicht kriegen.

Ich trat ans Fenster und öffnete es. Ich war im ersten Stock. Mit meinen Goldblut-Kräften war es easy, in den Garten zu springen. Dann musste ich über die Zäune und raus aus der Häuserreihe.

Und dann?
Dann irgendwie zum HQ.

Ich kletterte auf das Fensterbrett und holte Luft, um mich auf den Sprung vorzubereiten.

»Persia?«

Beinahe wäre ich vor Schreck aus dem Fenster gefallen. Mein Herz raste und es dauerte, bis ich die Stimme als echt erkennen konnte. Sie war es wirklich.

»Mama?«

Ich öffnete meine Zimmertür und trat in den Flur. Meine Mutter kam gerade die Treppe herauf. Ich starrte sie an wie ein Alien. »Was macht ihr denn hier?«, fragte ich dünn.

»Wir sind zurück. Das habe ich dir doch per E-Mail geschrieben. Die Roaming-Gebühren sind astronomisch und das WLAN im Hotel fiel dauernd aus. Papa konnte nicht ordentlich arbeiten.« Mama rümpfte die Nase und verdrehte die Augen. »Die Kollegen waren nett, aber die Reise war nicht das, was ich erhofft hatte. Na ja, hätte schlimmer sein können. Mein Gott, guck doch nicht so entgeistert! Mehr als Bescheid sagen können wir nicht!«

Ich wusste nicht, was ich sagen sollte. Ich hatte die Mail nicht bekommen, weil ich vergessen hatte, meinen Mailaccount mit dem Handy zu synchronisieren.

Jetzt standen meine Eltern vor mir, und fragten sich, warum ich nicht feierte, dass sie da waren.

Ich hatte erst am Freitag mit ihnen gerechnet. Und mir bisher keine Gedanken gemacht, wie ich das alles hinbekommen sollte, wenn sie zurück waren.

Jetzt saß ich richtig tief in der Scheiße.

Ich bekam Panik, weil ich hoffnungslos überfordert war. Natürlich freute ich mich, dass meine Eltern wieder da waren, aber in zwei Stunden stand Kiran vor der Tür und ich musste mit ihm gehen, egal, was meine Eltern darüber dachten.

Scheiße.

»Ist alles okay?«, fragte mein Vater. »Du kommst mir so durch den Wind vor.«

»Nein, nein, alles gut.« Mechanisch umarmte ich beide. Ich war mit der Situation total überfordert. Wie sollte ich jetzt weitermachen?

Tessa hatte sich immer noch nicht bei mir gemeldet und draußen lauerten die Schattenblute. Ich hatte Angst, dass meine Eltern in Gefahr waren. Das wäre das Schlimmste, was passieren konnte. Neben Liams Verschwinden.

Scheiße, warum meldete sich seine Schwester nicht?

Am liebsten wäre ich sofort rausgerannt, aber was sollte ich meinen Eltern sagen? Ich musste versuchen, heimlich hier rauszukommen.

Ich schluckte. Da war es wieder: »Du bist ein Teenager. Lüg.« Kristannas Worte bei unserem Kennenlernen hallten in meinem Kopf nach.

Mir blieb wohl nichts anderes übrig.

»Hast du schon gegessen?«, wollte meine Mutter wissen. Ich schüttelte den Kopf. »Gut, dann bestellen wir was. Auf Kochen habe ich jetzt keine Lust.«

Wir orderten Pizza und meine Eltern erzählten von Ägypten. Ich hörte kaum zu, schaffte es aber, an den passenden Stellen zu nicken. Mama beobachtete mich.

»Was hast du bloß?«, fragte sie schließlich und nahm meine Hand. Sie drehte meinen Arm und runzelte die Stirn. »Ist das Glitzerpuder?«

Scheiße, ich sollte echt auf Langarmshirts umsteigen. Ich sah schnell runter, damit sie die Sprenkel in meinen Augen nicht sah. Ich wollte nicht über Kontaktlinsen diskutieren.

Ich musste Kiran unbedingt fragen, was ich meinen Eltern sagen durfte. Irgendeine Erklärung brauchten sie. Ich konnte unsere Treffen nicht ewig geheim halten. Und lügen brachte mich um.

Ich lächelte fake. »Ähm, ja. Summer Glow. Ich fands nice.«

Mama nickte mit hochgezogener Augenbraue und ließ meine Hand los. »Ja, *nice*. Aber du hast trotzdem etwas. Hat es was mit Liam zu tun?«

Ich sah sie erschrocken an. »Ich ... ja.«

»Was ist passiert? Ihr versteht euch doch so gut«, fragte mein Papa überrascht.

Mama warf ihm diesen Blick zu, dass er sich abregen sollte. Für sie war damit klar, dass nichts dramatisches los war. Sie mochte Liam, aber sie hatte mir schon als wir zusammenkamen, gesagt, dass ich mich noch lange an meinen ersten Freund erinnern würde. Damit war für sie safe, dass das mit Liam und mir nicht lange halten würde. Damals hatte sie genauso geguckt: freundlich, wissend und leicht mitleidig, weil ich so ahnungslos war. Ich fand das mindestens so blöd wie Papas Rückfrage. Sie wusste doch gar nicht, was passiert war.

»Wir haben Stress, weil Linn einen dummen Witz wegen eines Typen gemacht hat, den Liam voll in den falschen Hals gekriegt hat. Seitdem haben wir nicht mehr gesprochen, obwohl ich es mehrmals versucht habe.« Ich brach ab, weil es jetzt echt undramatisch klang.

Mama atmete auf und warf meinem Vater diesen anderen Blick zu: ›Siehst du? Nur Teenie-Kram.‹

Schön, dass sie das so abtun konnten. Sie hatten aber auch keine Ahnung.

»Warum redet er nicht mit dir?«, wollte mein Vater wissen. »Das ist kindisch.«

»Wir verpassen uns ständig«, erklärte ich und berichtete von meinem kaputten Handy. Meine Eltern sahen mich entgeistert an, noch schlimmer wurde es, als ich erwähnte, dass ich krank gewesen war.

»Warum sagst du denn nichts?«, fragte meine Mutter gestresst. »Hast du Rhahida Bescheid gesagt?«

»Ja, alles in Ordnung. Ich bin kein Kind mehr. Ich kam zurecht. Ihr hättet von Kairo aus eh nichts machen können. Mir geht es wieder gut. Es ist alles okay«, sagte ich und war froh, dass ich ihnen nicht die Wahrheit gesagt hatte. Das wäre der Overkill gewesen.

Meine Eltern sahen nicht überzeugt aus.

»Okay«, wiederholte meine Mutter langsam.

Ich wollte gerade etwas sagen, da vibrierte mein Handy. Kiran. Er war da. Fuck.

»Ich muss noch mal los«, sagte ich und stand auf.

Meine Eltern starrten mich an.

»Jetzt?«, fragte mein Vater verstört. »Es ist halb zehn.«

»Ich weiß, ist aber wichtig«, antwortete ich.

»Morgen ist Schule«, sagte meine Mutter kopfschüttelnd. »Du solltest lieber ins Bett gehen. Was auch immer es ist, es hat bestimmt Zeit bis morgen.«

»Nein, leider nicht. Es ist wirklich wichtig. Ich habe keine andere Wahl, okay?« Ich ging zur Garderobe und holte meine Jacke.

»Persia, das war kein Witz!« Mama kam hinter mir her und verschränkte die Arme vor der Brust. »Du gehst heute nicht mehr raus. Egal, wie wichtig es ist, es hat bis morgen Zeit, das verspreche ich dir.«

»Nein, hat es nicht. Ich muss los. Jetzt mach bitte keinen Stress, okay?«

Sprachlos sah sie mich an. »*Mach keinen Stress?* Ich möchte gar nicht wissen, was hier in den letzten zweieinhalb Wochen abgegangen ist. Ich dachte, wir können uns auf dich verlassen, Persia.«

»Könnt ihr auch. Aber es wäre auch nice, wenn ihr mir vertraut. Wenn ich sage, dass es wichtig ist, könnt ihr mir das glauben.« Mein Stresslevel stieg sekündlich. Ungefähr gleichzeitig mit Mamas Wutlevel. Mittlerweile war ihr Gesicht rot. Ein ganz schlechtes Zeichen.

Und mir lief die Zeit davon.

Ich riss die Haustür auf. Vorn an der Straße stand Kiran. Seine Augen weiteten sich, als meine Mutter hinter mir herrief, ich solle stehen bleiben.

»Verdammt, Persia! Bleib hier!« Jetzt kam auch noch mein Vater hinterher. Ich musste mich beeilen, oder die Lage eskalierte. Ich rannte los und sprang über die Pforte.

»Komm!«, raunte ich Kiran zu.

Der warf noch einen unsicheren Blick auf meine Eltern und folgte mir. Ich hörte meine Mutter noch rufen, aber ich rannte einfach weiter. Sie konnte mich nicht einholen.

Meine Kehle fühlte sich trocken an. Sowas hätte es vor der Goldblutsache nie gegeben! Meine Mutter und ich hatten uns noch nie so gestritten. Ich wäre nie einfach abgehauen.

Vor der Goldblutsache, als mein Leben noch einfach und in Ordnung war und Linn mein größter Stressfaktor.

Ich war nicht mehr die Persia, die meine Eltern kannten. Ich kannte mich ja selbst kaum noch.

Und ich wusste, dass mich der Ärger meines Lebens erwartete, wenn ich nach Hause kam. Dagegen fühlten sich die Schattenblute beinahe harmlos an.

Das nahm ich zurück.

»Was war das denn?«, fragte Kiran nach einer Weile.

»Meine Mutter.«

»Das habe ich mir gedacht. Wieso ist sie schon zurück? Du sagtest etwas vom Wochenende.«

»Ich weiß. Sie standen vorhin einfach in der Tür. Ich habe fast einen Herzinfarkt bekommen, weil ich dachte, Schattenblute sind im Haus.«

Kiran blieb stehen. »Sie können nicht in private Häuser spazieren«, sagte er.

»Bist du dir hundertprozentig sicher?«, fragte ich.

Kiran zögerte. Also nicht.

»Ja«, murmelte er und rieb sich den Nacken. Ich warf ihm einen langen Blick zu. »Okay, bin ich nicht. Das wurde mir beigebracht. Aber vieles, was sie gesagt haben, stimmt nicht. Es war nur nie klug, etwas in Frage zu stellen, das einem gesagt wurde.«

Er biss sich auf die Lippe und wurde blass, als hätte er gerade Hochverrat begangen. Ich konnte gar nicht glauben, dass er die Widersprüche nicht schon früher bemerkt hatte. Vielleicht wollte er sie aber bisher auch nicht sehen.

Er und Stella hatten nur das. Klar, dass es für die beiden schwierig war, alles in Frage zu stellen. Umso beeindruckender, dass sie es jetzt doch taten.

»Ja, das habe ich befürchtet«, sagte ich leise. Wir gingen weiter. Es war dunkel und ich fühlte mich ängstlich und total confused.

»Hast du was von deinem Freund gehört?«, fragte er.

Ich sah auf mein Handy. Keine Nachricht von Tessa. Keine Nachricht von Liam. »Nein.«

»Sollen wir noch mal zu ihm gehen?«

Ich sah Kiran überrascht an. »Danke, aber das bringt nichts. Sie sind verreist. Ich glaube, es gab einen Vorfall in der Familie.«

»Aber dann ist doch alles gut, oder nicht?«

»Ich weiß es nicht«, gab ich zu. »Die Nachbarin sagte, die ganze Familie sei weggefahren, aber als ich nach Liam gefragt habe, war sie sich nicht mehr sicher.«

Kiran atmete durch. »Das wäre auch zu einfach, oder?«

»Ja, allerdings. Und er meldet sich einfach nicht bei mir, deswegen habe ich ein schlechtes Gefühl. Seine Schwester schreibt mir auch nicht zurück.«

»Aber wenn es einen Vorfall in der Familie gab, könnten sie gerade andere Sorgen haben«, wandte er ein.

»Ja, das sage ich mir auch die ganze Zeit, aber ich glaub's irgendwie nicht.« Ich seufzte. »Ich komm einfach nicht weiter. Und jetzt sind auch noch meine Eltern zurück und machen alles noch komplizierter.«

»In ein paar Tagen wären sie eh wieder hier gewesen. Das ändert nicht viel«, meinte Kiran.

»Möglich, aber ich wollte bis dahin alles regeln.«

»Je mehr du planst, desto härter trifft dich die Realität«, sagte er philosophisch.

»Lernt man solche Glückskekssprüche in der Goldblut-Ausbildung?«, wollte ich wissen.

»Nein, der ist von mir. Du darfst mich zitieren.«

Ich schnaubte. »Na, vielen Dank. Was willst du mir heute beibringen?«

»Ich habe dir bisher nur gezeigt, wie du dich in Sicherheit bringen kannst, aber wir haben gesehen, wie schwer es ist, den Schattenbluten zu entkommen«, sagte Kiran. »Ich will dir auch ein paar Techniken zeigen, wie du sie abwehren kannst. *Abwehren*, nicht bekämpfen«, schob er hinterher, als ich die Hände zu Fäusten ballte. »Du bist längst nicht bereit für einen Kampf.«

»Momentan wäre ich sauer genug, um einen fertig zu machen«, meinte ich.

»Nein, bist du nicht. Und je klarer du das siehst, desto sicherer wirst du entkommen. Wenn du unnötige Risiken eingehst, bist du so gut wie tot.« Er blieb abrupt stehen, seine Miene war wie versteinert.

»Was ist?«, fragte ich, da sah ich sie.

Es waren zwei, einer von ihnen war mein Angreifer. Ich erkannte ihn sofort an seinem Gang.

Mein Herz machte einen ekligen Satz. Unwillkürlich trat ich hinter Kiran und sah an ihm vorbei auf die Schattenblute. Sie drehten uns den Rücken zu und bewegten sich langsam, als würden sie die Umgebung abchecken.

Ich zupfte Kiran am Ärmel. Es dauerte ein paar Sekunden, bis er sich von ihnen losriss.

»Was jetzt?«, fragte ich wortlos. Ich sah, wie er mit sich kämpfte. Er wollte mich nicht in Gefahr bringen, aber sie hatten uns nicht entdeckt. Wir konnten sie verfolgen und mehr herausfinden.

Kiran legte einen Finger an seine Lippen. Ich nickte. Vorsichtig und so leise wir konnten folgten wir ihnen in sicherem Abstand.

Sie redeten miteinander, doch wir waren zu weit weg, um mehr als Wortfetzen zu verstehen. Mein Herz hämmerte gegen meine Rippen, als ich *Lina* hörte. Der Begleiter meines Angreifers schüttelte den Kopf.

»Aber sie will es so, also wird es gemacht«, hielt mein Angreifer dagegen. Er war ärgerlich und sprach laut. Wegen seiner Stimme bekam ich Gänsehaut und kalte Schauder liefen über meinen Rücken. »Das weißt du, also mach es einfach. Ich habe keine Lust auf weiteren Streit.« Es gab sie wirklich. Ich sah Kiran an. Er hatte es auch gehört. Ich verstand nicht, was der andere erwiderte.

Mist! Gerade dieses Gespräch könnte uns so viel bringen! Ich zerrte an Kirans Ärmel, damit er schneller ging.

Wir mussten näher ran. Wir mussten herausfinden, was da los war. Ich ahnte, dass es immens wichtig war.

Vielleicht hingen Leben davon ab.

›Oh Gott, bitte lass nicht Liams Leben davon abhängen. Bitte lass ihn nicht bei ihnen sein. Ich will nicht, dass er das gleiche ertragen muss wie ich!‹, flehte ich stumm.

Mein schlechtes Gefühl wurde immer stärker. Ich drehte innerlich durch. Am liebsten wäre ich losgelaufen und hätte mich auf die beiden Mistkerle gestürzt. Sie dazu gezwungen, mir zu bestätigen, dass sie Liam noch nie gesehen hatten.

Kiran packte mein Handgelenk und schüttelte den Kopf. »Mach keine Dummheiten!«, sagte sein warnender Blick.

Frustriert schnaubte ich. Wie meine Mutter.

Vor uns bogen die beiden Schattenblute in eine Straße ein. Kiran blieb stehen. Ich verstand, warum: Wir wussten nicht sicher, dass wir unbemerkt geblieben waren. Das konnte eine Falle sein, die wir bitter bereuten.

Ich wartete, obwohl es mich umbrachte. Ohne Kiran konnte ich nicht gehen. Ich wollte, aber dann würde ich safe sterben.

Endlich nickte Kiran. Er zog seinen Dolch und lief los. Ich machte, dass ich hinterherkam. Meine Nerven waren zum Zerreißen gespannt. Hoffentlich kamen wir jetzt näher an sie heran.

Wir bogen um die Ecke und blieben stehen.

Die kleine Straße war leer.

Es war, als hätte man die Schattenblute einfach ausradiert.

Nicht ganz. Die Luft flirrte von ihren dunklen Auren und schien gleichzeitig kalt wie Eis. Als wäre dieser Ort seelenlos und jeder, der herkam, wurde wie sie. Meine

Haut prickelte und meine Instinkte forderten, dass ich hier sofort verschwand.

Aber sie konnten nicht weg sein!

Hektisch sah ich mich um. Ich blickte hoch, rechnete damit, dass sie sich über uns versteckt hatten und jetzt auf uns herabstürzten.

Niemand war zu sehen.

Neben mir stieß Kiran Luft aus und fluchte leise.

Vorsichtig wagten wir uns in die Straße. Ich hielt mich dicht an Kiran und suchte mit den Augen die Häuserwände ab.

Wo waren sie?

Die Straße war nicht lang, aber dennoch zu lang, als dass sie schon weg sein könnten. Es sei denn, sie wären gerannt. Lautlos.

Das war eine Falle. Oder sie waren verschwunden.

Mein Herz klopfte wild und ich suchte nach einem Eingang. Einem Fenster. Einem Gullydeckel. Irgendwas.

Die Häuser hatten keine Fenster und wenn doch, waren sie so weit oben, dass sie unmöglich ein Eingang sein könnten. Ich entdeckte eine schwere Tür, doch die war mit Ketten und einem Vorhängeschloss gesichert.

Kiran blieb davor stehen und betrachtete den Boden. Er zeigte auf die Schwelle. Ich brauchte einen Moment, um es zu verstehen: Der Dreck auf dem Boden zeigte keine Schleifspuren, die Tür war länger nicht geöffnet worden. Das hier war nicht der Eingang.

»Wo sind sie?«, flüsterte ich.

Das miese Gefühl in meinem Magen wurde immer schlimmer und mein Nacken prickelte, als läge ich auf einem Nadelkissen. Die Gänsehaut auf meinen Armen war so stark, dass sie richtig weh tat.

»Hier nicht«, sagte Kiran grimmig. Er drehte sich mit erhobener Klinge, dann schob er sie frustriert zurück in seinen Gürtel. »Verdammt. Wir waren so nah dran.«

Ich biss mir auf die Lippe, um nicht zu sagen, dass er gezögert hatte. Vorsicht war richtig, nur in diesem Fall hatte es uns geschadet.

Meine Eingeweide fühlten sich verknotet an. Das wäre meine Chance gewesen, Gewissheit zu bekommen, dass es Liam gut ging.

Es musste ihm gut gehen.

»Wir können noch einmal zu ihm nach Hause gehen«, sagte Kiran leise. Er wusste, woran ich dachte.

Ich schüttelte den Kopf. »Da ist er nicht. Das weiß ich. Entweder er ist mit seiner Familie im Sauerland oder ...«

Ich konnte es nicht aussprechen.

Kiran verstand mich auch so. »Dann lass uns zum HQ gehen.«

Ich folgte ihm sofort.

KAPITEL 12

Es war halb drei, als ich nach Hause kam.

Ich schob meinen Schlüssel vorsichtig ins Schloss. Die Konfrontation mit meinen Eltern wollte ich so lange wie möglich aufschieben. Ich wusste, dass es beef gab, vor allem mit meiner Mutter. Das wurde auf jeden Fall heftig. Darauf hatte ich jetzt keine Lust.

Zum ersten Mal seit meiner Verwandlung war ich müde. Der Stress der letzten Tage war zu viel – sogar für das Goldene Blut. Ich wollte einfach nur schlafen.

Erleichtert stellte ich fest, dass meine Eltern nicht auf mich warteten. Ich schlich in mein Zimmer und warf mich aufs Bett. Dann redete ich eben morgen mit ihnen.

Im Moment war mein Kopf so voll, dass ich eh keinen Nerv auf Mamas Predigt hatte. Ich wusste, was sie sagen würde. Ich hatte ganz andere Probleme.

Im HQ hatten wir Kirans Vorgesetzten nicht angetroffen. Stella war auch nicht da. Kiran suchte nach Kristanna, um ihr von dem Vorfall zu berichten, doch auch die Ältesten hatten das Gebäude schon verlassen.

»Dann eben morgen«, knurrte er. Ich sah seinen Frust. Mir ging es genauso.

»Sie wissen etwas über die ganze Sache«, sagte ich.

Kiran warf mir einen scharfen Blick zu. Ich erwartete, dass er mich anmachen würde, doch dann nickte er verbissen. »Ja, das glaube ich auch.«

»Wir müssen sie dazu bringen, dass sie endlich mit uns reden«, sagte ich nachdrücklich.

»Das werden sie nur tun, wenn sie es wollen.«

»Verdammt, die müssen mal checken, dass alles andere sinnlos ist! Wir tappen im Dunkeln, weil sie uns nichts sagen. Das ist saugefährlich. Warum riskieren sie, dass wir von den Schattenbluten geschnappt werden?«, regte ich mich auf.

»Weiß ich nicht«, erwiderte er gepresst.

»Schon klar, aber das geht so nicht mehr. Entweder reden sie langsam mal mit uns oder ...«

»Oder was? Das ist doch das Schöne an Situationen, aus denen man nicht herauskommt: Sie können tun, was sie wollen. Kündigen geht nicht«, fiel er mir ins Wort.

Ich sah ihn sprachlos an. Damit hatte ich nicht gerechnet. Er wurde noch zu einem richtigen Rebellen.

Kirans Wangen färbten sich rot. Er hatte viel mehr gesagt als beabsichtigt. Das tat mir fast leid, aber gleichzeitig war ich stolz auf ihn, weil er seine Gefühle endlich mal rausließ. Das stumpfe Ausführen von Aufträgen war vorbei. Ab jetzt wurden Dinge hinterfragt. Damit machte er sich sicherlich genauso unbeliebt wie ich.

Da wir nicht weiterkamen, brachte er mich nach Hause und versprach, sich zu melden, wenn es etwas Neues gab.

»Geh morgen noch mal zu deinem Freund. Wenn du willst, komme ich mit und sage Stella Bescheid. Vielleicht finden wir zusammen etwas heraus«, bot er an.

Ich nickte. Inzwischen war ich bereit, jede Chance zu nutzen, egal wie klein sie war.

Jetzt lag ich in meinem Bett und starrte an die Decke. ›Schlaf‹, sagte ich mir. ›Jetzt kannst du nichts mehr tun.‹

Aber ich konnte nicht. Ich lag noch ewig erschöpft wach und grübelte, bis ich irgendwann wegdämmerte.

Der Wecker meines Handys riss mich aus dem Schlaf. Ich brauchte einen Moment, um richtig wach zu werden. Im Haus hörte ich Geräusche, meine Eltern waren also schon auf. Ich kletterte stöhnend aus dem Bett. Auf in die Schlacht.

Ich machte mich fertig und ging hinunter in die Küche. Meine Eltern saßen angespannt am Tisch und sahen mich an. Mein Vater rollte seinen Kaffeebecher zwischen den Händen und Mama hatte ihre Finger so fest verschlungen, dass ihre Knöchel ganz weiß waren.

»Hallo«, sagte ich und setzte mich ihnen gegenüber. Ich hatte überhaupt keine Lust auf dieses Gespräch, sah aber ein, dass es sein musste. Ich wollte nicht auch noch an dieser Front Stress haben, aber meine Eltern mussten verstehen, dass es Dinge gab, bei denen ich selbst entschied, was ich machte. Ich wurde erst in drei Monaten achtzehn, aber das spielte in dieser Sache keine Rolle.

Ich hoffte, dass ich ihnen das erklären konnte.

»Guten Morgen«, sagte Papa. Mama schwieg. Sie sah so sauer aus, dass sich meine Eingeweide verkrampften. Unter ihren Augen waren dunkle Ringe, als hätte sie auch kaum geschlafen. Das wurde kein nettes Gespräch und es tat mir leid, dass ich ihnen das antat. »Wann warst du letzte Nacht wieder da?«

»Spät«, antwortete ich.

»Das haben wir gemerkt«, zischte Mama.

»Wo warst du?«, fragte mein Vater.

»Ich musste etwas erledigen. Es war wirklich wichtig.«

»Und das muss nachts sein? Es ist nicht gut, wenn du allein unterwegs bist. Außerdem ist heute Schule«, sagte Papa. Er war ruhig, beinahe schon zu ruhig für meinen Geschmack. Ich spürte seinen Ärger, vor allem aber seine Enttäuschung über mein Verhalten. Das tat mir weh. Ich hätte ihm gern erklärt, dass ich nicht halb so verantwortungslos war, wie er dachte.

»Ich war nicht allein. Ein Freund hat mich begleitet.«

Mamas Augenbrauen ruckten hoch. »Ein Freund? Was ist mit Liam? Habt ihr euch getrennt?«

»Mit Liam ist es gerade kompliziert«, antwortete ich. »Ich hab doch gesagt, dass es Stress wegen Linns dummen Spruch gab.«

»Und dass du nachts mit anderen Typen herumhängst, machts sicher auch nicht besser«, schoss sie.

»Es war ja seinetwegen«, entwischte es mir. Ich musste mich zusammenreißen und Ruhe bewahren. Wenn ich jetzt zickig wurde, eskalierte die Situation. Ich warf einen schnellen Blick auf die Uhr.

Fünfzehn Minuten, dann musste ich los zur Schule.

»Ich kann Liam seit Tagen nicht erreichen. Sein Handy ist kaputt, das macht alles noch schwieriger. Ich habe mit seiner Mutter gesprochen, da war er unterwegs. Mittlerweile sind sie verreist, ich weiß aber nicht, ob Liam dabei ist. Ich mache mir Sorgen um ihn.« Wenigstens das alles konnte ich ihnen erzählen.

»Dann solltest du die Polizei rufen«, sagte Papa mit zusammengezogenen Augenbrauen. »Das kannst du mit nächtlichen Spaziergängen nicht regeln.«

Ich wusste es. Meine Eltern verstanden es nicht. Wie auch? Ihnen fehlte der komplette Kontext. Sie wussten nichts von den Schattenbluten. Von den Angriffen, den Toten und Vermissten. Ich hatte ihnen nicht erzählt, dass ich angegriffen worden war. Dreimal. Das hatte ich auch nicht vor, denn dann würden sie mich gar nicht mehr aus dem Haus lassen.

»Wahrscheinlich nicht, aber die Sache lässt mir keine Ruhe«, sagte ich. Noch zwölf Minuten, bis ich endlich hier rauskonnte.

»Warum rufst du nicht seine Mutter an und fragst nach?«, fragte Papa. »Dann weißt du es ganz genau.«

»Ich habe ihre Nummer nicht. Ich habe Tessa geschrieben, aber über Pix. Keine Ahnung, wann sie das liest.« Ich rieb mir die Wange. »Ich bin komplett lost.«

»Das ist trotzdem kein Grund, nachts draußen herumzulaufen. Wer ist der Mann, mit dem du unterwegs warst? Er sieht älter aus als du«, wollte Mama wissen.

»Das ist Kiran. Ich kenne ihn durch Linn.« Scheiße, das hätte ich mir besser zurechtlegen müssen. Sobald Linn hier aufkreuzte, würde meine Mutter sie nach ihm fragen.

Acht Minuten noch.

»Er ist Linns Freund?«

»Nein, ein Bekannter. Wir haben uns angefreundet. Er ist sehr hilfsbereit.« Ich stand auf und holte mir ein Glas Orangensaft, um Zeit zu gewinnen. »Ich habe mir einen Nachmittagsjob gesucht, er arbeitet in der Firma.« Na bitte, warum war mir das nicht gleich eingefallen?

»Was für ein Job?«, wollte mein Vater wissen.

»Im Büro. Ich arbeite im Archiv und mache bei einem Digitalisierungsprojekt mit. In Eilbek.« Ich holte meinen Rucksack. »Sorry, ich muss jetzt los. Tut mir leid, dass ihr euch Sorgen um mich gemacht habt. Das wollte ich nicht. Ich hoffe, ihr versteht, warum es sein musste. Ich gehe heute nach der Schule zu meinem Job. Ich denke, ich bin zum Abendessen zurück. Ich melde mich.«

»Persia, warte!« Meine Mutter stand auf.

»Mama, ich muss los.« Ich ging rückwärts zur Haustür.

»Ja, aber so einfach geht das alles nicht.«

»Was willst du denn noch?«

Mama blieb stehen, ihr Gesicht war purer Frust. »Keine Ahnung. Die Wahrheit? An deiner Geschichte stimmt etwas nicht. Du verheimlichst uns etwas. Das gefällt mir überhaupt nicht. Wir haben uns sonst immer alles gesagt. Rede doch bitte mit uns. Wir finden eine Lösung.«

»Sorry, ich muss jetzt echt los.« Ich öffnete die Haustür und schlüpfte hindurch. Mama kam hinterher. Auf ihren Schlappen. »Mama, bitte.«

Sie rang hilflos die Hände. »Verdammt, Persia.«

Ich verstand sie ja, aber was sollte ich noch sagen? Es tat mir leid, sie so zu sehen, aber sie durfte weder alles wissen, noch konnte sie mir helfen.

»Wir reden später.« Ich drehte mich um und flüchtete. Dabei fühlte ich mich mies.

Das wurde langsam zum Dauerzustand.

Linn war entsetzt, dass meine Eltern *einfach so* zurückgekommen waren.

»Stell dir vor, Liam wäre bei dir gewesen«, meinte sie mit roten Wangen. »Und ihr hättet es gerade in deinem Zimmer getan.«

Ich wünschte, das wäre mein Problem. Klar, wäre es peinlich gewesen, aber schnell vorbei und niemand wäre vermisst.

»Gibt es etwas Neues von Liam?«, fragte Linn weiter.

Ich schüttelte den Kopf. »Ich gehe nach der Schule noch einmal hin.«

»Soll ich dich begleiten?«

»Danke, das ist lieb, aber das musst du nicht machen. Ich gehe nur kurz rum. Er wird sowieso nicht da sein.«

Linn sah mich unglücklich an. Ich wusste, dass sie sich die Schuld für unseren Streit gab. Ja, das war sie zu einem kleinen Teil, aber ich fand, dass wir die Geschichte längst hinter uns hatten. Liams Verschwinden war viel schlimmer als ihre dumme Bemerkung. Und ich war mir ganz sicher, dass es daran nicht lag.

Er hätte sich gemeldet, wenn er könnte. Ich war mir mittlerweile sicher, dass das nicht mehr möglich war.

Mein Herz verkrampfte sich und ich musste den Kloß in meinem Hals hinunterschlucken, als der schlimmste Gedanke hochkam. Ich schüttelte den Kopf. Das durfte ich nicht einmal denken.

Nach der Schule ging ich direkt ins HQ. Unterwegs schrieb ich Kiran, dass ich auf dem Weg war.

Er und Stella warteten bereits vor dem Gebäude auf mich, als ich ankam. »Kiran hat mir alles erzählt«, sagte sie. »Ein Glück, dass es euch gut geht und sie euch nicht bemerkt haben.«

»Konntet ihr jemanden sprechen?«, fragte ich im Losgehen. »Gibt's News? Wisst ihr, wo das Versteck ist?«

Kiran schüttelte den Kopf. »Nein. Die Ältesten sind unterwegs, mein Boss begleitet sie mit einem kleinen Team. Ich komme momentan an niemanden heran.« Stella nickte unglücklich zu seinen Worten.

»Wann kommen sie wieder? Und wo sind sie überhaupt hingefahren?«, fragte ich und kämpfte gegen den Frust in meinen Eingeweiden.

»Ich hoffe, im Laufe des Tages und mir hat man leider nicht gesagt, wohin sie gefahren sind«, erwiderte Kiran. »Für uns ist es genauso nervig wie für dich, Persia.«

»Nein, ist es nicht«, flüsterte ich. »Denn bei euch ist niemand verschwunden, den ihr liebt.« Die beiden liefen schweigend neben mir her. Es tat mir leid, dass ich Kiran so angefahren hatte, aber die Worte kamen aus meinem Herzen. Und das war voller Angst um Liam.

Wir erreichten sein Wohnhaus. Schon wieder. Ich war andauernd hier, ohne etwas zu erreichen. Angst und Frust waren meine best buddies momentan.

Stella blickte sich um, dann drehte sie ihre Handflächen neben ihren Hüften nach vorn, dabei summte sie leise.

Meine Haut prickelte, als wäre die Luft geladen. Ich spürte, wie das Prickeln immer stärker wurde. Mir wurde warm und ich hatte das Gefühl, als würde in mir etwas schwingen.

»Ist das Magie?«, fragte ich Kiran, dessen Blick an ihr klebte. Er nickte wortlos. Es war beinahe süß, wie er sie anhimmelte. Gleichzeitig fiel mir ein, dass sie einen Freund hatte und dass es ihm damit sicher nicht gut ging.

Wir hatten alle unser Päckchen zu tragen.

Stellas Handflächen glühten sanft. Ich bemerkte ein goldenes Armband an ihrem linken Handgelenk. Stella drehte ihren Arm und versetzte es in Schwingungen. Am Armband hing ein flacher Anhänger, wie eine Münze. Sie fing das Sonnenlicht ein, reflektierte es und ließ Glitzerpunkte über den Boden tanzen.

Stellas Bewegungen waren klein, trotzdem versetzte sie die Luft in Schwingungen. Ein Summen kam auf, das sich mit dem Ton in ihrer Kehle verband. Ich sah mich um, doch niemand war zu sehen. Dafür fühlte ich mich mit ihr verbunden, als wäre ich Teil des Bannes. Er war friedlich. Freundlich. Und doch lebhaft und in Bewegung wie ein Windstoß.

»Menschen können Goldblutmagie nicht sehen oder fühlen«, sagte Kiran.

»Dann denken sie einfach, dass sie singt?«, fragte ich. Die Luft um uns herum wurde immer dichter.

»Im besten Fall«, meinte er achselzuckend. »Sie sucht nach Hinweisen auf Schattenblute.«

»Aber das hilft doch nur, wenn Liam direkt vor der Haustür angegriffen wurde, oder?«, meinte ich.

Kiran warf mir einen genervten Blick zu. »Irgendwo müssen wir schließlich anfangen, oder? Womit hast du denn gerechnet? Dass Stella einen Zauberstab schwingt und ihr eine Stimme aus dem Spiegel sagt, was sie wissen will? So einfach ist das nicht. Magie braucht Zeit, sie ist weder wie eine Suchanfrage bei Google noch wie ein GPS-Sender, den man einfach einschalten kann.«

Ich presste die Lippen zusammen und hielt meine Klappe. Ich wollte nicht mit ihm streiten, dafür hatte ich zu wenig Ahnung von Magie. Ich musste mich auf sie verlassen. Wollte ich auch, aber ich konnte nichts beitragen. Ich fühlte mich überflüssig und nervig. Damit kam ich gerade nicht gut klar.

Vor mir wurde Stellas Summen noch lauter und ich sah glitzernde Schlieren durch die Luft tanzen. Ich hielt die Luft an und betrachtete sie. Sie waren wunderschön und ich hatte das Gefühl, dass sie in mir etwas berührten und zum Schwingen brachten. Mein innerer Aufruhr legte sich und ich fühlte mich für einen kurzen Moment friedlich. Dann verschwanden sie und das Summen endete.

Blinzelnd sah ich zu Stella hinüber, die den Kopf schüttelte, als müsse sie ihn freibekommen. Ihr leerer Gesichtsausdruck wurde klar und sie drehte sich zu uns um.

»Hast du etwas entdeckt?«, fragte Kiran neutral, doch seine Stimme zitterte leicht. Ihn hatte die Magie auch berührt.

Stella nickte gestresst. »Ich habe Schattenblut-Energie festgestellt. Etwa zwei Tage alt.«

Ich hielt die Luft an. »Das passt«, sagte ich tonlos. »Seit Sonntagabend ist er weg.«

Stella und Kiran sahen mich stumm an. Sie dachten das gleiche wie ich. Und es fühlte sich beschissen an.

Wir kehrten zum HQ zurück und versuchten, mit unseren Recherchen weiterzukommen. Etwas anderes blieb uns nicht übrig und ich klammerte mich an die Hoffnung, dass ich Liam fand, wenn wir die Schattenblute aufspürten. Ich musste glauben, dass ich ihn dann retten konnte. Sonst eskalierte ich komplett.

Kiran holte eine Karte, auf der er alle Orte markierte, an denen Schattenblute gesichtet wurden. Das mögliche Versteck von letzter Nacht markierte er extra.

Mutlos sah ich auf die Punkte. Sie ergaben keinen Sinn, ich erkannte kein Muster. Und leider konnte auch der Krieger neben mir nichts damit anfangen.

Mein Handy klingelte zum dritten Mal. Meine Mutter.

»Ich muss los«, sagte ich. Ich wollte nicht, aber hier steckten wir fest und ich hatte schon genug Stress mit meinen Eltern. Ich musste es nicht noch schlimmer machen »Sagt ihr mir Bescheid, wenn ihr was findet?«

»Machen wir«, versprach Stella. Sie umarmte mich. »Es ist noch nichts verloren«, flüsterte sie in mein Ohr. »Es besteht noch die Möglichkeit, dass alles okay ist.«

Ich lächelte schwach, aber ich glaubte nicht daran. Ich verabschiedete mich und schrieb meiner Mutter, dass ich auf dem Heimweg war. Jetzt gab sie hoffentlich Ruhe.

Dabei sah ich die kleine rote Eins an der Social Media-App, die eine Nachricht anzeigte. Mein Mund wurde trocken, als ich drauf tippte.

Die Nachricht war von Tessa: *Hey Persia, sorry, dass ich mich jetzt erst melde. Ich hab deine Message übersehen. Oma geht's besser, aber was ist mit Liam? Er ist wegen der Prüfung am Montag in Hamburg geblieben. Habt ihr euch nicht gesehen? Ich kann ihn auf dem Handy nicht erreichen, bitte melde dich bei mir.* Dahinter stand ihre Nummer.

Mir wurde eiskalt. Meine schlimmsten Vermutungen waren wahr. Liam war nicht mit ins Sauerland gefahren.

Er sollte hier sein, doch er war es nicht. Bei ihm zuhause waren Spuren von Schattenbluten.

Tränen schossen in meine Augen.

Sie hatten ihn angegriffen. Ich konnte den Gedanken nicht mehr aufhalten: Im schlimmsten Fall war er tot.

Ich war völlig durch den Wind, als ich zu Hause ankam. »Na endlich«, sagte meine Mutter zur Begrüßung, doch das hörte ich gar nicht. Sie bemerkte, dass etwas los war und quetschte es aus mir heraus. Danach musste sie mich lange im Arm halten. Anschließend riefen wir bei der Polizei an und gaben eine Vermisstenanzeige auf.

Mama half mir, eine Nachricht an Tessa zu schreiben. Ich fühlte mich, als wäre ich unter Wasser. Meine Gedanken waren verschwommen und unklar. Ich redete und dachte viel langsamer als sonst. Die Angst lähmte mich.

Als Mama die Polizisten zur Tür brachte, schickte ich Stella eine abgehackte Sprachnachricht. Dann kam Mama zurück und versuchte weiter, mich zu beruhigen.

»Sie werden in den Krankenhäusern nachforschen, ob er dort ist«, sagte sie. »Wenn du sagst, dass er nicht weggelaufen sein kann, ist ein Unfall am wahrscheinlichsten. Falls er keine Papiere dabeihatte, wurde er als Unbekannter im Krankenhaus aufgenommen. Wenn überhaupt etwas passiert ist. Es kann auch sein, dass er wieder bei einem Freund ist und einfach vergessen hat, Bescheid zu sagen. Das passiert am häufigsten.«

Ich wusste, dass sie mich trösten wollte, aber es klappte nicht. Ich wusste, was passiert war. Und dass die Chancen, Liam wiederzusehen, winzig waren.

Ich lag später wach in meinem Bett und starrte an die Decke. Ich kam nicht zur Ruhe, es war sinnlos. Schließlich schrieb ich Kiran, ob ich ihn auf Patrouille begleiten durfte. Er antwortete nicht.

Ich wartete eine halbe Stunde, dann hielt ich es nicht mehr aus. Ich musste raus. Meine Unruhe mischte sich mit meiner Angst. Wie konnte ich schlafen, wenn Liam irgendwo da draußen war?

Und wenn nicht?

Ich zog mich im Dunkeln an und kletterte aus meinem Fenster. Kontrolliert und langsam war das kein Problem, dabei half mir Kirans Parcourstraining. Unten angekommen sah ich mich um und lauschte.

Mein Herz klopfte laut. Ich musste höllisch aufpassen, mein Plan war gefährlich. Und auch ein bisschen dämlich. Das wusste ich, aber mir fiel nichts anderes ein. Ich musste es tun, sonst drehte ich durch.

Wieder checkte ich mein Smartphone. Kiran hatte nicht geantwortet. Ich schob das Gerät zähneknirschend wieder in meine Tasche und setzte mich in Bewegung.

Geschmeidig sprang ich über den Zaun zum Nachbargrundstück. In der Ferne fuhr ein Auto und ich zuckte zusammen. Gänsehaut bildete sich auf meinen Armen.

›Dumm, Persia. Du bist selbst schuld, aber was willst du machen?‹ Ich überwand den letzten Zaun und lief zur Straße. Wieder blieb ich stehen und sah mich um.

Wohin sollte ich gehen? Es wäre logisch, dorthin zu gehen, wo Kiran und ich die beiden Schattenblute aus den Augen verloren hatten. Und der gefährlichste.

›Wenn du da lebend rauskommst, hast du mehr Glück als Verstand.‹

Andererseits war es doch möglich, dass auch Kiran und seine Leute dort nach weiteren Spuren suchten. Ich war mir sicher, dass er dort war.

Ich lief los, froh, endlich etwas zu tun. Gleichzeitig ging es mir so beschissen wie selten zuvor. Liam war verschwunden. Punkt. Mein Instinkt sagte mir, dass die Schattenblute ihn angegriffen hatten. Ich betete, dass die Polizei ihn in einem Krankenhaus fand. Dass es ihm einigermaßen gut ging und er bald nach Hause konnte.

›Sie haben nichts darüber gesagt, dass sie einen Toten gefunden haben, auf dessen Beschreibung Liam passt‹, redete ich mir gut zu. ›Das bedeutet, dass er nicht tot ist. Er lebt. Das spüre ich.‹

Dumm nur, dass ich meinem Gespür nicht mehr traute.

Ich erreichte die Seitenstraße, in der die beiden Schattenblute verschwunden waren, und sah mich um. Von Kiran und den anderen Kriegern war nichts zu sehen, aber vielleicht lagen sie auf der Lauer.

Und ich verdarb es ihnen im schlimmsten Fall. Ich blieb stehen und verfluchte mich. Jetzt war es zu spät.

Mit einem Prickeln im Nacken sah ich mich um und suchte nach einem Anhaltspunkt, wo die beiden Männer hingegangen sein könnten. Ja, es gab Gullydeckel, aber das hätten wir gehört.

Erneut untersuchte ich die Tür, die Kiran mir gezeigt hatte. Ich rüttelte vorsichtig an dem Griff, doch sie war fest verschlossen. Ich zuckte zusammen, als die Angeln dennoch quietschten.

Jetzt blickte ich hoch. Über mir waren Fenster, doch auch sie sahen alle verschlossen aus.

Und wie sollten die Schattenblute da hochkommen? Ich ging in die Knie und sprang probehalber hoch. Meine Fingerspitzen verfehlten das Fensterbrett um Zentimeter. Aber vielleicht, wenn man größer war als ich und trainiert, konnte man sich daran festhalten.

Ich biss mir auf die Unterlippe. Das war doch Unsinn. Im Leben war das nicht der Eingang. Ich ging die Straße auf und ab und suchte weiter. Ich tastete die Wände ab, ob ich irgendwo eine versteckte Tür fand.

»Kann man dir helfen?«

Mir wurde eiskalt und mein Kopf zuckte hoch.

Ein Mann stand vor mir. Ich brauchte nur eine Sekunde, nur einen Blick in seine kalten dunklen Augen, um zu wissen, dass er ein Schattenblut war. Ich wich zurück, doch hinter mir war eine Wand.

Ich saß in der Falle.

»Nein, danke.«

Er betrachtete mich, dann hoben sich seine Augenbrauen. »Goldblut«, hauchte er. »Was habe ich für ein Glück heute.« Sein Mund verzog sich zu einem Grinsen. Ich bekam Panik und suchte verzweifelt nach einem Ausweg.

Er war schneller als ich und packte mein Handgelenk. Ich schrie und versuchte, mich loszureißen. Schreckliche Erinnerungen an den letzten Kampf kamen hoch. Ich spürte fast, wie sich seine Zähne in mein Fleisch bohrten und mein Blut in seinen Mund sprudelte.

Er packte auch meinen anderen Arm und presste mich gegen die Hauswand. Ich wollte wieder schreien, doch die Panik lähmte mich.

Ich starrte in sein blasses Gesicht. In seine kalten dunklen Augen. Sie waren wie zwei schwarze Löcher, in denen ich mich spiegelte.

Sein Mund verzog sich zu einem Lächeln, als er mich schmerzhaft fest gegen die Mauer drückte. Ich sah seine weißen Zähne. Normale Menschenzähne, keine Reißzähne. Das bedeutete, dass ein Biss noch schmerzhafter war.

Tränen stiegen in meine Augen und ich schluchzte leise. Ich hatte nichts erreicht.

Ich würde sterben. Gleich.

Eine Träne rollte über meine Wange und das Schattenblut grinste noch breiter.

»Es sieht wunderschön aus, wenn ihr weint.« Er packte meinen Kopf und zog ihn beiseite, entblößte meine Kehle. Ich wurde vor Angst beinahe ohnmächtig.

Mit letzter Kraft stemmte ich mich gegen ihn, doch er hatte mich so fest im Griff, dass ich mich keinen Zentimeter rühren konnte. Seine Hand in meinen Haaren packte schmerzhaft fest zu. Er beugte sich vor und sein Atem strich über meinen Hals.

Worte, die ich nicht verstand, zerrissen das stille Dröhnen in meinem Kopf. Das Schattenblut riss die Augen auf und drehte das Gesicht. Ich konnte mich nicht bewegen, da spürte ich etwas, das sich wie ein Windstoß anfühlte.

Ein Reißen an meinen Haaren ließ mich Sterne sehen, dann fiel ich plötzlich zu Boden und schlug hart mit Hüfte und Schulter auf. Ich japste nach Luft und versuchte, mich zu orientieren.

Die Hand in meinen Haaren war weg. Der Angreifer auch.

Ich kam auf die Knie, vor Schmerzen war ich fast blind. Neben mir lag etwas auf dem Boden. Ich ertastete ein Hosenbein. Erschrocken zog ich die Hand zurück, da wurde sie gepackt und ich auf die Füße gestellt.

»Geht es dir gut?«

Ich erkannte die Stimme. Ich hätte im Leben nicht mit ihr gerechnet. Nicht hier, nicht jetzt.

»Eric?«

Der Älteste sah mir ins Gesicht. Er war stinksauer.

»Was hast du hier zu suchen?«, pflaumte er mich an.

»Ich wollte ...«

»Ja, das kann ich mir denken. Ich habe mit Kiran geredet. Bist du dumm oder verrückt oder beides, Persia?«
Ich schüttelte den Kopf. »Aber ich ...«
Eric zerrte mich an der Hand hinter sich her. »Wahrscheinlich beides. Das war so dämlich, dass ich es kaum in Worte fassen kann. Schon wieder. Das ist echt dein Markenzeichen: unerträglicher Trotz gepaart mit naiver Dummheit.« Er schüttelte unwirsch den Kopf. Er war ja schon ein paar Mal meinetwegen genervt, aber so sauer war er bisher noch nie. Ich konnte mir denken, dass das ein Nachspiel haben würde. Und dass ich bei den Goldbluten jetzt so richtig untendurch war.

Im schlimmsten Fall halfen sie mir jetzt gar nicht mehr. Ich hatte Angst davor, dass Eric mich jetzt bestrafte. Die Situation war einfach beschissen. Wieder hatte ich nichts darüber herausgefunden, wo Liam war.

Mein Herz verkrampfte sich vor Angst um ihn.

Ich sah über die Schulter. Das Schattenblut lag auf dem Boden und rührte sich nicht. Dann sah ich den Qualm, der von seinem Körper aufstieg. Er sah tot aus.

»Was hast du mit ihm gemacht?«, fragte ich leise.

»Ausgelöscht«, knirschte Eric. »Und das war nicht der Plan. Ich habe ihn verfolgt und wollte herausfinden, wohin er geht. Und wem läuft er in die Arme? Dir natürlich. Ich hätte beinahe gelacht, weil es einfach so sein musste. Du machst nichts als Ärger, seitdem du aufgetaucht bist.«

Dem konnte ich leider nicht widersprechen. »Wo sind die Krieger?«, fragte ich, um das Thema zu wechseln. Ich glaubte zwar nicht, dass ich damit durchkam, aber ich konnte es zumindest versuchen.

»Auf Patrouille. Wenigstens hast du sie nicht auch noch in Gefahr gebracht, Ich habe das Schattenblut zufällig verfolgt. Ich wollte nicht angreifen.« Eric ballte die Hand zur Faust. »Der Zauber hat mich viel Energie gekostet. Ich könnte dich umbringen für deine Dummheit.«

Ich sah zu Boden und wurde langsamer. Eine Träne lief über meine Wange. Scheiße, ich wollte jetzt nicht heulen, doch es war schon zu spät.

»Ich wollte mehr über das Verschwinden meines Freundes herausfinden«, flüsterte ich.

Eric schnaubte. »Wir suchen auch nach Spuren. Ich weiß, was Stella bei ihm zu Hause gefunden hat. Mein Gott, Persia, wir sind dran an der Sache, aber du torpedierst unsere Pläne mit deiner Ungeduld. Es reicht. Nicht nur mir, sondern uns allen, verstehst du das? Mit deinen Alleingängen machst du alles noch schlimmer.«

»Ich habe Kiran geschrieben«, sagte ich trotzig.

»Herzallerliebst«, meinte er trocken. »Er hat bestimmt während der Patrouille nichts Besseres zu tun, als mit dir SMS zu schreiben.«

»Ich dachte, dass hier der Eingang zu ihrem Versteck ist«, verteidigte ich mich.

»Möglich, aber wir werden es heute leider nicht erfahren. Das Schattenblut ist tot. Ich bin *begeistert* über diese Entwicklung.«

»Ist ja gut, ich sehe es ja ein«, murmelte ich.

»Da bin ich mir nicht so sicher. Komm jetzt«, er zerrte mich weiter.

»Wohin?«

»Zum HQ. Es wird Zeit, dass du ein paar Dinge begreifst. Anscheinend muss man dir alles erklären.«

KAPITEL 13

Unterwegs zum HQ sprach Eric kein Wort. Brauchte er auch nicht. Ich konnte sehen, wie wütend er war.

Ich starrte auf den Boden und versuchte, nicht zu stolpern. Er machte riesige Schritte, ich kam kaum hinterher, doch ich traute mich nicht, mich zu beschweren. Ich hatte schon genug Ärger.

Nervös nagte ich an meiner Unterlippe. Das war alles richtig beschissen gelaufen. Aber woher sollte ich denn ahnen, dass Eric das Schattenblut auch verfolgte? Aber dafür konnte ich ihn nicht anmachen, immerhin hatte er mir das Leben gerettet. Ich fasste mir mit der freien Hand an den Hals. Es war echt knapp. Nur eine Minute später und ich wäre tot. Oder zumindest schwer verletzt. Ich bekam am ganzen Körper Gänsehaut.

»Was machen wir im HQ?«, fragte ich.

»Ich spiele mit dem Gedanken, dich einzusperren, damit du keinen Schaden mehr anrichtest«, schnappte Eric.

Scham und Ärger stiegen in mir hoch. »Ich suche nach meinem verschwundenen Freund!«

»Erzähl mir was neues«, schnaubte er. »Ich glaube, das weiß mittlerweile jedes Goldblut zwischen hier und Südafrika. Keiner kennt dich, aber alle wissen, dass du deinen *Freund* suchst.« Er war so was von herablassend!

»Was soll das heißen?«

»Du hast wirklich ein Händchen dafür, andere für dich einzuspannen. Stella und Kiran fressen dir aus der Hand. Sie haben die ganze Jäger-Gruppe mobilisiert, um nach deinem *Schatz* zu suchen.« Er warf mir einen wütenden Blick zu. »Muss ich dir erklären, was wir davon halten?«

»Ich kann es mir denken. Wenn es nicht um euch geht, macht ihr ja keinen Finger krumm«, platzte es aus mir heraus, bevor ich nachdenken konnte.

Mit einem Ruck ließ Eric mein Handgelenk los und blieb stehen. »Ich warne dich, Persia.«

»Das sagt meine Mutter auch immer.« Mein Mund hörte einfach nicht auf zu reden.

Eric baute sich vor mir auf, seine goldenen Augen sprühten Funken. »Es war kein Witz, als ich übers Wegsperren sprach«, zischte er. »Wir dulden keinen Ungehorsam und du machst nur Ärger. Wenn es keinen Kodex gäbe, würde ich mich dafür aussprechen, dich einfach verschwinden zu lassen.«

Ich wich vor ihm zurück und hob die Fäuste. »Du bist ein Arschloch!«

Er packte mich am Kragen. Ich quietschte vor Schmerz und spürte, dass ich den Halt unter den Füßen verlor. Er war unglaublich stark. »Mach so weiter, dann beweise ich es dir!« Er schnappte nach Luft und ließ mich los, dann wandte er sich ab und fluchte. Er sah über sich selbst erschrocken aus. Leise murmelte er ein paar Worte, die ich nicht verstand. Ich beobachtete ihn ängstlich und tastete nach meiner Jacke. Im Leder war ein Riss. Meine Hände zitterten.

»Goldenes Blut ist heiß. Nachtblut ist kühl.«

Er fuhr zu mir herum und sah mich mit aufgerissenen Augen an. Ich schlug die Hand vor den Mund. Die Worte waren von der Website, keine Ahnung, warum sie mir jetzt wieder einfielen.

»Verdammt, Persia«, knurrte Eric gequält. »Woher kennst du das schon wieder?«

»Ich habe recherchiert, weil mir niemand etwas sagen wollte. Auf einer Website im Internet. Sie ist offline«, erwiderte ich kleinlaut. »Aber da waren Hinweise auf Gold- und Schattenmenschen. Und Sonias Fluch.«

Eric wurde bleich. »Unsere Erbschuld.«

»Was heißt das? Was hat sie getan?«

Eric presste die Lippen zusammen und schüttelte den Kopf. Mein Gehirn ratterte und versuchte, die wenigen Informationen zu einem Bild zusammen zu setzen.

»Was hat sie getan, dass die Schattenblute uns so hassen? Was hat der Fluch bewirkt?«, bohrte ich.

Eric sah aus, als wolle er vor mir wegrennen, doch er blieb stehen. »Schatten*menschen*«, korrigierte er mich mit flacher Stimme. »Damals lebten wir konträr zu heute: Die Schattenmenschen waren zivilisiert, klug und überlegen, die Goldmenschen wild und ungezähmt. Sonia war unsere Königin. Sie hasste Juna, die Schattenkönigin, für das Leben, das sie führen konnte. Sonia war mächtig. Sie spann einen Zauber, der Juna und ihre Vertraute Orphea, die Schattenmenschen erschufen, veränderte, ohne dass sie es merkten. Alle neuen Schattenmenschen trugen nun die Essenz des Goldenen Blutes in sich, doch es bekriegt das Dunkle Blut. Sie wurden wild und gierten nach Goldenem Blut. Sie töteten Goldmenschen, um es zu trinken, was sie noch weiter dämonisierte. Als Sonia und Juna es bemerkten, war es schon zu spät, die Schattenblute waren geboren. Es kam zum Kampf, der viele Opfer forderte. Die Dunklen unterlagen und Juna zog sich mit den wenigen verbliebenen Schattenmenschen zurück. Die Schattenblute blieben und erinnern uns daran, dass wir es waren, die unseren größten Feind erschaffen haben. Wir waren gezwungen, uns anzupassen, wurden besonnener und klüger. So konnten wir überleben.«

Ich starrte ihn an und musste die Worte sacken lassen. Erics Bericht klang wie eine Legende, mit der die Goldblute ihre Herkunft erklärten. Wenn ich in sein Gesicht sah, wusste ich, dass er todernst war.

»Warum kennt niemand diese Legende?«, fragte ich. »Weder Kiran noch Stella konnten mir was dazu sagen.«

»Warum wohl? Die Geschichte ist unpopulär, weil wir selbst an unserem Unglück schuld sind«, sagte Eric gepresst. »Natürlich wollen wir nicht, dass alle es wissen.«

»Was kann schlimmstenfalls passieren? Hast du dir die Vergangenheit der meisten europäischen Länder angesehen? Jeder hat Dreck am Stecken. Wenn man das aber weiß, können es die späteren Generationen besser machen.« Ich verstummte, als ich den Frust in seinem Gesicht sah. »Das war nicht deine Idee«, schlussfolgerte ich.

Eric zuckte zurück.

Volltreffer. Ich wurde immer besser.

Er biss die Zähne zusammen und drehte sich brüsk um. »Komm jetzt. Und rede mit niemandem darüber.«

»Aber du weißt selbst, dass es nicht schaden wird!« Ich beeilte mich, hinter ihm herzulaufen.

»Ich werde Heidi nicht in den Rücken fallen.«

Wieder Heidi. Ich hielt immer weniger von ihr.

Ich blieb auf Abstand zu Eric. Sein Ausfall zeigte mir, dass ich vorsichtig sein sollte. Dass ihn zu reizen eine miese Idee war. Das Goldene Blut war gefährlich. Ich erinnerte mich an den Hass während meiner Verwandlung. Ich war davon ausgegangen, dass er von dem Schattenblut kam. Vielleicht stimmte das, doch ich vermutete, dass gerade die Mischung saugefährlich war.

Auch in mir pulsierte es. Auch ich musste aufpassen, damit es nicht mit mir durchging. Ich ahnte aber auch, dass es mir mindestens einmal das Leben gerettet hatte.

Ich betrachtete Erics weißblonden Hinterkopf und kämpfte mit mir. Ich hatte immer noch keinen Hinweis darauf, wo Liam war. Gleichzeitig waren da noch die Schattenblute und Lina.

›Und wahrscheinlich hängt alles zusammen‹, dachte ich. Mein Magen verkrampfte sich bei diesem Gedanken.

Ich musste dringend mit Kiran und Stella sprechen. Ich musste ihnen berichten, was ich gerade erfahren hatte.

»Was ist mit Lina?«, rief ich Eric zu.

»Kann ich dir nicht sagen, denn du hast meine Chance, etwas herauszufinden, ja leider sabotiert«, erwiderte er, ohne sich umzudrehen. Ich stieß Luft aus, um ihn nicht doch anzuschreien. Es fiel mir schwer, obwohl er mich so erschreckt hatte.

Wir erreichten das HQ und Eric brachte mich in eine Etage, die ich noch nicht kannte. Dort stand Kristanna mit Kiran und noch ein paar Leuten. Ich begriff, mit wem ich es zu tun hatte: Hier waren die Jäger, zu denen Kiran gehörte.

Eric schilderte kurz, was passiert war. Unruhe kam über die Männer und Frauen aus Kirans Einheit. Kristanna warf mir einen feindseligen Blick zu, Kiran war sichtlich erleichtert, dass mir nichts zugestoßen war.

»Etwas ist in dieser Seitenstraße«, schloss Eric seinen Bericht. »Und es hätte mich sehr interessiert, was es ist.« Ich bekam ein paar ziemlich unfreundliche Blicke ab.

Ich tat so, als würde es mir nichts ausmachen, auch wenn ich einen Kloß im Hals bekam.

»Wir haben ebenfalls die Umgebung abgesucht, aber niemanden entdeckt«, sagte Kristanna. »Vielleicht hat dieses Schattenblut als erstes die Unterkunft verlassen. Wenn die anderen gesehen haben, was passiert ist, werden sie vorsichtiger sein.«

»Sie werden auf jeden Fall bemerken, dass jemand fehlt«, sagte ein großer Mann mit dunklen Haaren. Er stand aufrecht wie ein Soldat. Wahrscheinlich war er Kirans Boss. »Dann werden sie noch vorsichtiger sein. Wir müssen uns eine gute Strategie zurechtlegen, um sie aus der Reserve zu locken.«

Kiran stellte sich neben mich. »Bist du in Ordnung?«, fragte er leise.

Ich nickte und betastete meinen Hals. »Gerade so, es war knapp. Eric hat mich gerettet. Jetzt bereut er es.«

»Glaube ich nicht, aber er ist ziemlich sauer auf dich.«

»Habe ich bemerkt. Bist du auch sauer?«

Er seufzte. »Persia, ich könnte deinetwegen ständig aus der Haut fahren. Das ist nur ein Grund von vielen.«

»Na besten Dank auch«, murmelte ich.

»Ich bin trotzdem froh, dass es dir gut geht.«

»Danke. Ich muss mit dir und Stella reden. Allein.«

»Das wird nicht einfach.« Er deutete mit dem Kinn auf Eric und Kristanna. »Hier wird noch einiges passieren.«

Ein Mann und eine Frau kamen zu uns, sie trugen die gleiche dunkle Kleidung wie die Jäger. Ich sah, wie sich Kirans Gesicht verzog, als der Mann zu sprechen begann.

»Wir haben Schattenblute entdeckt«, berichtete er. »Urja ist ihnen gefolgt.«

»Zu der Seitenstraße«, klinkte sie sich ein. »Wir wissen jetzt, wo der Eingang zu ihrem Versteck ist.«

»Wart ihr drin?«, fragte Kristanna mit ihrer dröhnenden Stimme. Sie sah Urja anders an als die anderen. Offenbar standen sie sich nah. Sehr nah.

»Soweit es ging«, erwiderte Urjas Partner.

»Der Unterschlupf ist voll«, sagte Urja tonlos. »Wir konnten nicht zählen, aber es waren viele. Viele Neue.«

»Habt ihr *sie* gesehen?«, fragte Kristanna. Ich wusste sofort, wen sie meinte.

»Lina«, flüsterte ich Kiran zu. Er nickte grimmig.

»Larsson?«, wandte sich Urja an ihren Partner.

»Ich glaube ja, aber ich bin mir nicht ganz sicher«, erwiderte dieser. »Da war eine Frau, die eine andere Aura als die anderen hatte. Mächtiger. Und ihre Augen waren nicht schwarz, sondern silbern.«

Mein Blick zuckte zu Eric hinüber. Seine Augen waren weit aufgerissen und er warf Kristanna einen Blick zu, der mir einen eiskalten Schauder über den Rücken jagte. Dann trafen sich unsere Blicke.

Ich verstand. Jetzt machte auch Sinn, warum Eric mir von der Legende erzählt hatte. Sie stützte eine Vermutung, die gerade zur Gewissheit geworden war.

Lina war kein Schattenblut.

Sie war ein Schattenmensch.

Ich zerrte Kiran hinter mir her. Mein Herz raste. »Sie werden merken, dass wir weg sind!«, protestierte er.

»Egal, wir müssen zu Stella. Ich weiß, was los ist!«

»Und was soll Stella dagegen tun? Sie und ich sind nur kleine Rädchen. Ohne die Ältesten können wir weder entscheiden noch irgendwas ausrichten«, beharrte er.

»Vielleicht, aber ihr könnt mir helfen, noch mehr herauszufinden. Ich muss ins Archiv. Sofort.«

»Persia, das ist doch verrückt! Ich muss bei den Jägern bleiben und die nächsten Schritte planen. Ich bekomme Riesenärger, wenn sie merken, dass ich fehle. Das wird gleich der Fall sein, Carl ist kein Dummkopf.«

»Die haben genug mit Kristannas Freundin zu tun.«

»Was?« Er blieb stehen und starrte mich an.

»Urja ist Kristannas Geliebte, oder nicht?«, fragte ich.

»Ich korrigiere: Du bist verrückt.« Kiran schüttelte den Kopf. »Ich gehe jetzt zurück.«

»Nur, weil du keine Augen im Kopf hast, bin ich nicht verrückt«, versetzte ich und zerrte an seiner Hand.

»Komm jetzt! Was Urja und der andere herausgefunden haben, ist ein echter Hammer. Und saugefährlich.«

»Warum?« Er lief immer noch nicht weiter.

»Wegen der Augen. Kiran, mein Gott, komm endlich.«

Er rührte sich nicht, also ließ ich ihn stehen und rammte den Rufknopf des Fahrstuhls in die Wand. Mein Gehirn ratterte. Ich wusste nicht, wieviel mächtiger ein Schattenmensch als ein normales Schattenblut war. Deswegen musste ich ins Archiv. Mit Stella, denn ich hoffte, dass sie mehr wusste als Kiran, der komplett ahnungslos war.

Ich biss die Zähne zusammen. Endlich folgte er mir. Wurde auch langsam mal Zeit, nachdem er wie ein Lemming einfach getan hatte, was alle anderen machten. Die Klippe war schon in Sicht.

Der Fahrstuhl kam an und ich stieg ein. Im letzten Moment folgte er mir augenrollend.

»Ich werde Riesenärger bekommen«, murmelte er. »So wie andauernd, seitdem du da bist.«

»Ihr seid immer alle so nett zu mir«, sagte ich grimmig und drückte die 7. »Dafür, dass ich so unbedeutend bin, bekomme ich mehr Aufmerksamkeit, als mir lieb ist.«

»Wir haben nicht viel Erfahrung mit aufmüpfigen Teenagern.« Sein Mundwinkel zuckte.

»Ich bevorzuge renitent.« Wir erreichten die siebte Etage. Ich eilte zu Stellas Platz und hoffte, dass sie dort war.

War sie.

Genau wie Eric. »Dachtest du, ich weiß nicht, was du vorhast?«, begrüßte er mich grimmig.

»Ich dachte, du hast wichtigeres zu tun«, schoss ich.

Eric verzog den Mund. »Wir hatten einen Deal.«

»Hat sich nach den Infos eben verändert«, entgegnete ich. Stella und Kiran waren uns unruhig. Ich musste schnell sein, obwohl ich riskierte, dass er mich angriff. »Oder wolltest du den anderen sagen, dass Lina ein Schattenmensch ist?«

Stella riss die Augen auf. Sie wusste also doch was darüber. Kiran hingegen blickte mich ratlos an.

Eric machte einen Schritt auf mich zu. Seine Miene war gefährlich. Jetzt wurde es brenzlig.

»Ihr müsst es den anderen sagen«, beschwor ich ihn. »Wenn die Jäger ohne diese Info angreifen, was passiert dann? Wie gefährlich ist ein Schattenmensch?«

»Ich weiß es doch selbst nicht!«, fuhr Eric mich an. »Die Schattenmenschen verschwanden vor meiner Zeit.«

»Wer weiß es?«, fragte ich. Eric schwieg wütend.

»Heidi«, sagte ich den ersten Namen, der mir in den Sinn kam. Eric nickte angespannt. Alles lief auf Heidi hinaus. »Dann müssen wir jetzt zu ihr gehen.«

»Du gehst nirgendwo hin«, sagte er gepresst. »Das ist eine Sache zwischen uns Ältesten.«

»Vielleicht, aber ihr solltet daran denken, dass es nicht nur um euch geht. Ihr tragt die Verantwortung für alle hier, die ihr im Dunkeln lasst. Die vielleicht für euch sterben, wenn es hart auf hart kommt. Ihr schuldet ihnen die Wahrheit. Wenigstens das, nach all dem Fake.«

Eric drehte sich wortlos um und ließ uns stehen. Kiran sah ihm kopfschüttelnd nach. »Was ist hier los?«

»Wie viel weißt du?«, fragte ich Stella.

Sie verschränkte die Arme und sah mich unglücklich an. »Wahrscheinlich so viel wie du. Ich habe zufällig ein Gespräch zwischen Eric und Mara gehört, in dem das Wort *Schattenmensch* fiel. Das war vorgestern. Danach habe ich recherchiert und bin zu Mara gegangen, um mit ihr zu sprechen. Sie ist mir ausgewichen, also habe ich es bei Eric versucht.« Sie zupfte an ihrem Ärmel. Jetzt erst bemerkte ich den Verband an ihrem Handgelenk.

»Hat er dich auch angegriffen?«, fragte ich und zeigte auf meine zerrissene Lederjacke. Kiran keuchte auf.

»Könnt ihr mir einmal sagen, was hier los ist? Und warum ich nichts mitbekomme?«, fragte er verdrossen.

Stella befeuchtete ihre Lippen mit der Zungenspitze. »Es ist plötzlich alles so verworren«, murmelte sie.

»Die bequeme Unwissenheit ist vorbei«, sagte ich boshafter, als ich es meinte. »Wir stecken bis zum Hals in der Scheiße«, sagte ich zu Kiran. »Lina ist anscheinend ein Schattenmensch, das sind die Vorgänger der Schattenblute. Angeblich sind sie verschwunden, aber mindestens eins gibt es offenbar noch.«

»Ich zeige dir die Legende«, sagte Stella dumpf, als Kiran hilflos mit den Schultern zuckte.

»Wir müssen dafür sorgen, dass die Ältesten ehrlich mit den Goldbluten reden«, machte ich weiter. »Sie werden versuchen, es zu vertuschen, aber ich glaube, dass wir nicht viel Zeit haben, bis es hier richtig ätzend wird.«

»Du meinst, sie greifen uns an.« Jetzt war Kiran wieder an Bord und beugte sich vor.

Ich nickte. »Ich wüsste nicht, welchen anderen Grund diese Aktion haben soll. Lina scharrt die Schattenblute sicher nicht um sich, um mit ihnen eine Kreuzfahrt zu machen. Wir müssen herausfinden, was da los ist.«

»Sie kann Schattenblute erschaffen und kennt offenbar Sonias Fluch«, sagte Stella und setzte sich in Bewegung. »Der Legende nach konnten das nur zwei: Juna, die Königin, und ihre Vertraute Orphea.«

»Könnte Lina eine von ihnen sein?«, fragte ich. Wir liefen zurück zum Fahrstuhl, Kiran im Schlepptau.

Stella drückte den Rufknopf. »Orphea soll im Kampf gefallen sein.« Mir lief es kalt den Rücken hinunter.

»Das heißt, Lina könnte Juna sein?«, fragte ich dünn.

»Wir wissen nicht, ob sie wirklich ein Schattenmensch ist«, hielt Kiran dagegen.

»Larsson hat sie doch gesehen«, erwiderte ich. Stellas Augen wurden groß. In meinem Kopf machte es klick und ich verstand, warum Kiran ihn so hassig angesehen hatte: Larsson war Stellas Freund.

»Was hat er gesehen?«, fragte sie.

»Dass ihre Augen nicht schwarz, sondern silbern sind. Das hat Eric und Kristanna sehr beunruhigt und er hat es eben nicht dementiert«, berichtete ich. Der Fahrstuhl kam an. Stella drückte den Knopf zum obersten Stockwerk. Wir fuhren zu den Ältesten. Zusammen.

Ich atmete auf. Meine Freunde waren an Bord. Jetzt stand ich den Ältesten nicht mehr allein gegenüber.

»Das wird nicht leicht«, sagte Stella leise und starrte auf die Anzeige. »Sie teilen nicht gern ihr Wissen mit uns.«

»Ja, leider haben sie ein falsches Führungsverständnis«, meinte ich.

»Vielleicht kritisierst du gleich etwas weniger«, mischte sich Kiran ein. »Die meisten Leute sind kooperativer, wenn man ihnen nicht ständig an den Kopf wirft, wie schlecht sie alles machen.«

Ich wiegte den Kopf. »Ist einen Versuch wert. Spaß beiseite, es macht mich irre, wie sie sich verhalten. Sie halten uns von wichtigen Infos fern und ich verstehe nicht, wieso. Jeder von uns kann etwas einbringen, das könnten sie nutzen. Stattdessen machen sie einen auf topsecret. Das finde ich schon bei Typen zum Kotzen.«

Ich verstummte, meine Worte erinnerten mich an Liam. Er war nicht so. Ich grub meine Nägel in meine Handflächen. ›Nein, so ist *er gar nicht*‹, dachte ich. ›*Er ist verschwunden. Und wenn die Schattenblute ihn haben, ist er entweder tot oder einer von ihnen.*‹

Der Kloß, der plötzlich in meinem Hals saß, nahm mir fast den Atem. Ich wusste nicht, was schlimmer war. Der Unterschied war wahrscheinlich nicht groß, auch wenn ich nicht wusste, was mit einem Menschen geschah, der zum Schattenblut wurde.

Ich starrte auf meine Füße und schüttelte den Kopf.

Die Fahrstuhltüren öffneten sich. Wir hatten den obersten Stock erreicht und ich musste mich auf das konzentrieren, was ich konnte: Zu den Ältesten gehen und Ärger machen. Das wurde zu meiner Kernkompetenz.

Stella und Kiran waren angespannt. Das konnte ich ihnen nicht verdenken, für sie war der Ungehorsam ja etwas Neues. Sie gewöhnten sich noch dran.

Wir erreichten den Raum, den ich von meiner ersten Nacht als Goldblut kannte. Wieder spürte ich die Macht und die Kälte, die von ihm und den Personen in ihm aushing. Stella klopfte und wir wurden unwirsch hineingerufen. Drinnen standen Eric, Kristanna und Heidi und wirkten genauso kalt und abweisend wie der Raum selbst. Ihre goldenen Augen brannten wie kaltes Feuer. Alle drei sahen mich feindselig an. Er war also schon petzen. Netzwerken war nicht meine Stärke.

»Was gibt es, Stella?«, fragte Eric betont.

»Wir bitten um ein Gespräch wegen der jüngsten Ereignisse«, erwiderte sie.

Heidis Mundwinkel sanken. »Wir werden euch informieren, wenn es etwas zu berichten gibt«, sagte sie kalt.

»Werdet ihr den anderen sagen, dass Lina ein Schattenmensch ist?« Warum konnte ich nie meine Klappe halten? Jetzt war es zu spät. Die Ältesten funkelten mich an und ich konnte nur noch den Rücken durchstrecken und ihren Blick zu ruhig wie möglich erwidern.

Kristanna machte einen Schritt auf mich zu. »Woher weißt du das?«, fragte sie wild. Ihr Blick zuckte zu Eric hinüber, der tatsächlich ein bisschen blass wurde.

»Wusste ich nicht, aber danke für die Bestätigung.«

»Treib es nicht zu weit«, drohte die Kriegerin, doch ihr Blick blieb bei Eric. »Das ist nicht gut.«

»Sag mir, warum wir das tun sollten, wenn du uns schon Arbeitsaufträge erteilst?«, fragte Heidi eisig.

»Weil es die Wahrheit ist«, sagte ich.

»Die Wahrheit.« Heidi rollte mit den Augen. »Immer die gleiche alte Leier. Was sollen die Leute mit Wahrheiten, die sie nicht verstehen?«

»Wissen, wer sie umbringen könnte«, versetzte ich.

»Ich sehe keinen Sinn darin, den Goldbluten diese Informationen zu geben«, fuhr sie mich an. »Weder darüber, was ein Schattenmensch ist, noch, welche Konsequenzen das hat. Wir haben genug zu tun, interner Tumult wäre zu viel für uns.« Sie warf mir einen drohenden Blick zu. »Diese Information wird diesen Raum nicht verlassen. Hast du mich verstanden?«

KAPITEL 14

Kiran und Stella brachten mich heim. Es dauerte, bis ich wieder sprechen konnte. Immer wieder stiegen mir Tränen in die Augen. Ich unterdrückte sie mit aller Gewalt. Diesen Anblick gönnte ich keinem, nicht einmal meinen neuen Freunden.

»Wie sollen wir weitermachen?«, fragte Kiran Stella. »Wenn es stimmt, was Persia vermutet ...«

»Sie vermutet es nicht nur, es ist die Wahrheit«, sagte Stella kopfschüttelnd. »Heidi und Eric haben es unabsichtlich bestätigt. Lina ist ein Schattenmensch.« Sie fummelte seufzend an ihrem Dutt herum und seufzte. »Der Befehl ist eindeutig, aber er fühlt sich falsch an.« Sie sah mich an. »Ich will nicht, dass du bestraft wirst. Und das würde sie tun, wenn Kiran und ich etwas tun.«

Ich nickte. Zu dieser Einsicht war ich auch schon gekommen. Ich hasste Heidi von ganzem Herzen. Dieses eiskalte Miststück. Ihre Worte taten immer noch weh. Sie saßen wie ein Stachel in meiner Brust. Trotz stieg in mir auf. Das ließ ich mir nicht gefallen. Nicht, wenn Liams Leben auf dem Spiel stand.

Wir erreichten mein Elternhaus. Ich sah zu den dunklen Fenstern, mittlerweile war es vier Uhr früh. Ich hatte Angst, dass meine Eltern meinen Abgang bemerkt hatten.

Vorsichtshalber checkte ich mein Smartphone, doch da war nichts. Frustrierend wenig.

»Komm morgen ins HQ«, sagte Stella. »Wir versuchen bis dahin, einen sinnvollen Plan zu schmieden. Ich rede mit Larsson und Urja, Kiran spricht mit Carl.«

»Ich gehe davon aus, dass zumindest mein Gruppenleiter eingeweiht wird«, nickte Kiran. »Falls nicht, werde ich so lange Fragen stellen, bis er selbst auf die Idee kommt.«

»Lasst euch nicht erwischen«, meinte ich. »Ich habe Angst, was Heidi sonst mit euch macht.«

Kiran und Stella zögerten, dann zuckte er mit den Schultern. »Wir sind schon zu weit gegangen, um jetzt einen Rückzieher zu machen. Ich könnte es mit meinem Gewissen nicht vereinbaren, nichts zu tun.«

»Das hättest du noch vor zwei Wochen nie gesagt.«

Stella grinste schief. »Du hast recht. Das ist dein schlechter Einfluss. Ich kann nicht sagen, dass ich mich wohl damit fühle, aber ich sehe keine Alternative.«

»Geht mir auch so«, stimmt Kiran zu. »Der Ungehorsam fühlt sich seltsam an. Mir wäre es lieber, wenn sich die Ältesten anders verhielten und es unnötig wäre.«

»Fast Rebellen«, meinte ich. »Bis morgen. Ich zähle auf euch.«

Ich schaffte noch zwei Stunden Schlaf, bis meine Mutter mich weckte. Sie hatten echt nichts mitbekommen. Zum Glück, noch mehr Stress ertrug ich nicht. Dafür hatte ich auch keinen Kopf. »Hat die Polizei sich wegen Liam gemeldet?«, fragte ich am Frühstückstisch.

Mama schüttelte den Kopf. »Leider nicht. Ich rufe nachher an und frage nach.«

»Das kann ich auch tun«, sagte ich sofort.

»Du gehst in die Schule«, wehrte sie ab. »Ich glaube auch, dass ich bessere Erfolgschancen habe. Wenn ich etwas herausfinde, melde ich mich, okay?«

»Melde dich bitte auch, wenn du nichts herausfindest.« Ich starrte auf meinen Kaffeebecher. »Liam ist jetzt seit drei Tagen verschwunden. Das macht mich wahnsinnig. Ich komme nicht mehr klar.« Tränen schossen in meine Augen. Dieses Mal konnte ich sie nicht aufhalten. Sie flossen über meine Wangen und ich schluchzte.

Papa legte den Arm um mich. »Mein armer Schatz, ich verstehe dich. Ich hoffe, dass Mama etwas herausfindet. Ich werde auch sehen, was ich tun kann.«

»Wie denn?«, schluchzte ich.

»Lass das meine Sorge sein«, meinte mein Vater. Ich packte meine Sachen und machte mich auf den Weg zur Schule. Es gab nichts, was ich weniger tun wollte.

Ich wollte Gewissheit und endlich herausfinden, was los war. Mit Liam. Mit Lina. Mit allen Schattenbluten, die da draußen ihr Unwesen trieben.

Ich nahm mein Smartphone zur Hand und öffnete den Chat mit Liam. Unter seinem Namen stand, dass er am Sonntag zuletzt online war.

Ich vermisse dich, schrieb ich und sendete die Nachricht. *Ich will dich sehen. Bitte, wenn du das doch irgendwie lesen kannst, melde dich.*

Meine Augen füllten sich wieder mit Tränen und ich schob das Handy schnell wieder in meine Jackentasche. Ohne nachzudenken hatte ich meine kaputte Lederjacke angezogen. Ich befühlte den Riss und wurde wütend. So wahnsinnig wütend auf Eric und die ganzen Arschlöcher.

Sie waren an allem schuld. Sie ließen zu, dass die Schattenblute nachts Leute angriffen und verschleppten. Ihretwegen waren Leute gestorben. Ihretwegen existierte diese Gefahr überhaupt nur.

›*Eigentlich müsste ich zu Lina gehen und ihr dafür gratulieren, dass sie sich endlich gegen diese Monster wehrt*‹, dachte ich bitter. ›*Leider macht sie das auch mit der Unterstützung von Monstern.*‹

Linn wartete am Eingang zum Schulgelände auf mich. Sie nahm mich in den Arm. »Immer noch nichts?«

Ich schüttelte den Kopf und kämpfte gegen die Tränen. Jetzt reichte es mit dem Heulen. Ich musste irgendwie die Stunden absitzen und dann zum HQ laufen.

»Soll ich heute Nachmittag zu dir kommen?«, fragte Linn. »Ich könnte einfach bei dir sein.«

»Das ist lieb, aber ich wollte noch mal mit meinen Eltern zur Polizei gehen«, log ich. Es tat mir leid, dass ich Linn abwies, aber ich wusste nicht, was ich sonst sagen sollte. »Ich melde mich, wenn ich was weiß.«

Linn sah enttäuscht aus, ließ es aber gut sein. Sie wollte nur helfen, das war mir klar, doch es gab nichts, was sie tun konnte. Ich nahm ihre Hand und ging mit ihr ins Schulgebäude. Dabei betete ich, dass die Zeit schnell verging und ich loskonnte.

Ich ging nach der Schule zum HQ, um mich mit Stella zu treffen. Ich war gestresst. Mama hatte sich gemeldet. Es gab keine News von der Polizei. Ich versuchte, mir keinen Kopf deswegen zu machen, sonst dachte ich darüber nach, dass er für immer weg sein könnte.

Ich checkte nochmal mein Smartphone und den Chat mit Liam. Ich könnte heulen, wenn ich den Verlauf las. Er war immer noch nicht online. Schnell schloss ich die App, bevor ich keine Luft mehr bekam.

Ich ging um das Gebäude herum. Stella holte mich am Seiteneingang des HQs ab. Wir trafen uns hier, damit ich nicht gesehen wurde. Ich ahnte, dass die Ältesten die anderen Leute auf mich angesetzt hatten. So gewannen wir hoffentlich Zeit, um im Archiv mehr Infos über Schattenmenschen zu suchen.

Stella war total gestresst. »Was ist los?«, fragte ich.

»Kiran ist gerade von der Tagespatrouille zurück«, sagte sie und zog die Tür leise zu. Wir waren in einem Treppenhaus und stiegen jetzt die Stufen hoch. »Sie waren noch einmal im Versteck der Schattenblute. Es sind mehr als befürchtet. Viel mehr.«

Mein Mund wurde trocken. »Was jetzt?«

»Carl vermutet, dass es so viele sind, weil sie etwas vorhaben.« Stella blieb in einem Zwischengeschoss stehen und lehnte sich gegen die Wand. »Er glaubt, dass sie uns angreifen wollen. Und ich glaube, dass er recht hat.«

Ich starrte sie an. »Warum?«, flüsterte ich.

»Wenn Lina wirklich ein Schattenmensch ist ...« Stellas Stimme versagte. Sie räusperte sich energisch. »Ich habe den Vormittag schon im Archiv verbracht und ein paar Sachen herausgefunden. Heidi war damals an Sonias Fluch beteiligt. Sie war eine von ihren Beraterinnen. Wenn ich ein Schattenmensch wäre, würde ich mich an ihr rächen wollen.«

»Scheiße«, flüsterte ich.

»Mehr als das«, murmelte Stella. »Sie haben vierzig Schattenblute gezählt, wer weiß, wie viele sich dort noch verstecken. Sie sind stark und normale Goldblute wie ich haben wenig Chancen, wenn sie mich angreifen. Wenn es hundert sind und sie uns angreifen, wird es brenzlig.«

Meine Beine fühlten sich plötzlich instabil an. Ich hielt mich am Treppengeländer fest. »Das ergibt alles einen Sinn«, flüsterte ich. »Wir müssen dafür sorgen, dass alle davon erfahren. Wenn sie angreifen, müssen wir uns darauf vorbereiten.«

»Heidi bringt dich um«, warf Stella ein.

Ich sah ihre Angst. »Kann sie versuchen, wenn sie keine anderen Probleme hat«, knurrte ich cooler, als ich mich fühlte. Stella warf mir einen schnellen Blick zu.

»Sag das nicht«, murmelte sie. »Mit Heidi ist nicht zu spaßen. Was sie gestern zu dir sagte, meinte sie todernst. Du solltest damit nicht leichtfertig umgehen.«

»Wenn wir zögern, gibt es Tote«, hielt ich dagegen.

Stella atmete tief ein. »Ich weiß. Komm jetzt.«

Wir stiegen die Treppe weiter hinauf und erreichten den sechsten Stock. Stella ging vor und vergewisserte sich, dass uns niemand sah, der mich nicht sehen sollte. Sie winkte mich hinter sich her und wir schlichen ins Archiv.

Der alte PC war an, der Oldschool-Bildschirm flimmerte. Ich unterdrückte ein Seufzen, aber es war besser als nichts. Ich setzte mich auf dem Stuhl neben Stella und beobachtete, wie sie den Bildschirm entsperrte und den Suchbegriff *Schattenmenschen* eingab.

»Hast du mehr über Sonias Fluch herausgefunden?«, fragte ich. Stella schüttelte den Kopf. »Oder darüber, wer Lina sein könnte?«

»Was meinst du?«, fragte Stella überrascht. Ich rückte neben sie und suchte nach dem Fluch. Irgendwo musste etwas zu finden sein. Ich hatte noch das Gespräch mit Eric im Kopf. »Nur die Schattenkönigin und ihre Vertraute konnten neue Schattenmenschen erschaffen.«

»Schattenmenschen, ja. Bei Schattenbluten sieht das anders aus. Sie brauchen weder Juna noch Orphea«, wandte Stella ein. »Da bist du auf dem Holzweg.«

»Trotzdem«, meinte ich und machte weiter. Das alte Gerät spuckte ein paar Treffer aus. Besser als nichts. Ich klickte auf den ersten und verlor beinahe die Nerven, als es ewig dauerte, die Seite zu laden.

Stellas Handy klingelte. »Das ist Kiran.« Sie nahm das Gespräch an. »Hey, was gibts?« Sie lauschte und riss die Augen auf. »Bitte sag mir, dass das ein Scherz ist!« Kiran sagte noch etwas, dann legte er auf.

Stella packte meine Hand. »Wir müssen los.«

»Wohin? Was ist los?«, fragte ich.

Stella stieß die Tür des Archivs auf und zerrte an mir. »Die Schattenblute nehmen Kurs auf das HQ!«

Neben uns schnappte jemand schockiert Luft. Da stand ein junger Mann, der jetzt zurücktaumelte, sich umdrehte und losrannte.

»Scheiße!« Das war das erste Mal, dass ich Stella fluchen hörte. Die Lage war ernst.

»Hinterher?«, fragte ich.

»Zu spät«, sagte sie grimmig, als jemand schrie. »Das war meine Schuld.«

»Wenigstens wissen gleich alle Bescheid«, meinte ich. Stella schob mich zum Treppenhaus. Ich stieß die Tür auf und trat hinein, da rief jemand Stellas Namen. Mein Herz stolperte, als ich Erics Stimme erkannte.

Stella schubste mich. »Hau ab und kontaktiere Kiran. Er ist auf dem Weg hierher. Und lass dich bitte nicht schnappen.« Sie drehte sich um und die Tür fiel zu.

Mein Herz schlug mir bis zum Hals, als ich die Treppe hinunterrannte. Ich zerrte mein Handy aus meiner Jackentasche und rief Kiran an.

»Wir treffen uns hinter dem Gebäude«, sagte er gestresst. »Warte dort auf mich. Ich muss hier noch etwas regeln, dann hole ich dich ab.«

Ich versprach es und sprang durch die Seitentür ins Freie. Hektisch holte ich Luft und lehnte mich gegen die Hauswand. Dann sah ich mich um. Es war noch hell, gerade einmal fünf Uhr nachmittags. Die Schattenblute konnten noch nicht auf dem Weg sein. Oder doch?

Ich umrundete das Gebäude und suchte mir einen Fleck, von dem aus ich alles beobachten konnte. Er lag mitten im Sonnenlicht. Hier fühlte ich mich einigermaßen sicher, denn ich traute mich nicht, allein nach Hause zu gehen. Ich ahnte, dass ich es nicht schaffen würde.

Ich fragte mich, ob Eric mich gesehen hatte. Ob Stella meinetwegen Ärger bekam.

Wieder checkte ich mein Smartphone. Ich wagte einen letzten verzweifelten Versuch und rief Liam an.

Ich landete sofort auf der Mailbox.

Schnell schrieb ich Tessa. *Habt ihr was von Liam gehört? Ich kann ihn immer noch nicht erreichen.*

Sie war fast sofort online. *Persia, oh Gott, ich hatte so gehofft, dass du weißt, wo er ist. Wir versuchen seit vorgestern, mit ihm zu sprechen, aber nichts klappt. Wir sind seit einer Stunde in Hamburg, ich wollte dich anrufen.*

Verzweiflung stieg wie Säure in meinem Hals auf. *Nein, ich weiß auch nichts. Ich suche ihn. Bitte schreib mir, wenn du etwas weißt.*

Tessa versprach es. Ich wartete voller Angst an meinem sonnigen Plätzchen, dass Kiran endlich zu mir kam.

Ich musste lange warten. Als er in den Innenhof kam, war er total gestresst. »Ich muss gleich wieder auf Patrouille, aber ich konnte meinen Sektor in deine Nachbarschaft legen. Komm jetzt, wir müssen uns beeilen.«

»Warum? Was ist los? Kommen sie her?«

Kiran schüttelte den Kopf und lief los. Ich musste mich beeilen, um mit ihm Schritt zu halten. »Sie versammeln sich. Wir waren in ihrem Unterschlupf. Ich habe Lina gesehen. Sie ist definitiv kein Schattenblut. Und sie werden angreifen, ich weiß nur nicht, wann. Sie haben uns entdeckt, wir mussten fliehen. Zwei von uns sind verletzt, darunter auch Urja. Kristanna war außer sich, sie war kurz davor, uns anzugreifen. Carl konnte sie nur knapp davon abhalten.«

»Und jetzt?«, fragte ich ängstlich.

»Die Ältesten haben eine Versammlung für alle übrigen Goldblute einberufen«, erwiderte er.

»Aber dann muss ich dorthin!«, protestierte ich.

»Wozu? Du weißt mehr als die anderen und außerdem ist es nicht gut, wenn Heidi dich sieht. Ich bringe dich jetzt nach Hause. In Sicherheit«, sagte er streng.

»Woher willst du das wissen?«, bohrte ich.

Kiran schnaubte frustriert. »Ich weiß gar nichts. Aber ich glaube, dass du bei uns momentan in größerer Gefahr bist. Die Info ist schon durchgesickert, weiß Gott, wie das passiert ist. Alle sind in Panik deswegen.«

»Das war meine und Stellas Schuld. Jemand hat uns gehört, kurz nachdem du angerufen hast«, gestand ich.

Kiran wurde blass. »Das darf doch nicht wahr sein!«

»Es tut mir leid, das war keine Absicht«, flüsterte ich.

Er legte noch einen Zahn zu. »Zu spät. Umso besser, wenn du nicht dort bist. Heidi würde dich bemerken und ich will nicht darüber nachdenken, was sie dann mit dir macht. Komm jetzt!«

Ich stolperte hinter ihm her und war froh, als das HQ außer Sichtweite war. Kirans Worte wühlten mich auf und machten mir trotz meiner losen Klappe Angst.

Wieder fiel mein Blick auf den Riss in meiner Lederjacke. Ich hatte nicht vergessen, mit welcher Kraft Eric mich angegriffen hatte. Heidi war viel gefährlicher als er.

»Was machst du, wenn du mich heimgebracht hast?«

»Ich gehe auf Patrouille. Ich weiß schon mehr, als ich wissen sollte.« Kirans Hand lag an seiner Waffe und seine Augen suchten ununterbrochen die Umgebung ab.

Ich wurde nervös. »Sind sie hier irgendwo?«

»Wir müssen damit rechnen«, knirschte er. »Dass sie sich sammeln, heißt nicht, dass es heute noch losgeht, aber es ist nicht ausgeschlossen. Je aufmerksamer wir sind, umso besser.« Er sah mich an. »Keine Stunts mehr, Persia, hörst du?«

»Was soll das heißen?«, fragte ich, obwohl ich genau wusste, was er meinte. Er warf mir einen strengen Blick zu, unter dem ich entschuldigend lächelte. »Schon klar.«

Wir erreichten mein Viertel. Kiran wurde immer angespannter, seine Bewegungen immer zackiger.

»Was hast du?«, fragte ich.

»Ein ganz dummes Gefühl.«

Ich sah mich um, da rann ein eiskalter Schauder über meinen Rücken. Ich fröstelte, weil es sich anfühlte, als würde mich jemand beobachten. Jemand, der es auf mich abgesehen hatte.

»Sind sie hier?«, fragte ich wieder, dieses Mal konnte ich meine Angst nicht verstecken.

Kiran zog seinen Dolch und legte seine Hand an seine Pistole am Gürtel. »Vielleicht. Wir müssen aufpassen.«

Ich blickte zum Himmel. Es dämmerte. »Können sie wirklich erst raus, wenn es richtig dunkel ist?«

»Noch vor Kurzem hätte ich ja gesagt, doch inzwischen weiß ich gar nichts mehr. Es ist zu viel passiert, was nicht zu dem passt, was ich gelernt habe.« Er blieb stehen und sah sich um. Ich hielt mich dicht bei ihm. Angst kroch wie kalter Nebel über meinen Rücken.

»Irgendwer ist hier«, flüsterte ich.

»Ich weiß.« Kiran zog einen zweiten Dolch aus seiner Jacke und drückte ihn in meine Hand. Ich sah ihm an, wie ungern er mir die Waffe gab. Er hatte Angst um mich. »Halt dich zurück, hörst du? Benutz ihn nur im Notfall. Lauf, wenn ich uns nicht mehr beschützen kann.«

»Ernsthaft?«, kiekste ich und umklammerte den Dolchgriff. Sein Gewicht fühlte sich kein bisschen beruhigend an - eher wie das sichere Ticket in den Tod.

Wir stellten uns Rücken an Rücken. Mein Herz raste und mir brach der Schweiß aus. Ich hatte Panik vor einer erneuten Konfrontation mit den Schattenbluten. Mein Angreifer war da draußen. Vielleicht war er es, dessen Blick ich auf mir spürte. In meine Angst mischte sich Ekel bei diesem Gedanken.

Irgendwo klapperte etwas. Kiran ging leicht in die Knie. Ich hielt den Atem an.

Nichts passierte, dafür lief eine Katze an uns vorbei.

»Echt jetzt?«, murmelte ich.

Kiran richtete sich wieder auf. »Unvorsichtigkeit ist nie gut, Paranoia aber auch nicht.«

»Klingt wie ein Spruch aus einem Glückskeks.«

»Merk's dir lieber, kann dir das Leben retten. Komm.« Er packte mich am Jackenärmel und zog mich weiter.

»Ich hätte schwören können, dass da jemand war.«

»Ich auch.« Kirans Gesicht war purer Stress. Mit einem Mal bog er scharf ab und zerrte mich in eine Einfahrt, die in einen Innenhof führte. Ich wollte protestieren, doch meine Instinkte rieten mir, die Klappe zu halten. Er machte so was nicht ohne Grund.

Im Innenhof verschränkte er die Hände ineinander und hielt sie mir hin. Eine Räuberleiter! Ich verstand gar nichts mehr, setzte meinen Fuß aber auf seine Handflächen und zog mich auf einen Balkon im ersten Stock.

Kiran nahm drei Schritte Anlauf und sprang hoch. Er verfehlte das Geländer, doch ich erwischte ihn am Handgelenk und zog ihn hoch.

Lautlos versteckten wir uns hinter einem Klapptisch und einem Blumenkübel. Total lächerlich, aber das hier war kein Spaß. Ich starrte auf den Durchgang und wagte kaum, zu atmen. Kiran zog seine Waffe. Ich hoffte, dass er sie nicht benutzte. Ein Schuss wäre ohrenbetäubend.

Ich suchte den Blickkontakt zu Kiran, doch er war hoch konzentriert. Mir blieb nichts anderes übrig, als zu warten und still zu sein.

Schritte hallten, dann kamen zwei Männer und eine Frau in den Innenhof. Mein Herz setzte vor Schreck einen Schlag aus, als ich meinen Angreifer erkannte. Sie waren leise und kaum zu sehen, als bestünden sie aus Schatten. Jetzt verstand ich, wie sie uns neulich abgehängt hatten.

Wortlos sahen sie sich um. Sie suchten nach uns, ich hörte jemanden schnüffeln. Hatte unser Blut einen Duft, der sie anzog?

Wenn einer im Torbogen stehen blieb, saßen wir in der Falle. Meine Finger krallten sich um den Dolchgriff. Sie waren schweißnass.

Ich betete, dass sie uns nicht bemerkten.

»Hier ist niemand«, sagte die Frau schließlich. Ihre Stimme ging mir durch Mark und Bein.

»Ich rieche sie«, widersprach der Kerl, der mich angegriffen hatte. Ich bekam Gänsehaut vor Angst und Ekel.

»Du riechst ständig irgendwas«, meinte der zweite Mann. »Kommt jetzt. Sie wartet.« Die beiden drehten sich um und marschierten aus dem Innenhof. Mein Angreifer warf noch einen frustrierten Blick zurück, folgte seinen Begleitern dann aber.

Ich atmete auf. Zumindest, bis Kiran sich über das Balkongeländer schwang. Ich beeilte mich, hinterher zu springen und zu ihm aufzuschließen. Sein Gesicht war angespannt und er fluchte. Es dauerte ein paar Sekunden, bis ich verstand, warum.

»Du willst hinterher«, vermutete ich.

Er schüttelte den Kopf. »Auf keinen Fall, solange du bei mir bist. Das verdreifacht das Risiko.«

Ich entdeckte die drei Schattenblute am Ende der Straße. Und stutzte. Jetzt waren sie zu viert. Ein dritter Mann schien hier auf sie gewartet zu haben. Seine Statur und sein Gang kamen mir vertraut vor.

Mir wurde schwindelig und ich musste mich an Kiran festklammern, um nicht zu fallen.

»Persia, was hast du?«, fragte er leise.

»Liam«, flüsterte ich mit tauben Lippen. »Ich glaube, er ist bei ihnen.«

Kiran packte er meine Hand. »Dann hinterher. Und tu verdammt noch mal alles, was ich dir sage. Ohne Widerworte und ohne Zögern, klar?«

Ich nickte stumm und starrte auf die Ecke, um die die vier verschwunden waren. ›Ich habe mich geirrt‹, redete ich mir ein. ›Das kann niemals Liam gewesen sein. Denn das würde bedeuten, dass er tot ist. Liam ist nicht tot. Deswegen war er es nicht.‹

Mit jedem Schritt wurden meine Beine schwerer. Nein, bis eben hatte ich mich nur gefürchtet, stellte ich fest. Jetzt hatte ich Angst. Echte, reine Angst. Nicht einmal um mich, auch nicht um Kiran, sondern davor, was mich erwartete, wenn wir den Schattenbluten folgten.

Sie gingen nicht in die Straße, die Kiran und ich entdeckt hatten, sondern in ein Industriegebiet mit Lagerhallen. Kiran informierte seine Truppe, doch die meisten waren zu weit weg, um zu uns aufzuschließen. Nur Larsson war in der Nähe und versuchte, uns einzuholen.

»Er ist Stellas Freund, oder?«, fragte ich.

Kirans Miene war finster. »Ja.«

»Du magst sie sehr, oder?«

Er sah mich gereizt an. »Schlechte Zeit und schlechter Ort für solche Fragen. Und es geht dich nichts an.«

Ich hob die Hände. »Sorry. Ich dachte nur ...«

»Dass du deine Nervosität überspielen möchtest?«

Ich versuchte, nicht beleidigt zu sein. Er hatte recht. Und es ging mich wirklich nichts an. Wir waren Freunde, aber so eng nicht. Das sah ich ein. »Ja, wahrscheinlich. Tut mir leid. Mieses Timing.«

Er nickte knapp und blieb an einer Hausecke stehen, um die Schattenblute zu beobachten. Sie standen vor einem Haus, in dem eine Druckerei untergebracht war. Wir waren hundert Meter entfernt, zu weit, um zu erkennen, ob der dritte Mann Liam war. Er wurde von meinem Angreifer verdeckt.

»Was passiert, wenn Menschen zu Schattenbluten werden?«, flüsterte ich.

»Das gleiche, was mit dir passiert ist«, erwiderte Kiran ebenso leise. »Das magische Blut gelangt in den Kreislauf und verändert die genetische Struktur. Es zerstört einige menschliche Eigenschaften und ersetzt sie durch eigene. Wie ein Virus programmiert es die Zellen um und verbreitet sich im Körper. Schattenblute sind stark und schnell, doch sie vertragen kein Sonnenlicht. Und ihr Blut verlangt nach unserem als Energiequelle. Sie haben uns gesagt, dass das dämonische Blut ihre Denkfähigkeit stark eingeschränkt, doch davon bin ich nicht mehr überzeugt. Ich glaube, dass Lina einen Weg gefunden hat, ihre Gehirne zu klären. So habe ich es mir zumindest zusammengereimt.«

»Hey, du weißt ja doch ganz gut Bescheid«, meinte ich.

»Über diese Sache, ja. Das haben sie uns beigebracht, damit wir uns davor in Acht nehmen, mit dem Dunklen Blut in Kontakt zu kommen. Sonst merke ich immer mehr, wie dumm ich gehalten wurde«, sagte er finster.

Die vier Schattenblute verschwanden im Gebäude. Kiran checkte sein Smartphone. »Larsson ist gleich da«, murmelte er. »Wir gehen trotzdem näher heran.« Er warf mir einen strengen Blick zu. »Du bist mein Schatten.«

»Verstanden.«

Ich folgte ihm auf den Fuß, meine Sinne geschärft, meine Nerven zum Zerreißen gespannt. Ich rechnete damit, dass weitere Schattenblute kamen und uns angriffen. Ich versuchte, alle Richtungen im Auge zu behalten.

Ein Pfiff ertönte, der Kiran anhalten ließ. Ich stellte mich Rücken an Rücken mit ihm und sah kurz darauf Larsson zu uns kommen. Kirans Miene war beinahe lustig, weil sich Erleichterung und Frust vermischten, als er ihn sah. Die Erleichterung war stärker.

Ich war auch froh, dass Stellas Freund da war. Ich kannte ihn nicht und es tat mir leid für Kiran, dass er unglücklich in Stella verliebt war, aber dafür konnte ihr Freund schließlich nichts.

»Wie viele?«, fragte Larsson.

»Vier sind rein«, antwortete Kiran. »Unklar, wie viele noch drin sind.«

»Die anderen sind unterwegs, aber die Aktivitäten sind hoch heute Abend«, sagte der Jäger. Er warf mir einen Blick zu. »Warum bist du hier?«

»Ich habe es nicht nach Hause geschafft«, erwiderte ich.
Larsson sah Kiran an. »Dann müssen wir abbrechen.
Wir sind in der Unterzahl und Persia ist bei uns. Beides
sind unkalkulierbare Risiken.«
»Bitte, ich muss da rein!«, bettelte ich. »Ich glaube ...
ich fürchte ...« Ich konnte es nicht aussprechen.
»Persia glaubt, dass ihr Freund bei ihnen ist«, nahm
Kiran mir das Weitersprechen ab.
Larsson atmete tief durch. »Wenn es so ist, nützt dir das
Wissen auch nichts mehr. Dann ist es zu spät für ihn.«
»Ich muss es mit eigenen Augen sehen«, beharrte ich.
»Vergiss es!«, fauchte Larsson mich an. »Ich trage jetzt
die Verantwortung und lasse nicht zu, dass einer unserer
besten Leute verletzt wird, weil du Gewissheit brauchst.
Wir gehen jetzt ins HQ, Persia. Keine Widerrede!«
Ich ballte die Hände zu Fäusten und drehte mich trotz-
dem zum Eingang. »Dann gehe ich allein.«
Larsson packte mich am Arm. »Verdammt, Mädchen,
du kapierst es nicht! Du kommst mit uns. Verdammte
Teenager-Theatralik, ich hasse so was!« Er versetzte mir
einen Stoß. »Geh jetzt, bevor ich richtig wütend werde.«
»Ich hoffe, du bist netter zu Stella!«, zischte ich. Seine
Augen weiteten sich. Hinter uns schlug eine Tür.
Mir wurde eiskalt. Die beiden Jäger zogen ihre Waffen.
Ich umklammerte den Griff von Kirans Dolch.
Larsson zerrte mich hinter sich, sein Kiefer war ange-
spannt. »Wenn ich es sage, rennst du los, verstanden?«
Ich nickte nur und bereute alles, was ich gesagt hatte.
Vor uns standen sieben Schattenblute.
Kein Liam.
Sie bildeten einen Halbkreis und kamen näher. Mein
Angreifer war auch dabei. Er grinste mich an.

Mein Mund war knochentrocken und Adrenalin schoss durch meine Adern. Wir saßen in der Falle. Meinetwegen. Es war alles meine Schuld. Wenn Larsson und Kiran etwas zustieß, ging das auf meine Kappe. Meine allein.

Wir hatten nur eine Chance.

Ich starrte die beiden Jäger an, bereit, alles zu tun, was sie verlangten. Und ich schwor mir, nie wieder so dumm zu sein.

»Jetzt!«

Larsson und Kiran feuerten Schüsse ab, ich rannte blind los. Hinter mir hörte ich ihre Schritte.

Ich betete, dass wir es schafften.

KAPITEL 15

Ich rannte um mein Leben. Panisch und total kopflos.

Häuser flogen vorbei und ich musste einen Satz über ein fahrendes Auto machen, das mir entgegenkam. Menschen sprangen beiseite, als ich an ihnen vorbei sprintete.

»Persia!« Kirans Stimme drang nur undeutlich zu mir herüber. Es dauerte ein paar Sekunden, bis ich es schaffte, meine Beine zu überreden, langsamer zu rennen.

Ich war voll Adrenalin.

Kiran holte mich ein und legte mir die Hand auf die Schulter. Jetzt konnte ich anhalten. Ich drehte mich mit pochendem Herzen um und erwartete, dass eine Horde Schattenblute hinter und her war. Doch wir waren allein.

»Wo ist Larsson?«, fragte ich atemlos. Jetzt begannen meine Lungen zu brennen und meine Beine fühlten sich an, als wären meine Muskeln doppelt so groß wie sonst.

»Wir haben uns getrennt, um die Verfolgergruppen zu spalten«, sagte Kiran. Er atmete nicht mal schneller.

»Was? Aber hinter uns ist keiner!«, rief ich verzweifelt.

»Sind alle hinter ihm her?« Ich betete, dass Stellas Freund nichts zugestoßen war. In Büchern und Filmen war das immer die Situation, in der jemand starb! Tränen schossen in meine Augen. Wieder war das alles meine Schuld. Ich machte einfach alles falsch und schadete damit anderen. Meine Hände zitterten.

»Hinter uns waren auch welche«, sagte Kiran ruhig und strich mit dem Daumen über meine Wange, eine Träne wegzuwischen. »Sie haben aufgegeben, als du in die Mall gelaufen bist.«

»Welche Mall?«, Ich sah mich um. Ich stand mittendrin. Das EKZ lag mindestens zwei Kilometer von der Lagerhalle entfernt. Ich war ohne Verstand gerannt.

»Es geht Larsson gut, mach dir keine Sorgen.«

»Woher willst du das wissen?«, fragte ich.

Kiran tippte sich ans linke Ohr. »Weil ich mit ihm über Funk verbunden bin.« Er sah sich um. »Sie scheinen aufgegeben zu haben. Zum Glück. Ich hatte mich schon auf einen Kampf gefasst gemacht. Larsson, wie sieht es bei dir aus? Okay. Gut.« Kiran sah mich wieder an. »Verstärkung ist zu ihm unterwegs. Das schafft er.«

Ich rieb mir den Nacken. »Das ist zu viel Aufregung.«

»Das glaube ich. Ich bringe dich jetzt nach Hause.«

»Nach Hause?« Ich riss die Augen auf. »Aber Larsson hat doch gesagt ...«

»Das weiß ich, aber es gibt keine Alternative«, unterbrach er mich. »Larsson hat die Zwischenfälle mit Eric und Heidi nicht mitbekommen. Ich schon. Und ich will dich aus der Schusslinie bekommen, weil ich befürchte, dass sie dich für die durchgesickerten Informationen verantwortlich machen. Ich will verhindern, dass Heidi dich jetzt in die Finger bekommt.« Sein Blick fiel auf meine kaputte Jacke. »Du hast ja schon gemerkt, dass die Ältesten unangenehm sein können.«

»Eric will nicht, dass es geheim bleibt!«, platzte ich heraus. »Er wollte es sagen. Heidi lässt ihn nicht!«

Kiran warf mir einen langen Blick zu. »Die Ältesten sind eine Einheit. Eric würde sich nie gegen Heidi stellen. Unsere ganze Ordnung basiert darauf, dass wir uns auf sie verlassen können.«

»Aber das können wir nicht!«, sagte ich verzweifelt. »Sie enthalten uns lebenswichtige Informationen vor und nehmen in Kauf, dass jemand stirbt!«

Kiran legte mir die Hände auf die Schultern. »Ich weiß, Persia. Aber dieses Problem können du und ich nicht in einem Shopping-Center lösen. Ich bringe dich jetzt nach Hause, wo du in Sicherheit bist.«

»Das kannst du nicht versprechen«, flüsterte ich.

»Nein, kann ich nicht. Aber dort bist du sicherer als im HQ.« Er ließ mich los und schob mich am Schulterblatt zum Ausgang. »Wir nehmen ein Taxi. So hängen wir sie auf jeden Fall ab.« Ich ging mit, auch wenn ich ein mieses Gefühl dabei hatte.

Wir kamen ohne Zwischenfälle zu mir nach Hause. Kiran wartete im Taxi, bis ich an der Haustür war, dann fuhr er los. Ich fragte mich, ob Larsson heil im HQ angekommen war. Ich hoffte es.

Der Schreck saß mir noch in den Knochen. Die Schattenblute waren verdammt schnell gewesen. Und ich wurde das Gefühl nicht los, dass wir nicht nur durch Glück entkommen waren. Ich schloss die Augen und atmete tief durch. Es war umsonst gewesen. Ich wusste nicht, ob ich recht hatte. Ob das Schattenblut, das ich gesehen hatte, wirklich Liam war. Es gab immer noch keine Neuigkeiten von der Polizei. Keine Infos von Tessa oder sonst wem aus seiner Familie.

Wieder fühlten sich meine Beine wie Pudding an.

»Er war es nicht«, flüsterte ich, doch ich wusste, dass die Möglichkeit bestand. Von Liam fehlte seit Sonntagabend jede Spur. Heute war schon Donnerstagabend.

Ich blickte auf die Straße. Und wenn ich zurückging? Allein war ich weniger auffällig als mit Kiran. Ich könnte mich in das Lagerhaus schleichen. Ich schluckte. Das schaffte ich niemals. Ich war nicht einmal bewaffnet, weil ich Kiran den Dolch zurückgegeben hatte. Zuhause hatten wir nichts, was ich stattdessen benutzen könnte.

Kirans Dolch war magisch geweiht, sodass er Schatten- blute stärker verletzte als ein gewöhnliches Messer.

Ich ballte die Hände zu Fäusten. Meine Ausbildung war alles andere als abgeschlossen, mir war nichts Hilfreiches beigebracht worden. Zurückzugehen wäre Selbstmord.

Ich sah durch das Fenster in der Haustür. Drinnen war das Licht an. Das konnte ich meinen Eltern nicht antun. Es war schon spät, viel später als ich angekündigt hatte. Das gab Ärger.

Ich atmete tief durch und schloss die Tür auf.

Meine Eltern erwarteten mich in der Küche.

»Persia, es ist zehn Uhr abends«, sagte Mama eisig.

»Wo warst du? Wir haben dich mehrfach angerufen«, schaltete sich mein Vater ein.

»Auf der Arbeit«, sagte ich gestresst. »Wir hatten viel zu tun und ich habe meiner Kollegin Stella geholfen. Weil es so spät wurde, durfte ich ein Taxi nehmen.«

Ich hatte geahnt, dass sie stressten, doch jetzt erst merk- te ich, dass ich dafür keinen Kopf hatte. Ich wollte nur noch in mein Zimmer und mich dort verkriechen. Ich konnte doch nichts machen von hier aus! Und die einzi- gen beiden Orte, die mich weiterbrachten, konnte ich nicht betreten, ohne befürchten zu müssen, zumindest schwer verletzt zu werden.

Und jetzt nervten meine Eltern auch noch rum, weil es etwas später geworden war! Wenn die wüssten, was alles los war, könnten wir mal über echte Probleme sprechen.

»Morgen ist Schule. Die sollen sich jemand anderen für die Abendschichten suchen«, sagte Mama wütend.

»Das beeindruckt meine Chefin nicht«, meinte ich.

Mama sprang auf. »Du bist minderjährig und gehst zur Schule. Das geht vor. Und wenn die dich da so schlecht behandeln, wirst du kündigen. So einfach ist das!«

Ich machte einen Schritt zurück. Auch das noch, das wurde immer schlimmer. Mit einem Mal fühlte ich mich so müde, dass ich mich kaum noch auf den Beinen halten konnte. Der ganze Stress und die Angst saugten mich aus wie ein Vampir.

Ich lehnte mich gegen die Wand und schloss die Augen.

»Ist okay. Kommt nicht wieder vor. Ich gehe jetzt ins Bett, okay? Morgen muss ich früh raus.«

Meine Eltern verfolgten argwöhnisch, wie ich die Küche verließ und mich die Treppe hochschleppte. Ich machte mich fertig und ließ mich auf mein Bett fallen.

Wieder kreisten meine Gedanken um das Schattenblut auf der Straße. Ich nahm mein Handy zur Hand und öffnete den Chat mit Liam.

Bitte sei kein Schattenblut. Bitte.

Tränen stiegen in meine Augen, die ich nicht mehr zurückhalten konnte. Ich fühlte mich allein und verängstigt. Die Gefahr bei den Goldbluten machte mich fertig. Gerade jetzt wäre es gut gewesen, wenn ich bei Stella und Kiran, von mir aus sogar bei Eric hätte sein können.

Und Liam ...

Ich kniff die Augen zu und zog die Beine an, um mich zu einem Päckchen zusammenzurollen.

Dieses Mal gelang es mir nicht, die schlimmen Gedanken zu verdrängen. In meinem Kopf wirbelte alles durcheinander. Ich sah ihn mit der bleichen Haut und den toten Augen eines Schattenblutes. Wie er mich ansah, gierig nach meinem Blut, und versuchte, es sich zu holen.

Es dauerte, bis ich vor Erschöpfung einschlief.

Am nächsten Morgen kam ich kaum aus dem Bett. Meine Mutter sah sauer aus, als ich in die Küche kam.

Sie hatte ihre Sachen schon gepackt, ihr Autoschlüssel lag vor ihr auf dem Tisch. Papa war schon losgefahren.

»Wärst du rechtzeitig zu Hause gewesen, wärst du jetzt fit«, meinte sie.

Ich verkniff mir die Antwort. Auf solche Kommentare konnte ich gar nicht und meine Mutter hatte keine Ahnung, was los war. Ich hätte es ihr gern erklärt, aber ich durfte nicht und sie würde es auch nicht verstehen.

Ich stopfte wortlos einen Toast und einen Kaffee in mich hinein, murmelte eine Verabschiedung und machte, dass ich wegkam. In meinem Kopf bildete sich ein Plan für den heutigen Tag. Dieser beinhaltete keine Schule.

»Persia!« Mama kam hinter mir her. »Ich fahre dich.«

»Danke, aber ich kann den Bus nehmen.«

Sie lächelte mich mit schmalen Augen an. Ich glaube, sie ahnte, dass ich nicht zur Schule wollte. »Kein Problem, so viel Zeit habe ich noch.«

Gefrustet stieg ich in ihr Auto und ließ mich fahren. Normalerweise nahm ich das Angebot gern an, aber heute ärgerte es mich nur. Es stahl mir kostbare Zeit.

Die Fahrt verlief totenstill und ich war froh, als sie vor der Schule hielt. »Danke, bis später.« Ich sprang aus dem Auto und lief auf den Schulhof. Linn war schon da, sie sah gestresst aus. Jetzt musste ich ihr auch noch erklären, warum ich nicht mit reinkam.

»Hey, alles klar?«, fragte ich und winkte meiner Mutter, die endlich losfuhr. Linn sah ihr mit hochgezogenen Augenbrauen nach.

»Geht. Und bei dir?«

»Nein. Deswegen haue ich wieder ab. Ich muss was erledigen.« Ich wollte gehen, doch Linn hielt mich fest.

»Was? Warte mal! Persia!«

»Keine Zeit.« Ich machte mich vorsichtig los, um ihr nicht wehzutun.

»Zeit? Was ist denn bloß los?« Linn folgte mir.

»Es ist wegen Liam. Ich habe eine Idee, wo er sein könnte, und muss da hin. Jetzt sofort«, sagte ich.

»Dein Ernst? Persia, bleib sofort hier oder ich komme mit.« Sie hielt mich wieder fest und funkelte mich an.

»Geht nicht.« Ich seufzte, weil ich das alles so leid war. »Linn, bitte, ich muss wirklich los.«

»Du glaubst doch wohl nicht, dass ich dich einfach so gehen lasse. Was soll das heißen, du hast eine Idee? Wo ist Liam denn?«

»Das weiß ich eben nicht genau, es kann auch sein, dass ich mich irre. Aber da ist es gefährlich.« Ich schüttelte den Kopf, weil ich ihr nicht mehr sagen konnte und sie sich sonst noch mehr Sorgen machte. Wäre sie an meiner Stelle, hätte ich ihr jetzt einen Vogel gezeigt. So was Dämliches! Ich ritt mich selbst in die Scheiße.

»Es ist so«, versuchte ich es noch einmal. »Ich habe jemanden kennengelernt. Stella. Sie arbeitet bei der Polizei und will mir helfen. Das geht aber nur heute Vormittag, weil sie dann etwas Zeit für mich hat.« Das klang schon deutlich besser und Linns Gesicht entspannte sich etwas. Das Misstrauen blieb allerdings.

»Aha und woher kennst du sie?«

»Über Kiran, den Typen aus dem Dojo. Der ist auch bei der Polizei und hilft mir bei der Suche nach Liam.« Ich musste zu ihm und ihn überreden, mit mir noch mal zu der Lagerhalle zu gehen. Jetzt am Tag waren wir sicherer. Es ging nicht anders. Und falls ich mit ihm gesehen wurde, hatte ich wenigstens eine Geschichte parat.

Linns Augen weiteten sich. »Aber ... Persia. Das ist jetzt nicht wahr! Der Typ will doch was von dir!«

»Nein, er will was von Stella.« Wenigstens das war keine Lüge. Zwischen Kiran und mir war absolut nichts.

»Schön, wenn du meinst. Dann gehe ich mit dir da hin.« Linn ballte die Hände zu Fäusten.

»Lieber nicht. Dich kennt sie nicht und ich habe Angst, dass sie mir dann nicht mehr hilft.« Ich nahm Linn in den Arm. »Sorry, es geht nicht. Und sei besonders vorsichtig. Liam ist in der Abenddämmerung verschwunden. Ich hab Angst um dich.«

»Persia, was soll denn das? Ich krieg Panik, wenn du si weitermachst!« Linn war blass geworden.

»Brauchst du nicht, aber pass einfach auf dich auf. Ich habe schon Liam verloren. Ich könnte es nicht ertragen, wenn dir auch etwas zustößt.«

In Linns Augen traten Tränen. »Fuck, Persia, sag das doch nicht so, als wäre er tot.« Ihre Augen wurden riesig. »Er ist doch nicht tot, oder? Oh Gott!«

»Ich bete dafür. Ich melde mich, wenn ich was rausfinde. Sag meiner Mom nichts, falls sie hier noch mal aufkreuzt. Wir haben gerade Stress deswegen.« Ich setzte mich in Bewegung. Dieses Mal ignorierte ich Linns Rufe. Ich hoffte, dass sie auf mich hörte und aufpasste.

Im Laufen schrieb ich Kiran: *Hinterhof HQ. Fünfzehn Minuten. Ich brauche deine Hilfe.*

Adrenalin pumpte durch meine Adern. In mir war eine Gewissheit, von der ich nicht wusste, woher sie kam: Heute würde ich erfahren, was mit Liam war. Heute fand sich die Lösung aller Rätsel. Ich hoffte, ich überlebte sie.

Ich erreichte das HQ und wartete im Hinterhof.

Kiran antwortete mir nicht, ich checkte mehrfach mein Smartphone. »Fuck, Kiran, wo bist du?«, murmelte ich und steckte es wieder in die Tasche.

Natürlich konnte ich nicht erwarten, dass er alles stehen und liegen ließ, um zu mir zu kommen, aber ... irgendwie erwartete ich es doch.

Kiran und Stella waren meine einzige Verbindung zu den Goldbluten. Ich fühlte mich ausgestoßen, dabei war ich noch nicht mal einen Monat dabei.

»Das habe ich echt richtig gut hinbekommen«, murmelte ich. »Könnte der Titel meiner Bio werden: *Verkackt in drei Wochen. Wie man es schafft, dass alle einen hassen.* Jetzt schon ein Bestseller.«

Eine Bewegung erregte meine Aufmerksamkeit. Von der Seite des Gebäudes kam jemand. Vorsorglich trat ich hinter einen Baum, damit man mich nicht sofort sah, falls es nicht Kiran war.

War er auch nicht. Es war Stella.

»Persia?«, rief sie verhalten.

»Ich bin hier!«

Sie kam zu mir herüber. »Hey. Kiran schickt mich, er kann gerade nicht zu dir kommen. Sie planen den nächsten Einsatz«, sagte sie gestresst.

»Wie geht es Larsson?«, fragte ich. »Ist er heil zurückgekommen?«

Ein Schatten huschte über ihr Gesicht. »Ja, aber es gab eine ziemliche Aufregung wegen eurer Aktion gestern.«

»Was hätten wir denn machen sollen?«, fragte ich. »Die Schattenblute haben uns verfolgt. Danach war es nur logisch, zu sehen, wo ihr Versteck ist.«

Stella zog die Augenbrauen hoch. »Und dass du glaubst, Liam gesehen zu haben, spielte keine Rolle?«

Mein Herz setzte einen Schlag aus. »Natürlich war das der Grund«, sagte ich gereizt. »Wenn du in meiner Situation gewesen wärst, was hättest du gemacht?«

»Das gleiche«, gab Stella zu. »Das war kein Vorwurf. Ich verstehe dich sehr gut. Aber bei allem, was wir tun, müssen wir immer die Konsequenzen bedenken. Und die hätten für euch drei schlimm sein können.«

Ich nickte und drehte mein Gesicht weg, damit sie es nicht sah. Das alles machte mich fertig. Ich schwebte im Nichts zwischen so vielen Problemen. Und mein allergrößtes wurde immer schwerer und drückender.

Stella nahm mich in den Arm. Erst jetzt merkte ich, dass ich weinte. »Ich weiß, wie es dir geht«, sagte sie sanft in mein Ohr. »Es ist einfach scheiße. Ich sehe, welche Angst du hast. Das ist furchtbar.«

»Letzte Woche war mein einziges Problem, dass ich mich wieder mit ihm vertragen wollte«, schluchzte ich. »Und jetzt ist er seit fast einer Woche vermisst und vermutlich tot.«

Jetzt hatte ich es laut gesagt. Ich brach in Stellas Armen zusammen und kam nicht mehr klar. Ich war machtlos gegen die Trauer und die Angst, sie nahmen mir alle Kraft. Ich konnte nicht mehr, das war alles viel zu viel. Und gleichzeitig zu wenig, denn ich wünschte mir nichts mehr, als dass ich irgendwas tun könnte.

Stella hielt mich einfach fest. Sie wiegte mich sanft hin und her und summte leise. Wärme stieg in mir auf und ich wurde ruhiger. Langsam versiegten meine Tränen und mein Atem war nicht mehr so hektisch.

»Was machst du mit mir?«, flüsterte ich.

»Ich helfe dir, damit du weitermachen kannst«, sagte sie in mein Ohr. »Kiran und die anderen Jäger werden ausschwärmen und das Quartier auskundschaften. Du und ich, wir gehen mit, sodass nur Kiran und Larsson etwas davon mitbekommen. Wir finden es heraus, Persia.«

»Stella.« Ich sah ihr ins Gesicht. Mein Kopf war klar und die Enge in meiner Brust verschwunden. Anscheinend unterdrückte ihr Zauber meine Gefühle, sodass mein Gehirn brutal rational war. »Wenn Liam wirklich ein Schattenblut ist, können wir nichts für ihn tun, oder?« Stellas Augen weiteten sich. »Nein.«

»Dann muss ich ihn gehen lassen«, sagte ich mit einer neutralen Ruhe, die mich normalerweise umgebracht hätte. »Ich muss akzeptieren, dass er nicht mehr zu mir zurückkommt. Je eher ich das einsehe, desto besser.«

Stella strich mir mit dem Daumen über die Wange. »Ich habe es übertrieben, tut mir leid. Du warst so verzweifelt, dass ich mehr Magie anwenden musste.«

»Das ist okay«, erwiderte ich. »Dadurch kann ich endlich der Wahrheit ins Auge sehen. Das habe ich vorher nicht geschafft und mich an meine Hoffnung geklammert. Dabei ist doch klar, was los ist. Jetzt kann ich anfangen, mich damit abzufinden.«

»Der Zauber hält nicht ewig. Gleich wird er nachlassen«, sagte Stella leise.

»Vielleicht hilft dieser Moment trotzdem.« Ich sah hinauf in den Himmel. »Was machen wir jetzt?«

»Jetzt kommst du mit mir ins HQ«, antwortete sie.

»Und die Ältesten?«, fragte ich.

»Die haben hoffentlich andere Probleme als einen vorlauten Teenager.« Sie nahm meine Hand und zog mich zum Seiteneingang. Währenddessen holte sie ihr Smartphone und tippte eine Nachricht. »Ich schreibe Kiran«, erklärte sie. »Ich bitte ihn, für dich die Augen offen zu halten. Bitte schick ihm ein Bild von Liam.« Als ich zögerte, streckte sie die Hand aus. »Ich kann das auch für dich machen, wenn du möchtest.«

»Schon gut, ich mache das, solange der Zauber wirkt.«

Ich machte es schnell, trotzdem blieb mein Blick an dem Foto hängen. Liam und ich, vor kaum vier Wochen auf einer Party. Er hatte den Arm um mich gelegt, wir strahlten. Ich starrte auf sein schönes Lächeln, seine braunen Augen, die mir gleich aufgefallen waren. Liam lächelte eigentlich immer, das mochte ich so an ihm.

›Das hatte ich an ihm gemocht‹, korrigierte mich mein Gehirn gnadenlos. Ich merkte, dass Stellas Zauber nachließ und der Kloß in meiner Kehle zurückkehrte. Schnell schob ich das Handy zurück in meine Tasche.

»Erledigt«, sagte ich zu Stella. Meine Stimme kratzte.

»Gut, dann komm. Wir sehen, was wir noch herausfinden können.«

Bin bei Linn, melde mich, schrieb ich meiner Mutter, als die Schule theoretisch vorbei war. Ich hatte keine Lust, dass sie mich mit Anrufen terrorisierte. So blieb sie hoffentlich locker genug, um mich in Ruhe zu lassen. Solange sie nicht Kontakt zu Linn aufnahm.

Ich saß seit Stunden im Archiv und suchte nach Anhaltspunkten zu Lina und den Schattenmenschen. Der Einfluss von Stellas Zauber war restlos verschwunden und ich musste mich stark konzentrieren, um jeden Gedanken an Liam zu verdrängen. Ich wollte nicht mehr über meine Worte von heute Morgen nachdenken.

Stella wurde gegen Mittag in ihre Abteilung gerufen. Sie und die anderen Heiler bereiteten sich auf den Ernstfall vor. Das zeigte mir, dass die Ältesten doch über die Gefahr informiert hatten. Und sie gingen vom schlimmsten - einem Angriff - aus. Ich ehrlich gesagt auch. Stella hatte mich mehrfach gedrängt, nach Hause zu gehen, solange es noch hell war, aber ich wollte nicht.

Was, wenn sie angriffen und jemand (mein Angreifer) nach mir suchte? Allein hatte ich keine Chance. Hier im HQ konnten wir darauf hoffen, dass jemand eine Idee hatte, um uns zu retten. Jedenfalls ging ich davon aus, dass die Ältesten das tun würden.

Außerdem wollte ich meine Freunde nicht im Stich lassen. Nach Hause zu gehen wäre aber in meinen Augen genau das. Also blieb ich und tat das Einzige, was mir übrigblieb: Ich suchte nach Informationen in einem beschissenen Archiv.

Von Kiran hatte ich nichts gehört. Ich fragte mich, ob sie wieder zu der Lagerhalle gegangen waren. Ob die Schattenblute noch dort waren. Ob ihm oder jemand anderem etwas zugestoßen war, weil man sie entdeckt hatte. Und, obwohl ich versuchte, den Gedanken nicht zuzulassen, ob er Liam gesehen hatte.

Wieder stiegen Tränen in meine Augen. Ich konnte es nicht verhindern, darüber nachzudenken. Ohne Stellas Zauber ging das auch nicht mehr sachlich. Ich war hochemotional und nervlich fast am Ende.

›Vielleicht‹, dachte ich, ›gibt es ja trotz allem noch Hoffnung. Vielleicht gibt es eine Möglichkeit, die Verwandlung rückgängig zu machen.‹

Meine Finger flogen über die Tastatur.

Verwandlung rückgängig machen.

Doch die Suchmaschine war beschissen und die Schlagworte schlecht bis gar nicht gesetzt.

Ich labelte jeden Artikel, den ich las, damit ich ihn später wieder fand, mit Hashtags, aber es war hoffnungslos, etwas zu suchen.

Auch jetzt spuckte sie kein Ergebnis aus. Ich fluchte. Tatsache war aber auch, dass ich mich geirrt haben konnte und es gar nicht Liam war. Er konnte auch tot sein.

»Persia!« Die Tür ging auf und Stella stürmte ins Archiv. Ich zuckte so stark zusammen, dass ich beinahe vom Stuhl gefallen wäre.

»Was ist los?«

»Die Jäger sind zurück. Die Schattenblute sind auf dem Weg hierher!«

Alle Goldblute drängten sich in den Besprechungssaal der Ältesten im obersten Stock. Die Menschen hatten die Anweisung bekommen, sofort nach Hause zu gehen. Ich vermutete, dass auch hier Magie im Spiel war, denn sie gingen sofort widerstandslos.

Als Stella ins Archiv stürmte, war es bereits Abend und die Sonne untergegangen. In dem fensterlosen Raum hatte ich jedes Zeitgefühl verloren. Jetzt warteten wir auf die Ansprache der Ältesten.

Eric, Heidi und Kristanna standen auf dem Konferenztisch und sahen auf uns herab. Mara fehlte.

Ich reckte den Hals nach Kiran, konnte ihn aber nicht entdecken. Stella stand gestresst neben mir.

»Was passiert jetzt?«, wisperte ich.

»Ich fürchte, wir müssen uns auf das Schlimmste gefasst machen.« Stella sah mich an. »Du hättest nach Hause gehen sollen.«

»Und dann? Ich kann doch nicht zu Hause herumsitzen, während euch hier die Scheiße um die Ohren fliegt. Und wenn sie mich finden, bin ich allein so gut wie tot. Vergiss es«, winkte ich ab. »Ich bin hier besser aufgehoben als zu Hause. Auch um meine Eltern zu schützen.«

Stella nickte geschlagen, aber es war eh zu spät. Keine Ahnung, wo die Schattenblute waren, aber wahrscheinlich kam hier keiner lebend weg. Jetzt mussten Heidi und die anderen dafür sorgen, dass wir hier drin überlebten.

»Können Schattenblute auch Magie anwenden?«, fragte ich leise. Stella zuckte unglücklich mit den Schultern.

»Vermutlich, aber darüber weiß ich zu wenig«, gab sie zu. »Vielleicht erfahren wir jetzt mehr.« Vorn hatte Heidi die Hand gehoben und alle Anwesenden verstummten. Ich rechnete nicht damit, dass jetzt eine bahnbrechende Rede kam, die uns alle zum Kampf bis aufs Blut motivierte, aber ich ließ mich gern überraschen.

»Wir haben ein Problem«, sagte Heidi. Ihre Stimme war normal, dennoch hörte man sie auch in der hintersten Ecke, wo Stella und ich standen. Ich stand hinter einem großen Mann, der mir hoffentlich Sichtschutz bot.

Eric sah in meine Richtung. Das hatte nicht geklappt.

»Schattenblute haben sich in der Stadt versammelt, wie einige bereits gehört haben. Wir beobachten sie seit Wochen, um Verhaltensmuster zu erkennen. Jetzt ist es so weit: Sie sammeln sich unter einer Anführerin, die Lina genannt wird. Wir wissen nicht, wer sie ist und woher sie kommt, aber sie ist mächtig. Und sie muss viel klüger sein als normale Schattenblute, da sie sie vereinen konnte.« Heidi atmete durch. »Sie sind auf dem Weg hierher, darum haben wir die Menschen heimgeschickt. Dieses Gebäude bietet uns durch die Bannsprüche den größtmöglichen Schutz. Mara und ihre Magierinnen verstärken die Zauber gerade zusätzlich. Alle Jäger sind auf Position, das Haus notfalls zu verteidigen.« Sie warf einen strengen Blick in die Zuhörenden, denn es gab ein Geraune. Jetzt verstummte es. »Kristanna, Eric, Mara und ich sorgen für eure Sicherheit. Wir halten euch auf dem Laufenden. Wartet in Gruppen an verschiedenen Orten im Gebäude, möglichst in der Nähe der Fluchtwege. Seid wachsam, flieht notfalls. Und sperrt euch nirgendwo ein. Das kann eine tödliche Falle sein. Verstanden?«

Ich hatte genug gehört. Leise schlich ich zur Tür und hoffte, dass niemand meinen Abgang bemerkte, weil jetzt Fragen kamen. Seltsam, dass die Goldblute sich das erst trauten, wenn es um Leben und Tod ging.

Ich zog mein Handy aus der Tasche und rief Kiran an.

»Persia, verdammt.«

»Wo bist du?«, flüsterte ich.

»Auf meinem Posten«, knurrte er.

»Ich komme zu dir. Wo bist du?« Ich sah mich um.

»Sorg dafür, dass du in Sicherheit bist.«

»Ich finde dich sowieso. Sorg dafür, dass es nicht ewig dauert.« Ich war frech, aber das funktionierte bei ihm.

Er fluchte erneut. »Zweiter Stock, oberhalb des Hauptportals. Bleib weg.«

»Träum weiter«, sagte ich und legte auf. Dann sprintete ich los. Jemand rief meinen Namen. Stella. Ich winkte ihr und rannte weiter. Umso besser, wenn sie bei uns war, dann musste ich mir um sie keine Sorgen machen.

Ich hechtete ins nächste Treppenhaus und sprang die Stufen bis in den zweiten Stock hinunter.

Stella war mir auf den Fersen und holte mich sogar ein.

»Wohin willst du?«, fragte sie.

»Zu Kiran. Ich muss selbst sehen, was passiert.«

»Das ist doch verrückt!«, rief sie.

»Du bist doch auch hier, oder?«, schoss ich zurück.

Sie rollte mit den Augen und riss die Tür zum zweiten Stock auf. »Schon gut. Aber wenn Mara nach mir ruft, muss ich zu den Heilern. Und du kommst dann mit mir.«

»Ich glaube nicht, dass jemand Heiler verschont, wenn er hier ist, um uns alle zu töten.« Ich musste mich kurz orientieren, dann lief ich weiter. Schon sah ich eine Fensterfront, die zur Straße zeigte. Dann die dunklen Anzüge der Jäger.

Meine Augen suchten die Männer und Frauen ab. Da war Kiran! Er stand allein weiter links. Ich zerrte Stella mit mir und schlich mich an, damit die anderen uns noch nicht entdeckten.

Kiran zuckte zusammen, als wir hinter ihm standen.

»Wie sieht es aus?«, wisperte Stella.

»Sie kommen«, sagte er finster. Es klang wie in einem Film, doch ich konnte mich vor Nervosität nicht mal darüber lustig machen. Mein Blick ging auf die Straße.

»Sie können doch nicht einfach hermarschieren«, murmelte ich. »Das fällt doch auf.«

»Tun sie nicht«, sagte Kiran angespannt. »Sie kommen in kleinen Gruppen, maximal zu fünft aus verschiedenen Richtungen. Außerdem ist ein Teil der Straße abgesperrt wegen einer Baustelle. Sie werden kaum Publikum haben. Wir wissen nicht, wann sie hier sind. Die Späher sind nicht alle zurückgekommen.«

»Larsson?«, fragte Stella dünn.

»Ist im Erdgeschoss«, erwiderte er.

Stella atmete auf.

Ich sah eine Gruppe um die Straßenecke kommen und blickte Kiran an. Er nickte und griff zu seiner Waffe.

Ich starrte auf die fünf Leute, drei Frauen und zwei Männer. An einer blieb mein Blick hängen: Sie hatte langes helles Haar, das ihr glatt über den Rücken fiel, und war groß. Ihre Kleidung war hellgrau und ihre Körpersprache selbstsicher und entschlossen.

»Lina«, flüsterte ich.

»Ja.« Kiran kontrollierte das Magazin seiner Waffe.

»Wenn wir jetzt angreifen, haben wir gute Chancen, oder?«, meinte ich nervös. »Noch sind sie nur zu fünft. Wenn wir die Anführerin erwischen, geben sie vielleicht gleich auf.«

»Wenn wir schießen, bricht der Schutzwall zusammen«, erwiderte Stella. »Er soll von außen abhalten, deswegen darf von innen nichts heraus.«

Zwei weitere Gruppen kamen an. Ich betrachtete erst die Leute, die von links kamen, suchte nach meinem Angreifer. Er war nicht dabei, also blickte ich nach rechts.

Mir wurde schwarz vor Augen.

Unten vor dem Haus stellte sich Liam neben Lina und blickte hinauf.

Er war es. Mein Freund, meine große Liebe, stand da unten auf der Seite der Leute, die mich töten wollten. Seine Augen waren dunkel. Schattenblutschwarz.

Mein schlimmster Alptraum war wahr. Ich schluchzte.

Unten trafen weitere Gruppen ein. Immer mehr, ich hörte bei sechzig Personen auf zu zählen. Ich hatte ohnehin nur Augen für Liam.

Totenstille senkte sich über alle, als würden alle Goldblute die Luft anhalten. Ich auch.

Mein Herz fühlte sich wie ein Stein an und mir war eiskalt. Ich wusste nicht mehr weiter. Eigentlich war auch alles egal. Liam war da unten und ich hier oben.

Er war verloren. So wie ich, wenn sie es hier reinschafften. Ich konnte meinen Blick nicht von ihm abwenden, ich wusste auch nicht, was Kiran und Stella taten.

Auch das war egal.

Liam blickte hoch, doch er sah mich nicht. Ich wusste, dass die Scheiben von außen verspiegelt waren. Trotzdem fühlte es sich an, als würde mich sein eiskalter toter Blick bis ins Herz treffen.

Flashbacks schossen durch meinen Kopf. Unser erstes Treffen. Unser erster Kuss.

Meine Tränen erstickten die glücklichen Erinnerungen. Sie waren verloren. Genau wie wir.

Die Sekunden zogen sich endlos hin. Es kam keine Info von den Ältesten, als wären sie verschwunden und wir ganz allein. Hier im Haus bewegte sich niemand, die Zeit schien still zu stehen vor Angst.

Hatten sie uns verlassen? Sich in Sicherheit gebracht und uns als Kanonenfutter zurückgelassen?

Ein Summen kam auf, das meine Sinne betäubte. Mir wurden schwindelig und es fiel mir schwer, mich zu konzentrieren, sogar auf Liam.

»Verdammt«, flüsterte Kiran. »Was ist das?« Er fasste sich an den Kopf, als wolle er etwas abschütteln. Ich spürte es auch. Dieses Kribbeln, das meine Sinne betäubte, es wurde immer heftiger.

»Magie. Und sie ist stark«, antwortete Stella gestresst. »Halt deine Waffe fest. Gib nicht nach.«

Ich verstand es immer noch nicht ganz.

Magie? Aber wie war das möglich?

Da hörte ich die flüsternde Stimme in meinem Kopf. Eine Frauenstimme. Sie forderte mich auf, ihr zu helfen. Ich schloss die Augen und versuchte, sie zu ignorieren.

Es war schwierig. Mein Kopf wurde immer wattiger und mein Körper war schwer.

Da knallte ein Schuss durch die Stille, der mir durch Mark und Bein ging. Ich zuckte zusammen und duckte mich instinktiv. Ich verstand nicht, was passiert war. Warum geschossen wurde.

Es dauerte Sekunden, bis ich meine Gedanken so sortieren konnte, dass sie einen Sinn ergaben. Jemand hatte nachgegeben. Jemand hatte geholfen.

Neben mir stieß Kiran einen Fluch aus. Es gab ein seltsames platzendes Geräusch und ich hatte das Gefühl, als würde etwas Körperloses an mir zerren.

Stella schrie.

In meinem Kopf hörte ich Gelächter. Mein Herz setzte einen Schlag aus.

Ich verstand erst Sekunden später, was passiert war. Dann rannten die ersten Schattenblute los.

Unten zerbarsten Scheiben.

Nur Lina blieb draußen stehen und sah ihren Leuten nach. Kiran riss das Fenster auf. Schreie und andere Geräusche drangen zu uns nach oben. Ich hatte Liam aus den Augen verloren, er musste auch im HQ sein.

Ich bekam Panik, doch einmal blickte ich noch hinunter zu Lina und sah sie lächeln, so diabolisch, dass es mir eiskalt durch die Eingeweide fuhr. Sie genoss, was sie tat. Und sie würde jedes Opfer gern in Kauf nehmen.

Sie blickte hinauf und winkte jemandem.

Ich ahnte, wem.

Dann machte sie sich auch auf den Weg.

KAPITEL 16

Ich riss meinen Blick von der Straße los und sah Stella und Kiran panisch an. »Was sollen wir tun?«

»Sie sind hier drin«, flüsterte Stella. Sie hatte mindestens so viel Angst wie ich und war leichenblass.

Kiran zog grimmig seinen Dolch hervor. Er drückte ihn in meine Hand. »Wir versuchen, hier lebend rauszukommen. Mehr nicht.«

»Aber ...« In der Nähe zerbarst irgendwas und ich duckte mich instinktiv. Stella ging neben mir in die Knie.

»Hast du noch einen Dolch, Kiran?«

»Kannst du uns magisch schützen?«

»Lass mich kurz nachdenken«, antwortete sie.

Kiran sah mir ins Gesicht. »Alles okay bei dir?«

Ich biss mir auf die Unterlippe. »Nein. Er war da.«

»Ich weiß. Ich habe ihn auch gesehen«, erwiderte er.

»Liam?« Stella riss die Augen auf. »Verdammt, also doch. Okay, dann bleibt wirklich nur noch die Flucht. Ich kenne einen Schutzzauber, aber der braucht Zeit.«

Ich sah Leute in das Großraumbüro rennen. Unwillkürlich wich ich zurück, als ich ihre schwarzen Augen sah.

Schattenblute!

Die Jäger legten an und eröffneten das Feuer. Kiran versetzte mir einen Stoß, der mich zu Boden warf. Neben uns zerplatzte eine Fensterscheibe. »Bleibt unten!«, rief er mit zusammengebissenen Zähnen.

Ich kauerte neben Stella, die mit ihrem Zauber begann, und versuchte, die höllisch lauten Schüsse auszublenden. Jeder einzelne ging mir durch Mark und Bein.

Kiran nahm ein Regal als Schutz und ging neben mir in die Knie. »Es tut mir leid wegen Liam«, sagte er angespannt. Seine Waffe hatte er in Richtung Eingang gerichtet, wo die Schattenblute hergekommen waren. Die anderen Jäger schossen nicht mehr.

»Wo sind sie?«, fragte ich. Ich wollte nicht über Liam reden. Nicht jetzt, sonst drehte ich durch.

»Sie verstecken sich«, sagte Kiran grimmig. »Und dieses Büro hat mehrere Eingänge.«

»Was machen sie?« Ich traute mich nicht, hochzusehen.

»Ganz ehrlich? Wenn ich den Angriff geplant hätte, würde ich meinen Leuten sagen, dass sie die Bewaffneten in Schach halten sollen, damit ich mich um mein eigentliches Ziel kümmern kann«, erwiderte er.

»Die Ältesten«, flüsterte ich. Das klang plausibel.

»Wir sind nur Kanonenfutter, aber sie halten uns von ihnen fern. Und Lina wird sich um Eric, Kristanna und vor allem um Heidi kümmern.«

»Was ist mit Mara?«, fragte ich mit Blick auf Stella. Sie hatte ihre Augen geschlossen und murmelte leise vor sich hin. Ich spürte, wie die Luft um sie herum dichter wurde, wie neulich vor Liams Haus.

Liam ...

»An Mara kommt niemand heran«, sagte Kiran. »Es sei denn, Lina ist mächtiger als wir ahnen.«

»Wir wissen doch gar nicht, wer sie ist!«, raunte ich. Wieder knallten Schüsse. Ich kauerte mich hin. Das Regal, hinter dem wir uns verschanzten, bot wenig Schutz.

Jemand schrie auf. Ich bedeckte die Augen mit den Händen und versuchte, das auszublenden. Es gelang mir nicht und meine Angst wurde immer größer.

»Scheiße, nein, wissen wir nicht!«, gab Kiran zu. Er schoss immer noch nicht.

»Wie viele sind es?«, flüsterte ich.

»Mindestens fünf. Wie wir. Aber Marten ist verletzt.«

»Haben sie auch Schusswaffen?« Ich blickte zu Stella hinüber und fragte mich, ob sie uns alle schützen konnte. Sie war in Trance und sang leise vor sich hin. Ich wusste, warum Kiran nicht schoss: Er bewahrte die Kugeln auf.

»Ich habe keine Ahnung, womit sie bewaffnet sind«, knirschte er mit der Pistole im Anschlag. Ich schluckte.

Jetzt war es ruhig, die Feinde belauerten sich. Es war totenstill und trotz der Angst kehrten meine Gedanken zurück zu Liam.

Ich wollte das nicht. Vor allem wollte ich nicht darüber nachdenken, dass er mir über den Weg laufen könnte, als jemand, der meinen Tod wollte.

Erkannte er mich, oder löschte die Verwandlung alle Erinnerungen an das menschliche Leben aus?

Ich wusste, dass ich Kiran diese Frage nicht stellen brauchte, das konnte er nicht wissen. Die einzigen, die das vielleicht wussten, waren im obersten Stock und versteckten sich vor Lina. Diese elenden Feiglinge.

Ich ballte die Hände zu Fäusten. Wie ich Heide hasste! Sie und ihre Scheiß-Art, die Goldblute zu führen! Sie wussten sicher schon länger, in welcher Gefahr wir alle schwebten. Sie nahmen trotzdem in Kauf, dass viele von uns starben.

Vielleicht hätte ich Liam retten können, wenn ich es vorher gewusst hätte. Vielleicht hätte ich ihn finden und auch zu einem Goldblut machen können, so wie Stella es mit mir gemacht hatte.

Für einen kurzen Moment wünschte ich mir, dass Lina Heidi einfach umlegte. Dann fiel mir ein, dass das auch meinen Tod bedeutete. Und Stellas und Kirans.

Sogar um Eric täte es mir leid.

»Was, wenn Stellas Bann wirkt?«, flüsterte ich.

Kirans Mundwinkel zogen sich herab. »Ich muss die anderen finden, damit wir uns sammeln und euch schützen können. Dass wir an so vielen unterschiedlichen Stellen sind, war keine gute Idee. Wir müssen ...« Er wurde von Schüssen unterbrochen. Wieder gab es Schreie.

Ich wusste nicht, was ich machen sollte.

Ich hatte Angst.

Ich war wütend.

Und vollkommen überfordert.

Aus dem Augenwinkel nahm ich eine Bewegung wahr.

»Sie kommen von links!«, rief ich panisch, da hatte Kiran die beiden Schattenblute schon gesehen, die auf uns zu rannten. Er schoss.

Ich sah, wie die Kugel den Körper der Frau traf und sie zurückkriss. Sie stöhnte auf. Ihre Begleiterin holte mit einem langen Messer aus und setzte zum Sprung an.

Kiran schoss erneut. Sie fiel zu Boden und rührte sich nicht mehr. Er hatte sie mitten in die Stirn getroffen.

Dieses Bild, wie das Licht in ihren dunklen Augen erlosch, würde ich niemals vergessen. Mit diesem Leben verlosch auch die Unschuld, die mich bisher geschützt hatte. Jetzt war sie weg und ich musste mich der Realität stellen.

Sie war verdammt scheiße.

Tränen stiegen vor Entsetzen in meine Augen. Meine Panik wurde so groß, dass ich es nur mit Mühe schaffte, in unserem Versteck zu bleiben.

›Renn!‹, schrie mein Körper. ›Renn um dein Leben!‹

Und verdammt, das wollte ich tun!

Kiran hielt mich fest, er hatte die Verletzte im Blick. Sie verschanzte sich in einer anderen Ecke des Raumes. »Bleib hier.«

»Wir müssen weg!«, kiekste ich. »Sie sind überall!«

»Ich weiß, aber nicht kopflos. Dann sind wir tot.« Er deutete mit dem Kinn auf eine Tür am Ende des Raumes. Das Treppenhaus, durch das Stella und ich zu ihm gekommen waren!

»Okay!«, flüsterte ich und sah zu Stella. »Aber was ...«

»Zwei Minuten!«, sagte diese gestresst.

Die hatten wir nicht, denn die anderen Angreifer stürmten aus ihrem Versteck und stürzten auf die anderen vier Jäger. Ich hörte Schüsse und grauenhafte Schreie, dann riss Kiran mich hoch. »Renn!«

Ich rannte. Blind und ohne klaren Gedanken. Ich sah nicht hin. Ich wusste nicht einmal, ob Kiran und Stella mir folgten. Schüsse knallten.

Immer mehr Schreie. Sie schrillten in meinen Ohren. Ich bekam Gänsehaut am ganzen Körper. Adrenalin pumpte durch meine Adern. Ich erreichte die Tür zum Treppenhaus.

Neben mir schlug eine Kugel in die Wand ein. Ich riss die Tür auf und warf mich nach links.

Weitere Schüsse knallten. Ich war allein.

Kein Kiran. Keine Stella.

Mein Herz schlug mir bis zum Hals und ich umklammerte verzweifelt Kirans Dolch. Wenn sie gleich hinterherkamen, um mich umzubringen, würde ich mich wenigstens wehren!

Mein Blick ging hoch. Dann runter. Ich musste fliehen. Raus aus diesem Gebäude.

Und dann?

Ich musste nachschauen, was mit meinen Freunden war. Ich musste herausfinden, was mit Liam war.

›Du weißt, was mit Liam ist!‹, schrie mein Verstand. ›Mach, dass du da wegkommst!‹

Aber Stella und Kiran ...

›Du kannst ihnen nicht helfen! Rette dich, verdammt!‹

Ich war wie festgewachsen.

Mein Atem ging heftig und meine Finger krampften um den Griff des Dolches. Ich hörte die Kampfgeräusche. Die Schüsse. Schreie. Das Platzen der Fensterscheiben.

Und trotzdem rührte ich mich nicht vom Fleck.

Ich war komplett verrückt geworden. Und lebensmüde offenbar auch.

»Fuck«, murmelte ich. Meine Hände zitterten und meine Beine fühlten sich wie Gummi an.

Die Glasscheibe der Tür zerbarst mit einem Knall, der mir durch Mark und Bein ging.

Ich taumelte zurück. Jetzt kamen sie. Ich hatte meine Chance vertan. Ich konnte nicht mehr entkommen.

Mein Fuß erreichte die Kante des Treppenabsatzes, ich musste mich am Geländer festhalten, um nicht zu stürzen. Meine Augen klebten an der Tür.

Zwei Leute stürmten hinein, dann noch zwei. Sie gaben Schüsse zurück in den Raum ab, ich hörte wieder Schreie. Ich holte mit dem Dolch aus, da sah ich, dass Stella eine von ihnen war. Sie blutete am Arm und ihr Gesicht war kreidebleich.

Sie lebte!

Hinter ihr waren zwei Jäger und eine Frau in Jeans.

Kein Kiran.

»Kiran!«, rief ich verzweifelt und packte Stellas Hand.

Ihre Augen waren weit aufgerissen.

»Wo ist Kiran?«, schrie ich, obwohl ich wusste, wo er war. Da drin.

Ich drehte beinahe durch. Das Adrenalin schob mich zu der Tür. Ein Jäger stieß mich zurück. Wieder Schüsse.

Meine Panik wurde immer größer. Er war noch da drin!
Sie schossen auf ihn!

Ich musste da rein! Ich musste ihm helfen. Irgendwie.
Ich konnte nicht noch jemanden verlieren! Ich musste ...

Die Jäger sprangen beiseite, als eine weitere Person ins
Treppenhaus sprang.

»Kiran!« Ich brach in Tränen aus, als ich sah, dass er es
wirklich war. »Oh Gott!« Ich fiel ihm um den Hals.

Unbeholfen tätschelte er meine Schulter. Ich zuckte zusammen, als einer der Jäger zwei Schüsse in den Raum
abgab. Wir sprangen in Deckung, bereit, uns über die
Treppen in Sicherheit zu bringen. Wenn es überhaupt
noch Sicherheit in diesem Gebäude gab.

Drinnen im Büro wurde es ruhig, dann hörte ich einen
Körper zu Boden fallen.

»Die Verletzte ist noch dort, keine Ahnung, ob noch
weitere zu ihnen unterwegs sind«, sagte Kiran grimmig.
»Alle anderen haben wir erwischt.«

»Was ist mit ...«, begann der Jäger links von mir, brach
aber ab, als Kiran den Kopf schüttelte, und presste die
Lippen zusammen. »Das werden nicht die einzigen Ver-
luste bleiben.«

»Ich weiß.« Kiran kontrollierte sein Magazin. Danach
sah er Stella und mich an. »Wir müssen uns genau überlegen, wie wir weitermachen. Vielleicht sollten wir euch
ins Erdgeschoss bringen, damit ihr abhauen könnt.«

»Damit werden sie rechnen«, sagte der zweite Jäger.
»Ich vermute, dass sie ums Haus patrouillieren.«

»Außerdem lassen wir uns nicht wegschicken!«, sagte
Stella mit einem Nachdruck, den ich von ihr nicht kannte.
Mir ging es aber genauso. Auch ich würde nicht freiwil-
lig gehen. Nicht, bevor ich Liam gefunden hatte.

Und dann?

›*Dann finde ich heraus, ob es noch Hoffnung gibt*‹, dachte ich und umklammerte Kirans Dolch.

»Wir müssen hoch zu den Ältesten. Wir können nicht durch das Gebäude laufen und hoffen, dass wir irgendwen retten können, das ist aussichtslos. Hier sind viel zu viele Räume, zu viele Möglichkeiten für Hinterhalte. Das wäre Selbstmord«, sagte der Schütze und nickte dem anderen zu. »Can und ich gehen voran. Die Zivilistinnen in der Mitte, du bildest die Nachhut, Kiran.«

Kiran nickte mit schmalem Mund. »Der Plan der Ältesten war scheiße.«

»Wissen wir auch«, sagte Can mit Blick in den Raum und fasste seine Waffe fester. »Diese ganze Geschichte stinkt doch zum Himmel.«

Ich kam nicht mehr dazu, ihn zu fragen, was er damit meinte, denn in diesem Moment stürmten weitere Schattenblute in das Büro. Einer sah uns und schrie auf.

»Los!«, brüllte Kiran. Die beiden Jäger rannten die Treppe hinauf, hinter ihnen Stella, die andere Frau und ich. Kiran war mir dicht auf den Fersen und feuerte nach unten, als ein Schattenblut das Treppenhaus erreichte.

Wenn jetzt von oben noch jemand kam, saßen wir in der Falle!

Wir rannten die Treppe hinauf, die Schattenblute waren uns dicht auf den Fersen. Ich hörte, wie sich Türen öffneten und weitere Personen ins Treppenhaus kamen. Unsere Verfolger schossen nicht auf sie, es mussten auch Schattenblute sein.

Ich ließ mich zurückfallen, sodass Kiran zu mir aufschloss. »Bist du irre! Lauf weiter!«, fuhr er mich an und versetzte mir einen Stoß. »Du bringst uns beide um!«

Vor uns ging eine Tür auf. Ich blieb jäh stehen und sah mit Grauen, wie zwei Schattenblute zwischen uns und Stella sprangen. Can und der andere Jäger schossen auf sie, doch sie rannten weiter.

Kiran und ich saßen in der Falle.

Wir machten auf dem Absatz kehrt und rannten die Treppe wieder hinunter, unseren Verfolgern entgegen.

Kiran warf sich gegen die Tür des siebten Stocks und wir stolperten hindurch. Ich sah mich hektisch um und zerrte Kiran hinter mir her zu einem schweren Sideboard. Mit vereinten Kräften schoben wir es so weit vor die Tür, dass diese blockiert war. Das musste uns wenigstens ein paar Sekunden verschaffen!

Kiran packte mich an der Hand und zerrte mich weiter.

»Wohin?«, rief ich atemlos. Ich hatte komplett die Orientierung verloren.

»Ich weiß es nicht«, knirschte Kiran. »Einfach weiter.«

Wir bogen um eine Ecke und blieben stehen. Hier war niemand, doch das konnte sich viel zu schnell ändern. Unsere Verfolger ließen sich nicht von einem Möbelstück aufhalten.

Ich presste mich gegen die Wand und sah Kiran an, hoffte, dass er doch irgendeine Idee hatte. Meine Gedanken sprangen zu Stella und den anderen dreien.

Oh Gott, ihr durfte nichts passiert sein!

Ich betete, dass Can auch den zweiten Angreifer erwischt hatte und sie oben bei den Ältesten ankamen.

Und dann? Dort tobte wahrscheinlich der schlimmste Kampf von allen. Ich hatte Todesangst um Stella. Wie sollte sie da lebend wieder herauskommen?

Ich hörte Schritte, doch sie kamen aus anderer Richtung als gedacht. Panisch sah ich Kiran an. »Was jetzt?«

»Warte!« Er biss die Zähne zusammen, dabei lauschte er angestrengt. »Drei, was denkst du?«

»Ja. Nein. Keine Ahnung«, stammelte ich.

Kiran wartete mit erhobener Waffe, dass die Schritte näherkamen, dann bog er um die Ecke und zielte. Seine Augen weiteten sich, er gab er zwei Schüsse ab.

Ich hörte es dumpf poltern, dann Kirans warnende Stimme. »Warte!« Kiran hielt die Waffe auf das letzte Schattenblut gerichtet, doch sein Gesichtsausdruck war so seltsam, dass ich gar nichts mehr verstand. Er sah für den Bruchteil einer Sekunde zu mir herüber.

»Komm her.«

»Aber ...«

»Komm schon!«, fuhr er mich an, ohne den Blick von seinem Ziel zu nehmen.

Mit einem Gefühl, als wäre mein Magen ein schwarzes Loch, ging ich zu ihm. Dann sah ich nach links zu demjenigen, auf den seine Waffe gerichtet war.

In mir zersplitterte etwas.

»Liam«, flüsterte ich.

Er sah anders als sonst. Seine Augen waren viel dunkler und Schatten lagen unter ihnen, seine sonst sonnengebräunte Haut blasser. Sein Gesicht sah schmaler aus, die Wangen eingefallen. Er strahlte eine Kälte aus, die mich schaudern ließ.

Aber er war es.

Die Liebe meines Lebens.

Er stand vor mir als ein Dämon, der hier war, um mein Blut zu trinken und mich zu töten.

Und jetzt musste ich ansehen, wie Kiran ihn erschoss.

Liam hatte keine Waffe in der Hand, die anderen beiden Schattenblute lagen zu seinen Füßen. Sein Blick war auf die Waffe gerichtet, doch jetzt sah er mich. Er stutzte. Seine dunklen Augen weiteten sich.

Mein Herz machte einen Satz.

»Liam?«, fragte ich. Meine Stimme war dünn und zittrig. Das war doch absurd! Das konnte alles nicht sein! Mein Gehirn streikte, doch es ließ sich nicht abstreiten.

Er war es.

Liam ließ die Hände sinken. »Persia?«, flüsterte er.

Ich brach in Tränen aus und rannte los, ohne darüber nachzudenken, wie gefährlich das war. Dass dieser Dämon nicht mehr mein Freund, sondern mein Feind war.

Ich sprang in seine Arme und presste mich an ihn.

Liam drückte mich an sich. Er roch anders als sonst, kühler, und da war noch etwas anderes, das mir Gänsehaut über den Rücken laufen ließ.

»Hey«, murmelte er. Ich sammelte mich und blickte in sein Gesicht. Die schwarzen Augen machten mir Angst.

»Du bist eine von ihnen«, sagte er leise.

»Und du einer von den anderen.« Ich schluckte.

Liam sah über meine Schulter und hob erneut die Hände. Ich drehte mich um. Kiran hielt seine Waffe auf Liam gerichtet, sein Gesicht pures Misstrauen.

»Ich werde ihr nichts tun«, sagte Liam ruhig.

»Ich fürchte, du hast gar keine andere Wahl«, erwiderte Kiran und wechselte mit mir einen Blick. Es zerriss mir das Herz, aber ich nickte kurz. Er würde uns beschützen.

Liam schüttelte den Kopf und hob die leeren Hände.

»Was ist mit dir passiert?«, fragte ich.

»Ich bin angegriffen worden«, sagte Liam langsam, als würde er zum ersten Mal versuchen, sich daran zu erinnern. »Ich wurde verletzt. Als ich wieder zu mir kam, ging es mir beschissen. Ich habe keine Ahnung, wie lange. Als ich wieder klar denken konnte, war ich bei den

Schattenbluten. Sie haben mich für diesen Kampf rekrutiert. Sie war sehr deutlich, was meine Aufgabe ist.«

»Sie?«, fragte ich.

»Lina. Die Anführerin. Sie sagte, dass sie die Einzige ist, die dafür sorgen kann, dass ich kein hirnloses Monster werde. Aber dazu muss ich ihr folgen. Sie sagte uns, dass Blutrache geübt werden muss für das, was sie erlitten hat. Wer sie nicht unterstützt, den macht sie kalt oder beschleunigt die Dämonisierung.« Liam schauderte. »Ich habe welche gesehen, bei denen es schon passiert ist. Sie sind fast wie Tiere und suchen nur nach Goldenem Blut.« Er sah mir ins Gesicht. »Dein Blut, wie es scheint.«

Ich nickte langsam. »Ich bin vor drei Wochen verwandelt worden.« Ich drehte mich zu Kiran um. »Was machen wir denn jetzt?«

»Das ist doch der Kerl vom Schulhof!«, rief Liam aus.

»Kiran. Er hat mich gerettet und ist mein Mentor für diese Goldblutsache«, sagte ich schnell und sah zu meinem Mentor wieder hinüber.

Kiran seufzte abgrundtief und ließ die Waffe langsam sinken. Mir entging nicht, dass er sie trotzdem zur Hand hatte. Wenn Liam eine falsche Bewegung machte, hatte er eine Kugel im Kopf. »Diese Blutrache, was hat Lina genau gesagt?«, fragte er.

»Dass ihr alles genommen wurde, was ihr Leben ausgemacht hat«, sagte Liam leise. »Sie hat jemanden verloren, der ihr sehr wichtig war.«

»Glaubst du, sie ist Juna, die Königin der Schattenmenschen?«, fragte ich Kiran.

Der zuckte hilflos mit den Schultern. »Woher soll ich das wissen? Ich habe das Gefühl, dass nichts stimmt, was mir gesagt wurde.« In der Nähe knallten Schüsse. Wir zuckten zusammen. Ich sah Kiran panisch an. »Wir müssen weiter«, sagte er gepresst. »Stella und die anderen sind hochgelaufen. Ich kann sie nicht im Stich lassen. Dich auch nicht.« Das ging an mich. Liam bekam einen warnenden Blick. »Du gehst voran. Ich traue dir nicht.«

Liams Schultern sanken hinab. »Verstehe ich«, murmelte er und lief los. Ich folgte ihm mit flauem Gefühl. Über die Schulter sah ich Kiran an. Er war angespannt. Und mindestens so ratlos wie ich.

Ich wusste nicht, was ich davon halten sollte. War Liam noch er selbst? Gab es Hoffnung für ihn?

Oder war das ein besonders grausamer Trick, der uns zum Verhängnis wurde?

Kiran schickte uns über die Etage. Ich wusste, dass wir auf dem Weg zu einem anderen Treppenhaus waren. Irgendwie mussten wir nach oben kommen. Die Fahrstühle schieden aus, sie waren eine Falle.

Ich machte mir Sorgen um Stella und fragte mich ununterbrochen, ob sie es nach oben geschafft hatte.

Es war mitten in der Nacht. In dem Teil des Gebäudes, in dem wir uns befanden, war es gespenstisch ruhig.

»Wo sind die Schattenblute?«, fragte ich nach vorn.

Liam sah über seine Schulter zurück. Die schwarzen Augen irritierten mich, aber er war es doch. Kein Monster konnte diesen Blick imitieren. Ich wollte zu ihm laufen und ihn umarmen. Ihn endlich wieder küssen. Ich drehte innerlich beinahe durch.

Am liebsten wollte ich zurück ins Archiv und nach einer Möglichkeit suchen, wie ich ihn retten konnte.

Irgendwie musste es gehen.

»Es gab zwei Gruppen«, antwortete Liam. »Eine Gruppe sollte durch das Gebäude gehen und alle Goldblute unschädlich machen. Ich gehörte dazu. Dabei sollten wir Stockwerk für Stockwerk durchgehen. Ich vermute, dass die anderen schon weiter oben sind. Die andere Gruppe soll mit Lina hoch zu den Anführern.«

»Hat sie je etwas gesagt, wer sie ist?«, fragte ich weiter.

Liam zuckte mit den Schultern. »Nein. Und wenn, hätte ich es nicht verstanden. Ich weiß nicht, was mit mir passiert ist. Ich weiß nur, dass ich plötzlich kein Sonnenlicht mehr vertrage und sie mich nicht gehen lassen wollte.« Er sah zu Boden. »Wissen meine Eltern, dass ich verschwunden bin?«, fragte er leise.

Ich nickte. »Alle sind krank vor Sorge.«

Liam nickte. »Das dachte ich mir schon. Ich weiß nicht, was ich machen soll. So kann ich doch nicht zurück.«

»Fürs Erste gehen wir hoch und sorgen dafür, dass deine Freunde nicht meine ganzen Freunde umbringen«, sagte Kiran rau. Liam straffte sich und ging weiter.

Ich sah mich um, Kirans Dolch hatte ich in der Hand. Ich musste jeden Moment damit rechnen, dass weitere Schattenblute kamen. Ich wollte unbedingt mit Liam sprechen, doch das war nicht der richtige Zeitpunkt.

Falls wir hier lebend herauskamen, konnte ich mir etwas einfallen lassen.

Wieder sah ich über die Schulter zu Kiran. Er erwiderte meinen Blick, doch er wusste auch nicht, was ich tun sollte. Wenigstens verstand er mein Dilemma, sonst hätte er längst geschossen.

Endlich erreichten wir das Treppenhaus. Kiran ließ Liam die Tür öffnen, die Waffe auf seinen Hinterkopf gerichtet. Das zu sehen brachte mich fast um.

Wenn Liam nun Alarm schlug und uns die ganzen Schattenblute auf den Hals hetzte ...

Vorsichtig gingen wir ins Treppenhaus und lauschten. Es war ruhig, doch weiter weg hörte ich Geräusche eines

Kampfes. Sie waren hier. Und wahrscheinlich löschten sie ein Goldblut nach dem anderen aus.

Ich schüttelte den Kopf. Wer auch immer Lina war, sie war wahnsinnig. Wie konnte sie so viele in den Tod schicken? Schlimm genug, dass es überhaupt Schattenblute gab, doch sie als Soldaten zu missbrauchen, um seine persönlichen Ziele zu erreichen, war das letzte!

Ich sah zu Liam, der vor mir die Treppe hinaufstieg, und fragte mich, wie viele Leute sie noch auf diese Weise *angeworben* hatte.

Es war sinnlos, darüber nachzudenken, was als nächstes kam. Wenn wir nicht aufpassten, starben wir alle drei.

Über uns wurde eine Tür aufgerissen, jemand stürmte ins Treppenhaus. Wir pressten uns an die Wand und warteten mit angehaltenem Atem - auch Liam. Was auch immer Lina mit ihm gemacht hatte, ihr Fan war er nicht.

Die Schritte kamen näher, dann wurde eine weitere Tür über uns aufgerissen und sie verhallten. Ich wusste nicht einmal, ob es einer von uns gewesen war.

»Beeilung!«, zischte Kiran. Wir liefen weiter und kamen an dem Stockwerk vorbei, wo die Leute hineingelaufen waren. Ich riskierte keinen Blick und machte, dass ich weiterkam.

Unter uns wurde wieder eine Tür geöffnet. Ich hörte laute Stimmen. Befehle wurden gebellt.

»Hoch! Hoch, aber schnell! Sie braucht unsere Hilfe!«

Kiran fluchte unterdrückt. Mein Gehirn schaltete sich aus und ich rannte die Stufen hoch. Ich hatte die Übersicht verloren, auf welchem Stockwerk wir uns befanden, doch das spielte auch keine Rolle. Wir mussten nach oben. Wie unsere Verfolger auch.

Liam rannte voraus, Kiran war dicht hinter mir, die Waffe auf meinen Freund gerichtet.

Mein Herz verkrampfte sich bei diesem Gedanken, weil ich nicht wusste, ob er noch mein Freund war, oder ob ich akzeptieren musste, dass mein Freund tot war und das vor mir nur ein Dämon in seinem Körper.

Wir erreichten den obersten Stock. Mein Herz raste und Schweiß rann über meinen Rücken.

Liam blieb stehen, doch Kiran stürmte an ihm vorbei und trat die Tür auf. Sofort gab er einen Schuss ab.

Ich stand vor Liam, den Dolch in der Hand. Er sah ihn und seine Augen wurden leer.

Hinter uns kamen Leute die Treppe hoch. Liams schwarze Augen weiteten sich. Ich wich einen Schritt zurück, doch ich musste durch die Tür sehen.

Unser einziger Fluchtweg. Er führte uns ins Herz dieses Kampfes. Wir waren direkt im Besprechungsraum gelandet. Lina war hier. Die Ältesten auch. Ich sah jemanden auf dem Boden liegen.

Mein Magen hob sich.

Es war Heidi und sie rührte sich nicht.

Kiran rannte auf Lina zu und schoss. Die Kugel prallte an ihr ab. Kiran wurde von zwei Schattenbluten attackiert und musste sich auf sie konzentrieren.

Ich sah Stella am anderen Ende des Raumes. Sie kniete auf dem Boden und umarmte jemanden.

Mein Blut gefror zu Eis, als ich Larsson erkannte.

Er war tot.

Kristanna und Eric standen Lina gegenüber, die Kriegerin hielt eine Waffe in der Hand. Hinter Eric erkannte ich Mara, sie hatte beide Hände erhoben. Die drei waren von einem glitzernden Wall umgeben.

Kiran erledigte zwei Schattenblute. Ich sah weitere Goldblute, die ebenfalls schossen.

Lina blieb stehen, das interessierte sie nicht.

Die Leute im Treppenhaus erreichten das Stockwerk unter uns.

Kiran sprang zu Stella und zerrte sie hoch. Sie weinte und wehrte sich gegen ihn. Kristanna schwang ihre Waffe, sie sah aus wie ein Speer. Hinter ihr griff Eric nach Maras Hand. Die Luft wurde so dicht, dass ich sie beinahe berühren konnte.

Schattenblute kamen die Treppe hochgerannt.

Ich sah Liam an. Was machte er jetzt?

War er für oder gegen mich?

Es gab immer noch einen Restzweifel in mir, dass alles nur ein Fake war und er mich gleich hinterrücks angriff.

Er stieß mich in den Raum und zerrte mich zur Seite. Die Schattenblute stürmten in den Raum und wurden von einem Kugelhagel begrüßt.

Die Magie verdichtete sich noch weiter.

Ich starrte Mara und Eric an, dann Kristanna, die auf Lina zu lief. Die Schattenfrau holte mit der flachen Hand aus und erzeugte eine Druckwelle, die die Kriegerin zu Boden gehen ließ. Ich hörte Kiran aufschreien.

Ich schrie auch.

Lina sah zu mir herüber. Ihre silbernen Augen weiteten sich, als sie Liam und mich sah.

»Wie die beiden Kelche«, sagte sie fassungslos. Dann grinste sie triumphal. »Die beiden Kelche!«

Ich verstand gar nichts mehr. Die beiden Kelche? Was meinte sie damit? Was sollte das heißen?

Eric und Mara bündelten ihre Kräfte, doch ich spürte ihre Blicke auf mir. Auf uns. Sie hatten Lina auch gehört.

Um uns herum kämpften Goldblute und Schattenblute gegeneinander.

Ich griff nach Liams Hand und hielt sie fest. Überleben. Mehr war nicht in meinem Kopf.

Lina sah uns wieder an, ihr Grinsen wurde noch breiter. Irrte ich mich, oder waren ihre Augen leicht glasig?

»Sucht den Fluch der Kelche!«, rief sie. »Das Vermächtnis von Licht und Schatten!«

Wieder überflutete mich Verzweiflung, weil ich absolut nicht wusste, was sie von mir wollte.

Von mir!

Warum ausgerechnet ich? Warum Liam?

Mara und Eric griffen an. Die Wucht ihres Zaubers riss Lina von den Beinen. Sie fiel zu Boden.

Ich schrie erschrocken auf, doch da drückte sie sich mit der Hand ab und hob beide Arme zur Decke.

Jemand taumelte gegen mich und unterbrach meinen Blickkontakt zu ihr. Ich ging in die Knie und sah, dass Liam ihn wegstieß.

Als ich wieder aufsah, war Lina verschwunden.

Nur sie. Alle Schattenblute waren noch da.

Jetzt bekamen sie Panik.

Ich auch, denn die Goldblute waren jetzt in der Überzahl. Das bedeutete, dass Liam in höchster Gefahr war.

Mara und Eric hielten sich noch an der Hand. Ich wusste, wie tödlich diese Magie für Schattenblute war.

Kristanna rappelte sich gerade wieder auf.

»Persia! Renn!«, schrie Kiran.

Ich packte Liams Hand fester und zerrte ihn zurück ins Treppenhaus. Hinter uns brandete Magie auf.

Goldblute kamen die Treppe hoch.

Die Magie wogte wie eine Sturmbö auf.

Liam packte mich, zerrte mich vor sich und legte seine Hand an meinen Hals.

Die Goldblute blieben vor uns stehen. Es waren Jäger und sie machten sich bereit, anzugreifen.

Liams Hand an meinem Hals drückte zu.

KAPITEL 17

Mein Herz setzte vor Schock mehrere Schläge aus. Liams Hand schnürte mir die Luft ab.

Mir wurde schlecht, als mir die Erkenntnis kam, dass das doch alles Fake gewesen war.

Mein Freund war tot.

Das war nur noch ein Monster mit seinem Gesicht.

In meiner Hand hielt ich den Dolch. Ich musste schnell machen, solange ich noch die Kraft dazu hatte.

»Lasst mich vorbei!«, knurrte Liam die Goldblute an.

Ich erkannte einen von ihnen: Ganz vorn stand der Rezeptionist, mit dem ich mich gestritten hatte. Er erkannte mich auch, das sah ich ihm sofort an. Er blickte mir in die Augen, dann trat er beiseite. Nicht der Hauch von Bedauern war in seinem Gesicht zu sehen.

Ich hasste ihn von ganzem Herzen. Er schickte mich ohne mit der Wimper zu zucken in den sicheren Tod. Ich hoffte, sie erwischten ihn.

Liam schob mich zur Treppe. Seine Hand lag schmerzhaft an meinem Hals. Mein Brustkorb hob sich hektisch. Panik breitete sich in mir aus und ich versuchte, mich selbst zu überreden, den Dolch zu benutzen.

Ein Stoß und ich könnte die Sache erledigen. Endgültig.

Mir wurde schwindelig. Ich brauchte Luft!

Liam stieß mich die ersten Stufen hinunter, beinahe wäre ich gefallen. »Halt noch ein bisschen durch«, raunte er mir ins Ohr. »Sie sehen uns hinterher.«

Mein Herz stolperte. Ich riss die Augen auf und verfehlte eine Stufe. Liam musste mich packen und festhalten, damit ich nicht fiel.

Er war noch da. Der Gedanke war wie ein eiskalter Blitz, der meinen Kopf klärte. Ich zitterte am ganzen Körper, aber ich riss mich zusammen.

Das war nur ein Trick. Ein ziemlich gemeiner, aber wir hatten auch keine Zeit, um sich abzusprechen.

Das Arschloch vom Empfang hatte es auf jeden Fall geglaubt. So wie ich.

Wir erreichten das nächste Stockwerk. Liam ließ mich los. Ich taumelte an die Wand und brauchte ein paar Sekunden, um mich zu sammeln. Mein Hals schmerzte.

Über uns knallte es, als eine Magiewelle über die Etage fegte. Ich hörte Schreie, das Poltern von Körpern, die zu Boden gingen. Mein Kopf fühlte sich leer an, als wären alle Gedanken herausgefallen.

Mit angehaltenem Atem standen wir da und warteten. Was passierte als nächstes?

Das mussten Eric und Mara gewesen sein. Wahrscheinlich waren alle Schattenblute oben jetzt tot. Das bedeutete, dass die Goldblute jetzt im Vorteil waren. Und dass sie die restlichen Schattenblute jagen würden.

»Wir müssen hier weg«, sagte ich mit rauer Stimme. »Wenn sie mitbekommen, dass du noch hier bist, haben wir ein Problem.«

Liam nickte und streckte seine Hand nach mir aus. Seine Haut war so kühl. Er zuckte zusammen, als er meine Haut berührte. Mein Atem stockte, weil er sich so fremd anfühlte.

Gemeinsam rannten wir die Treppen hinunter.

Zwei Stockwerke tiefer blieb ich jäh stehen, als ich unter uns Stimmen hörte. Eine davon erkannte ich: Carl, Kirans Boss. Die Jäger kamen, es waren mindestens drei.

Ich würde keine Zeit haben, um ihnen zu erklären, was mit Liam war. Sie würden nur ein Schattenblut sehen und schießen, bevor ich etwas sagen konnte.

Panisch stieß ich die Tür zum nächsten Stockwerk auf und betete, dass dort niemand auf uns wartete. Liam rannte hinter mir in den Flur. Wir mussten so viel Raum wie möglich zwischen uns und die Jäger bringen.

Hinter uns wurde die Tür aufgerissen und Carl befahl seinen Leuten, uns zu folgen. Sie hatten uns gesehen! Ich sah über die Schulter. Drei Jäger rannten hinter uns her.

Am anderen Ende des Flurs kamen uns jemand entgegen. Schattenblute.

Mir rutschte das Herz in die Hose, ich stoppte auf der Stelle. Liam rannte in mich hinein und wir fielen beinahe hin. Ich hielt mich an einer Türklinke fest. Die Tür schwang auf und wir stolperten in einen Raum.

Liam zerrte mich hoch und versetzte der Tür einen Tritt. Sie fiel krachend ins Schloss. Draußen knallten Schüsse.

Ich sah mich hektisch um, doch Liam schlug mit einer ungeheuren Kraft auf das elektronische Schloss neben der Tür. Das Display brach und ich hörte, wie sich die Bolzen des Türschlosses verriegelten.

»Jetzt sitzen wir in der Falle!« Im Flur wurde weiter geschossen. Wir wichen in den Raum zurück.

»Lieber in der Falle als tot«, sagte er grimmig, mit einer Stimme, die ich nicht von ihm kannte. Er sah auf seine Hand, als könne er selbst nicht glauben, was er getan hatte.

Ich drehte mich um und nahm zum ersten Mal wahr, wo wir uns befanden: in einer Bibliothek. Schwere Holzregale zogen sich rundherum und in der Mitte. Es roch schwer nach Büchern, Staub und Jahrzehnten, in denen Wissen angehäuft hatte. Die Beleuchtung war gedämpft, alles wirkte exklusiv. Das hier war kein öffentlicher Ort für alle. Hier lagerte das ganze Wissen der Goldblute.

»Sucht den Fluch der Kelche!«, hatte Lina gerufen. Keine Ahnung, was sie meinte, aber hier, in diesem Raum, war die Lösung. Ich betete, dass es eine Möglichkeit war, Liam zu retten. Irgendwas hatte sie gesehen, als wir hereinkamen. Ich musste wissen, was.

Liam zeigte in den hinteren Teil des Raums. Dort war eine Tür. »Komm schnell!«

»Warte!«, sagte ich hektisch, denn links neben mir stand ein angeschalteter PC. Eine Suchmaske für ein Archiv flimmerte auf dem Bildschirm. Das war vielleicht unsere beste Chance.

Ich hämmerte »zwei Kelche« in die Tastatur.

Der PC spuckte einen Titel, einen Gang und ein Regal aus. Ich rannte los, denn jetzt hämmerte es gegen die Tür.

Fieberhaft suchte ich im sechsten Regal des siebten Gangs nach dem Buch.

Da war es!

Ich riss noch vier weitere aus dem Regal, die polternd zu Boden fielen.

»Persia, verdammt!«, schrie Liam an der Tür.

›Das sagt andauernd jemand‹, schoss mir durch den Kopf.

»Mach die Tür auf, ich komme!«, rief ich im Loslaufen.

Liam warf sich gegen die Tür, entweder klemmte sie oder sie war verschlossen. Hinter uns wurde das Hämmern gegen die Eingangstür lauter, ich hörte Stimmen.

Kein Zweifel, dass das die Jäger waren. Die Schattenblute hatten keine Chancen mehr, seitdem Lina weg war.

Ich presste das Buch an mich. Was auch immer sie gemeint hatte, vielleicht fand ich es hiermit heraus. Auch wenn das verrückt war, konnte es einen Weg bieten, dass Liam wieder ein Mensch wurde. Oder ein Goldblut.

Liam packte einen Stuhl und schmetterte ihn gegen die Glasscheibe der Tür. Sie zerbarst krachend. Seine Augen wurden immer dunkler und seine Haut war blass. Er sah nicht mehr aus wie er.

Alles war besser als *das*.

Er griff durch die zerstörte Scheibe und rüttelte von außen an der Klinke, dann stieß er einen Fluch aus, als die Tür immer noch geschlossen blieb.

Schüsse knallten gegen die andere Tür.

Liam quetschte sich durch die Fensteraussparung und keuchte, als er in eine Scherbe fasste. »Persia, komm!«

Mir blieb nichts anderes übrig, also sprintete ich hinterher und stellte meinen Fuß in die Öffnung. Ich war viel kleiner als Liam und kam beinahe unverletzt hindurch. Beinahe, denn auch ich fasste in einen Splitter.

Mein Herz klopfte wild, als ich versuchte, herauszufinden, ob es Liams Scherbe gewesen war. Wir durften unser Blut nicht vermischen. Ich wollte nicht darüber nachdenken, was für eine Katastrophe das auslösen könnte.

»Persia!«

Ich fuhr zusammen und sah nach oben. Wir waren in einem weiteren Treppenhaus gelandet. Es sah anders aus als die anderen. Feiner und luxuriöser. Das hier mussten Privaträume der Ältesten sein.

Über mir stand Eric. Er hielt sich die verletzte Schulter, aus der schimmerndes Blut tropfte.

Neben mir rang Liam nach Luft und schüttelte den Kopf, als wäre er benommen. Ich roch Erics Blut auch, es lag schwer und aromatisch in der Luft wie Parfüm. Wie eine Droge, die totale Sorgenfreiheit versprach. Es vernebelte meine Sinne und ich konnte nur ahnen, wie schlimm das für Liam war.

»Lauf weiter!«, rief ich ihm zu und versetzte ihm einen Stoß. Liam taumelte die Treppe hinunter.

»Das wird nichts, Persia!«, sagte Eric. »Du jagst einem Wunsch hinterher! Bleib hier, die Jäger erledigen das. Dann bist du dieses Problem los.«

»Er ist kein Problem!«, stieß ich hervor. »Er ist meine große Liebe!«

Eric lachte freudlos und kam die Treppe hinunter. Er war langsam. Liam rannte weiter. Ich hoffte, dass er unten auf mich wartete.

»Der, den du geliebt hast, ist tot, Persia!«, zischte der Älteste. »Ein Dämon ist in seinem Körper und löscht nach und nach alles aus, was du liebst. Zurück bleibt jemand, der nach deinem Blut giert. Er wird dich töten.« Er sah auf meine blutende Hand. »Eher früher als später.« Sein Blick fiel auf das Buch in meiner anderen Hand, das ich versuchte, vor ihm zu verstecken. »Was hast du da?«

»Ein Abschiedsgeschenk von dir.« Ich wich zurück.

Erics goldene Augen verengten sich. »Ich weiß, was du vorhast. Das ist unmöglich. Sieh es einfach ein und erspar dir den Kummer. Und den Tod.« Seine Augen weiteten sich. »Lina! Sie hat ...« Er schüttelte den Kopf. »Vergiss es einfach!«

»Kann ich nicht. Aber wenn du mir dazu etwas sagen willst, nur zu.« Ich stieg die ersten Stufen hinunter. Eric machte einen Schritt auf mich zu.

»Auf gar keinen Fall. Es gibt keine Heilung, Persia. Und vor allem solltest du dich nicht an die daher gesagten Worte einer Verrückten klammern.«

»Aber du weißt, wovon sie gesprochen hat«, schluss-folgerte ich. »Und du hilfst mir nicht.«

»Nein, weil es da nichts zu helfen gibt. Du wirst es bitter bereuen, wenn du nicht auf mich hörst.«

Unten rief Liam meinen Namen. »Das Risiko gehe ich ein. Ich muss los. Leb wohl, Eric.« Ich drehte mich um und sprang die Stufen zum nächsten Zwischengeschoss hinunter. In der Bibliothek knallte die Tür gegen die Wand, als sie aufgerissen wurde.

»Ich habe dich gewarnt!«, rief er mir hinterher. »Das überlebst du nicht!«

»Das habe ich auch schon ein paar Mal gedacht. Hat jedes Mal doch geklappt!«, schrie ich zurück und sprang weitere Stufen hinunter.

Mein Gehirn ratterte.

Wenn Eric die Treppen hinuntergekommen war, mussten er und Mara alle Schattenblute erledigt haben, die ganz oben waren. Das bedeutete hoffentlich, dass Kiran und Stella lebten.

Das *musste* es bedeuten.

Ich blieb stehen und riss ein Stück von meinem Shirt ab. Dank der Goldblutkräfte was das, als zerrisse ich ein Blatt Papier. Hektisch wickelte ich es um meine verletzte Hand. Mehr war gerade nicht drin.

Unten rief Liam wieder meinen Namen. Über uns stand Eric noch immer im Treppenhaus. Ich spürte, wie er Magie anwandte.

Uns rannte die Zeit davon.

Ich erreichte das Erdgeschoss. Liam hatte die Außentür aufgebrochen und wartete auf mich. Sein Gesicht war angespannt. Ich sah hinaus und verstand, warum: Es dämmerte.

»Wir müssen uns beeilen«, sagte ich.

»Und wohin sollen wir?«, fragte er.

»Keine Ahnung. Irgendwohin.« Ich sah mich hektisch um. Im Treppenhaus über uns hörte ich wieder Stimmen. Eric, der etwas zu den Jägern sagte.

Es kamen keine Schritte. Der Älteste überließ uns unserem Schicksal.

Ich presste das Buch gegen meine Brust. Was auch immer als Nächstes kam, ich würde alles versuchen, um Liam zu retten.

Ich griff nach seiner Hand und hoffte, dass er wegen meines Blutes nicht durchdrehte.

»Ich habe eine Idee. Komm.«

Wir verließen das HQ und liefen nach vorn zur Straße und dann auf einen Weg, den ich sehr gut kannte.

Dabei betete ich, dass ich keinen Fehler machte.

Ich sah hinüber zu Liam, dessen Blick am Horizont hing. Seine Hand in meiner war kühl.

Ich wandte den Blick ab, um nicht in seine schwarzen Augen blicken zu müssen.

Dann sah ich wieder auf.

Es war besser, der Wahrheit ins Auge zu sehen: Das war es, wie er jetzt gerade war.

Es war meine Aufgabe, das wieder zu ändern.

Ende *Blood of Gold*